1992 愛情來了又走了

宋智明長篇小說

宋智明 著

自序　逝去的時光永遠是最好的時光

這是我最新的一部長篇小說，它是在我的一部短篇舊作《單相思病患者》的基礎上擴展而成的，全面回顧了一九八九年到一九九六年我在東北一所大學度過的溫暖而憂傷的時光。

毫無疑問，這是一部懷舊的作品，是一部尋找失去的時光的作品，與我同齡、又在那個年代上大學的朋友，可能會從中找到一些共同的記憶。這是一部我極為珍愛的作品，我讀過差不多十遍，每次都會深陷於往事當中，既溫暖，又憂傷。青春是美好的，青春又是苦澀的，「我的青春小鳥一去不回來」，只有回憶，只有書寫，才能讓我們一次次重返「現場」。

這是三四年前的舊作，這樣的作品我再也寫不出來了，因為失去了當初那種純淨平和的心情，這也是無可奈何的事。寫作既是一種獲得，也是一種失去；既是一種團聚，又是一種告別。永別了，我的青春。

該作品既然稱為小說，必然虛虛實實，讀者切忌對號入座，如此讀來，方可跳出一般的個人經歷，領略大時代的一個縮影。

目次

01 苦不堪言的「新鮮人」

甦醒

「五一三！」母親推開房門，興奮地吐出這個數字。曾鳴身上的血似乎一時都湧到臉上，他展開右掌，狠狠地朝牆壁拍去，「啪」的一聲巨響，把母親嚇了一跳。曾鳴望著母親，激動得說不出一句話：十一年了，自己似乎一直在等待這個似曾相識的阿拉伯數字的出現！這是一個足以改變命運的數字，這是一個足以報答父母所有付出的數字。有了這個數字，自己終於可以和這個生活了十年的封閉而勢利的山區小鎮徹底說再見了。

這是一九八九年八月初一個陽光明媚的早晨，按照計畫，曾鳴將一如既往地和妹妹扮演起漁民和小販的角色。放假一個月來，為了消除曾鳴高考之餘的緊張情緒，父親果斷地給他和妹妹派了一項體力活：到離家十公里的一處淺水灘撿螺螄！那裏溪水清澈，沙地鬆軟，水底的螺螄密如天上的繁星。曾鳴和妹妹帶上幾個饅頭當午飯，早出晚歸，水淺處彎腰，水深處鳧水，兩人一天可以輕而易舉地收穫一麻袋大約四十斤的螺螄。翌日清晨兄妹上街賣螺螄，第三天再去撿螺螄……父親的安排可謂用心良苦：體力活不僅可以讓兒子累得沒精力思考與高考有關的問題，晚上能睡一個安穩覺，而且鍛煉了兒子的筋骨，讓他飯量大增，紅光滿面。就在曾鳴習慣簡單的體力勞動，逐漸遠離高考的記憶時，不可避免的數字終於出現，曾鳴的心亂了，不眠之夜再度不由分說地降臨了。

曾鳴雖然隨父母在小鎮的木材採購站生活，但身份是農民。長期以來，父親是城鎮戶口，母親是農村戶口，出於對妹妹學習成績的擔憂，父親決定把另一個城鎮戶口的名額給她。這樣一來，即使她在學習上一無所獲，也可以等父親退休後接班，當一名林業工人。雖然工作不輕鬆，好歹是鐵飯碗，旱澇保收，強過靠天吃飯的農民。曾鳴呢，帶著農村戶口，暫時當一名不種田的農民。父親威脅他：「不認真讀書的話，將來把你趕回老家種田。」這是真的，曾鳴清楚地知道，隊裏分的幾畝田，父親一直沒有退掉。記得小時候隨母親下地，對烤得人皮膚冒煙的烈日和專叮人腿的寸把長的螞蟥，曾鳴心中充滿了恐懼。他只有咬緊牙關，收斂玩心，在學習之路上一條道走到黑了，期待有一天通過知識改變命運。

高中時，曾鳴順利地考上縣高中，頭兩年，猶如「劉姥姥進了大觀園」，曾鳴對縣城新鮮的風景充滿了好奇，成天泡茶館、滑旱冰、看錄影，學習成績一落千丈，年段排名第四十名左右，這是一個只能考取地區師專的名次！曾鳴對此一直安之若素：只要能夠擺脫農村戶口，管它考上什麼爛學校！到了高三那年，曾鳴忽然對縣城的風景失去了興趣，哪裡都不想去，於是乎埋頭於課本，鬼使神差一般，那些平日枯燥至極的課本他竟然越嚼越有味。真應了他們家鄉的一句俗話：「聰明花開了！」從高三下學期開始，曾鳴的成績開始突飛猛進，畢業考和省統考，他的成績排名班級第三，年段第五。對於這個前所未有的成績，曾鳴將信將疑，只敢歸功於運氣好。後來，曾鳴稀裏糊塗進了高考的考場，稀裏糊塗地出來，自己感覺比較滿意，估計考取一般本科不在話下。

沒想到考了一個「五一三」，高出省重點錄取線四百八十四分達二十九分之多，這個分數可真是一塊燙手的山芋，讓人簡直不知如何應對。在這個高分面前，曾鳴和父親到底飄飄然起來，兩人天真地以為報考一些名牌大學簡直是手到擒來。

當年，記者、律師和會計是熱門職業，曾鳴在填報志願時把設有這些專業的名校列為首選，他在「重點欄志願」依次填上武漢大學、南京大學和復旦大學，重點欄按規定可以填四個，但由於曾鳴所填學校一所高過一所，再填就得是北京大學了。這一點自知之明他還是有的，為了不讓人看笑話，第四個志願就付諸闕如了。為了保險起見，他小心翼翼地徵求父親的意見，能否在第四志願填上吉林大學，那裏的法律系在全國有一定知名度。

父親一秒鐘也不願多想，右手往外一擺，「學校位於東北，跟北大荒差不多，生活清苦得很，可能還不如我們小鎮」，他搖搖頭說，「如果你想自討苦吃，我倒是沒有意見。」當年，曾鳴的虛榮心很重，驅使他對重點大學極為迷戀，就像迷戀一種不恰當的名聲。為了這一迷戀不至於落空，他又很謙虛地在重點欄的備註裏鄭重地填上「服從國家調配」。

至於本科欄以下的志願，曾鳴鬧著玩似的亂填一氣，他根本就沒把那些學校放在眼裏，他想：如果高出重點線二十九分還不能被重點大學錄取，那一定是錄取制度出了問題。

果不其然，由於受一場政治風波的影響，不少高校的不成熟的專業被取消了招生資格，僅曾鳴所在的福建省就減招三千名。於是，競爭變得空前激烈甚至稱得上慘烈。僧多粥少的結果是重點線驟然提高，有名的重點大學更是成了平衡木大小的獨木橋，成百上千的過橋者從橋上掉落是理所當然的事。

那年八月中旬的一天，朝思暮想的曾鳴終於盼來了一紙錄取通知書，是吉林大學來的。對於這一結果，曾鳴沒有太多的失望，縱觀當年錯綜複雜的錄取形勢，能考取重點大學已屬萬幸了，雖然吉林大學離家十分遙遠，但好歹是重點大學啊！

只是在看到就讀的專業時，曾鳴開始感到一絲遺憾。「歷史系檔案管理專業」，這到底是幹什麼的？在詢問了小鎮上將近十位號稱有識之士的長者之後，才得知這個專業的較為完整而全面的定義，就是掌握並管理有關單位及個人的某部分重要隱私的工作，「檔案管理員」呢，說白了，就是單位或個人檔案的管理者。對了，就像圖書管理員，長年守著紙頁發黃撲滿灰塵的書籍的寂寞工作者。

這對於指望兒子在法律界傳媒界巧舌如簧揮斥方遒廣闊天地大有作為的父親來說，無疑感到了巨大的失落。而曾鳴擔心的只是長期面對一大堆不言不語又乏味至極的卷宗，自己會不會變成一個木頭人？

帶著輕微的失望和對未來日子的擔憂，十八歲的南方青年曾鳴一個人踏上了北上的列車。由於曾鳴所在的那個縣城火車站只是一個中轉站，他連硬座票都沒有買到，只是買到一張可憐的站票。正是學生返校和民工外出打工的高峰期，車上人山人海。

曾鳴靠父親在身後猛推猛擠才得以上車。一開始幾乎沒有立足之地，人好像懸在空中，隨著人浪一波一波向車廂內部漂移，到了車廂中部，局勢有所緩和。曾鳴得以把裝滿衣服的外面寫著「為人民服務」的淺藍色的帆布包放在過道上，以包當座，長喘一口氣。

曾鳴數不清在到達上海之前，他從包上站起坐下多少次。反正一有行人或餐車經過，他都得起立，把父親多年前當兵時無比珍惜的那個帆布包用手推到座位底下，而後側身讓出道路。他實在不想描述車上成分複雜帶著溫度的空氣，不想轉述周圍乘車者用南腔北調表達出來的種種自以為是的見解，他最盼望的是身邊有座位的隨便哪個人能在上海之前的隨便哪個站下車，他可以取而代之，佔領他們屁股底下的那點地盤。令人痛苦的是，沒有一個人打算在上海之前下車。

順便說一下，這是由福州開往北京方向的四十六次旅客列車。兩天兩夜之後，在火車的運送下，曾鳴將在天津下車，而後簽個證，轉車直奔長春。

在那樣悶熱而嘈雜的環境下，只好隨遇而安了。曾鳴從包裏取出一本《讀者文摘》，埋頭津津有味地讀了起來。沉浸在一個個有趣而睿智的故事當中，曾鳴逐漸忘了自己的狼狽處境。不知過了多久，身邊有座位的那個留著一臉絡腮鬍子的中年人站了起來，拍了拍曾鳴的肩膀，「小夥子，幫我看一下座位，我上趟廁所。」

坐在絡腮鬍的座位上，曾鳴的腰背得以舒展，他雙手上舉，伸了一個極其愜意的懶腰。雖然座位上還留著能量巨大的絡腮鬍的體溫，但曾鳴得了便宜不賣乖，也就不計較了。

曾鳴向廁所的方向望去，那個肥胖的絡腮鬍在密集的人群中像蝸牛一樣地蠕動著，廁所外不知有多少虎視眈眈的排隊者。沒有半小時，那胖子是回不來的。

這時，曾鳴才有心情眺望窗外，窗外是聞所未聞的江西的風景，一些從沒見過的高樓和樹木從窗外掠過。陌生城市的景象讓曾鳴心情激動起來，他想：我這就算是出門遠行了！我就要踏遍祖國的山山水水了！行萬里路，讀萬卷書，不正是自己的人生理想麼？路途是遙遠的，但前途是光明的！曾鳴感到旅途不再那麼勞累，他很快讓自己加入鄰座們的談話中去。

心儀已久的一座座著名的城市從窗外掠過，集中營已經成為旅遊景點的上饒，火腿和肉粽飄香的金華，「上有天堂，下有蘇杭」的杭州，繁華都市上海——少年時期，曾鳴所生活的小鎮，誰家擁有上海產的自行車和縫紉機，是很自豪的一件事。哪怕是誰擁有一件上海產的襯衫，都夠他向別人誇耀上好幾天。上海給曾鳴的感覺就是大得無邊無際，此外，他對這個城市產生了新的好感，因為，身邊的絡腮鬍在上海下車了。

接下來是南京，氣勢恢弘的南京長江大橋，長江渾濁如黃河的顏色讓曾鳴略感失望，但那磅礴的氣勢還是讓人心潮澎湃的！經過濟南時是淩晨兩三點鐘，著名的黃河無法看清，只是望著黑乎乎的河面，心裏油然而生「到此一遊」的幸運。

然後，從天津轉車，天津往下，就是給人蒼茫而荒涼之感的東北景色了。錦州，瀋陽，那種蒼茫而荒涼的感覺越來越強，曾鳴莫名地生出了「流放」之感，已經三天四夜了，到長春還有四個小時。

快到目的地了，曾鳴竟然強烈地想念起家鄉來，考得太遠了，與家人團聚一次的代價高得驚人，假如自己有個三長兩短，家人一時之間恐怕鞭長莫及，只有望天長歎。

四平過後，火車在一個叫公主嶺的地方稍作停留，其時是凌晨兩點多，火車停止時的動靜大了些，令曾鳴從一次長久的睡眠中突然醒來，他用惺忪的雙眼漠然地看著窗外這個東北常見的小縣城，凌晨兩點多，除了一些從低矮的建築和空曠道路旁的路燈折射出的昏黃燈光之外，曾鳴沒能看到更多新鮮的東西。

站臺上灰濛濛的「公主嶺」三個字讓他耳目一新，並產生了探索的熱情。向一位剛從公主嶺上車的乘客請教之後，才知道一位清代的公主長眠於此。不知為何，呼吸著從視窗湧入的這個城市新鮮而涼爽的空氣，曾鳴無端地覺得那公主一定是美麗動人的，又想當然地認為，人傑地靈，這裏一定盛產美女！火車又開動了，曾鳴不免往窗外多看了兩眼，然後帶著對「公主嶺」三個字微茫的一點記憶又閉上眼睛睡著了。

他怎麼也沒有想到，一年半之後，他會踏上這座城市，期待與一位在這裏出生的茜茜公主般美麗可愛的女孩在街頭「不期而遇」，期待與她展開一場纏綿悱惻的愛情！

許多年之後，重新面對第一次東北之旅，曾鳴覺得自己在公主嶺站突然醒來，並非巧合，而是命運的安排！

城市

許多年之後，回顧七年長春生活，曾鳴仍堅持當年第一次踏上長春的土地時的想法，長春是一座讓人愛恨交加的城市。這裏濃郁的文化氛圍和高水準的學術水平無疑令人流連忘返，甚至回到那個金錢至上的海濱小城漂城之後，在與人交談時，曾鳴為自己曾在長春那樣一種濃得化不開的書卷氛圍中得到七年由裏到外的熏陶而感到自豪，也正是這點底子（破三千本書）讓他在海濱小城吃文化飯時，感到鎮定自若，無所畏懼。

然而，對南方人來說，長春的致命弱點是它的冬天過於漫長，物產過於單調。它的冰雪對那些短暫逗留的旅遊者來說，是一道令人心醉神迷的風景。可是，對一個長期生活在這裏的人來說，零下十幾度二十度甚至三十度低溫，意味著凍得通紅的鼻子、耳朵和斷斷續續的清鼻涕，寒風會從一切可以突破的縫隙鑽進你的身體，道路積雪後經久不散的堅冰會讓你行走時搖搖晃晃，一不小心就有可能滑倒（嚴重的會剛爬起來又滑倒），至於那些鐵棍般堅硬的冰碴能割破你的額頭，也並非危言聳聽。曾鳴的好友老吳就因此額頭縫了五針，這是後話。

這些倒是細枝末節，關鍵是物產單調。整個冬天，食堂的大白菜土豆豆腐就沒完沒了，也真難為了那些廚師們，光土豆就有七八種做法，燒土豆，土豆絲，炸土豆片，土豆泥……話說回來，無論廚師們如何神乎其技，菜的本質依然如故。

長春可以稱道的是它的大米，或許得益於肥沃的黑土地的緣故，這裏的大米色香味俱全，不論是蒸乾飯還是熬粥，均香氣迷人。（「東北大米」後來在全國各地備受歡迎，確是實至名歸。）

令人不能容忍的是，物以稀為貴，米飯竟然限量供應。開飯時間到了，有限的食堂窗戶前人滿為患，擠得不可開交，大家的目的就是「給我四兩飯」。為了爭先後順序，一些人為此還動了手，打得鼻青臉腫。

為了達到改善伙食的目的，曾鳴檔案班的室友曾經幹過一件讓人盪氣迴腸的事。他們於夜深人靜的時候在食堂大門上貼了一張「倡議書」，大致內容是在食堂沒有增加米飯供應及菜餚品種之前，同學們應該罷餐。

這一倡議得到了廣泛的回應，那天中午的食堂沒有了往日熱火朝天的場面，那些餘溫猶存的飯菜冒著孤獨的蒸氣，第一次「品嚐」受冷落的滋味。整個飯廳冷冷清清。為數不多的幾個人走進食堂打到飯後，會迎來過道及寢室裏眾多吃速食麵的同學鄙夷的目光。晚餐依舊冷清。

經過協調，在接下來的兩週裏，同學們品嚐到了食堂有史以來最豐盛的午餐和晚餐。米飯多得吃不完，菜餚品種多得令人眼花繚亂。接下來，菜餚的品種在潛移默化中逐漸減少，等大家發現時，已經晚了，因為快考試了，人們的心思不在飯菜上了。但有一點讓大家容忍了食堂的出爾反爾：米飯保證供應。

曾鳴是九月五日凌晨四點三十分到達長春的，出了車站，他無法掩飾對長春的失望之情。街道骯髒，建築破舊，這裏曾經作為「偽滿洲國」的首都，許多偽滿時期的建築得以保留，給人總體感覺這是一座陳舊的城市。讓人觸目驚心的是，車站前有人排出了一排多達十二個的臉盆，盛滿了水，主人在熱情地招呼：「洗臉了洗臉了，三毛錢一洗，保你紅光滿面。」曾鳴納悶：這個城市難道連供水也出現問題了嗎？曾鳴後來知道長春的供水不像想像的那麼嚴重，但請人洗臉一事還是讓他大吃一驚，「一個匱乏的城市」，這一念頭牢牢地佔據他的腦海，日後他在這座城市裏一無所獲的愛情經歷加深了對「匱乏」一詞的理解。

歡樂

曾鳴不打算詳細地描寫他是怎樣被車站出口處的師兄師姐們領回學校的，又是怎樣被安排進一間十個人住的寢室，還怎樣與寢室的同屋們交流了各自的名字和少量的土特產。他們與其他兩個寢室的女同學見了面，女孩中沒有多少讓人眼睛為之一亮的風景，平常得如同這座城市。

在一年中，曾鳴也有過一些歡樂的時刻，比如去南湖公園划船，金黃的白樺林和綠色的湖水讓他對這座城市的印象有所改觀；比如參加系裏或校裏組織的露天舞會，一些號稱系花或校花的大家閨秀和小家碧玉讓人想入非非，主要是兩個男生在跳舞（他們都是新生，沒有勇氣去邀請異性），彼此之間是沒有快樂的，快樂來自借跳舞之機穿插旋轉進大部隊，貼近可餐的秀色，較為真切地看一看，聞一聞，偶爾還能輕微地碰一碰（胳膊肘相碰而已）。

這些，就夠他們在寢室裏議論大半天，秀色可餐，吃飯的時間談秀色，能夠轉移對食堂製造的飯菜的注意力，使得那些令人噁心的飯菜變得可以接受。

印象最深的是在系刊上發表文章，那篇發在系刊頭條位置的《門》竟為曾鳴贏得歷史系才子的稱號！那篇遊戲之作完全是出於對同屋們春情萌動的善意調侃。

入學初，曾鳴那個屋有點漏風的木門一天當中總要被敲響幾十次。敲門者有老師，有輔導員，有學長，有男老鄉，這些不是大家期望的，他們的敲門聲比較響亮比較果斷，容易判斷；讓他們怦然心動的是那些輕柔的、帶著猶豫的敲門聲，那是女老鄉、學姐、女寢同學發出的，這種女性特徵明顯的敲門聲響起時，屋裏的人發瘋似的搶著去開門，先睹為快。

後來，由曾鳴首創並被其他同學爭相仿效的做法帶給大家更多的歡樂。曾鳴模仿著女同胞那種輕柔的而且更加猶豫的敲門聲，有時還伴以女聲：「有人嗎？我可以進來嗎？」這一方法使用的初期極其管用，這聲音總能吊起大家的胃口，讓他們臉紅耳熱滿懷憧憬美滋滋地前來開門。

上當的次數多了，大家就有些麻木了。一天下午，又有極輕柔的敲門聲響起，屋裏的人按兵不動。這時，大家發現屋裏的十位階級弟兄都在各自的床上。這一發現讓屋裏的男孩們一下子躁動不安起來。他們紛紛從床上躍起，搶著撲向木門。

黑龍江來的老七搶得頭名，他站在門後，像紳士為人讓路那般把門打開，溫柔地說：「請進。」門外的伊人沒有如大家所盼那樣登堂入室，而是往屋裏探了一下腦袋，一張奇醜無比的中年女子的臉，她倒是很小聲地說：「要不要買襪子？」大家望著滿臉沮喪兼憤怒的老七，開心地大笑。

那份刊登曾鳴處女作的油印刊物現在可能已經在這個世界上消失了，但提起《門》，大家還是有一定印象的，因為它真實生動地反映了新鮮人芳心暗動的經典一刻。

在漂城，曾鳴從一位大學老師那裏聽到了類似的故事，他們當年還把它改編成一部劇本，在校園的禮堂上演。整個故事大同小異，只是他們在結尾處有所昇華。導演讓一個好心的女生不停地敲門，屋裏的男生不停地開門，樂此不疲，有點存在主義作品的味道。只是如果搬到現實中來，這兩人最終會被宿舍樓管理員轟出去。

痛苦

對那一年的生活，曾鳴是嫌惡多於喜歡，到了後期，簡直是生不如死。不必說，那一年密度極高的政治學習，學校一月一次，系裏一週一次，那些簡單乏味的說教讓人不勝其煩，有些道理大家是極願意知道的，但一定要有研究的人深入淺出的講述才行，而我們大多數的說教者都是那些對學問淺嚐輒止的人，以其昏昏，使人昭昭。可以想像，接受那樣空洞的話語轟炸是多麼無聊的事。

時間一久，同學們的追求有了變化，大家熱衷於把自己變成一個個官僚。系學生會、班委會，甚至是電影協會、老鄉會，在種種組織裏混個「一官半職」成了大多數人生活的主要目的。

曾鳴屋裏後來就產生出系宣傳部部長、系演講協會副會長、校電影學會理事等各級幹部，除了曾鳴以外，混得最不好的也當上了老鄉會生活部部長。曾鳴尊重他們的選擇，他感到痛苦的只是一屋子打著官腔的人，那種滋味怪異而令人難受。

曾經有大半年的時間，曾鳴給人的印象是愁眉苦臉滿腹牢騷落落寡合，他躲避各種集體活動，能逃就逃，逃不了就瞎對付。一次，班級組織大家參加社會實踐，為班級搞點創收。班長帶人買來一大堆廉價的明信片，號召大家以本校的宿舍樓為重點，必要的時候進攻附近醫大、師大和工大的宿舍樓，一層樓一層樓地爬上去，敲開一間間可以敲開的寢室的門，把明信片賣出去。一套明信片可以掙五毛錢啊，大家趕緊行動吧。絕大部分的人精神振奮，很快領了明信片背起書包開始「挨家挨戶騷擾」的推銷生涯。

曾鳴對這種送貨上門的方法極其反感和痛恨。他想了一個不拂大家熱情的好辦法。他自告奮勇地用大紅紙書寫「某某室有精美明信片出售，存貨有限，欲購從速」的廣告十份，並把它們張貼到各個宿舍最醒目的地方。他對班長說：「咱們得雙管齊下，我留在宿舍搞批發，銷售速度更快。」班長將信將疑地同意了。

在一個星期之內，其他送貨上門的同學全線告捷，平均一個人賣出十套左右。曾鳴偷懶的辦法只為他帶來了可憐的一套銷售業績。本來可以賣出兩套的，可惜那位住在同一層樓的買主又反悔了，他的理由是，風景太單調。曾鳴差點和他動起手來，最後才在班長的勸阻下悻悻地把錢退給那個不爽快的傢伙。

班長見形勢一片大好，又購進了兩百套明信片。沒想到他們的銷售速度明顯減慢，原因是一夜之間，許多班級的人都走上了推銷之路，這項一本萬利的生意就不好做了。

可以理解那年頭人們對明信片的狂熱需要，那時不能上網，電話費太貴，電話座機又太少，一個宿舍樓總共才兩部電話。人們交流感情，近的登門造訪，遠的則選擇寫信。逢年（元旦）過年（教師節、耶誕節）則選擇明信片，在上面簡單寫幾句祝福的話，既表示了問候，又滿足了自己的想念，一舉兩得。數一數，大學時代，你寫了多少張明信片？又收到多少張？一定是個讓人瞠目結舌的數字。

班長先是決定把每套明信片的利潤由五毛降到三毛，後來一度降至一毛，最後甚至是零利潤。但他們仍然非常不幸地有六十多套明信片無法脫手，大家也對東奔西走飽嚐白眼的推銷生活感到厭倦了。班長這才決定停止銷售，最後計算的結果在現金方面不賺不賠，每個人分到了三套免費的明信片，就算對大家辛苦勞動的報償。然後，班級向系裏彙報成績：「這次活動我班不僅得到了鍛鍊，而且每人掙了三套明信片。」

一直在宿舍留守的曾鳴很慚愧地接過班長遞來的三套明信片，總共三十六張，曾鳴花了十八元錢郵票把它們都寄出去了。

那年元旦，他在鄉下久未聯繫的堂弟堂妹表姐表妹表弟都收到了他熱情的問候。「阿弟仔，不要調皮，好好學習！」「黑妹，雖然你現在輟學在家，不能進體校從事你心愛的長跑事業，但功夫不負有心人，把長跑的熱情轉移到農藝上，仍然可以成為對社會有用的人！」

曾鳴的留守法後來出現了不少新版本，一些同學騰出自己的貯物櫃，批發來一些速食麵火腿腸榨菜一類的日常食物，然後，堂而皇之地在幾個宿舍的牆上張貼「食雜店」開張的廣告。還有人在寢室開起了舊書店和租書店，這些都是後話了。

明信片一事過後，大家堅定了「曾鳴是個孤僻的人」的看法，沒事自覺地不騷擾他，曾鳴也就愈發顯得孤零零了。

02 開槍為我送行

最讓曾鳴受不了還不是這些，因為這些人和事惹不起還是躲得起的，他們高談闊論，曾鳴則埋頭讀書。讓曾鳴感到絕望的是專業，因為他無處可逃。在課堂上，整天聽著資料整理、秘書管理，還有高等數學這些實實在在沒有任何想像空間和商量餘地的課程，曾鳴感到無奈而悲哀：長此以往，四年下來，自己會成為一紙空洞的公文。這種結局讓他心生恐懼。

稀裏糊塗地過了一學期，他除了學會抱怨和等待之外，沒有學到任何具有實質意義的東西。一次在福建老鄉的聚會上，認識了兩位來自三明市的老鄉，跟曾鳴同一級，就讀於法律系，談起一些大小道理頭頭是道，令人嘆服。曾鳴關於報考志願的記憶被點燃，他小心翼翼地問他們高考的分數。

一位五百〇五分，另一位五百〇六分，但他們都是第一志願。命運捉弄人，假如當時曾鳴把吉林大學法律系列為第一志願，那麼，考了五百一十三分的他就可以理所當然地讀到有趣的專業了。他這個文科生就不必再受原先就頭疼無比的數理化的折磨了。老鄉見老鄉，沒能給他帶來應有的喜悅，而是使得他更加心緒難平，顯得比從前更加心事重重。

下學期開始的這個學校歷史上前所未有的軍訓一度使他從所學非所願的窘境中解脫出來。出操，跑步，喊口令（稍息立正向前看向左轉向右轉起步走一二一、一二一、一二三四、一——二——三——四——），練軍體操，做俯臥撐，練刺刀，唱軍歌……幹的都是體力活，體內多餘的能量釋放得乾乾淨淨，人也就沒精力想東想西了。

軍訓的時候，曾鳴無比投入，經常練得滿頭大汗，汗水浸濕了軍衣軍褲，整個人像剛從水裏撈起來的，身體的勞累帶來的是心靈的寧靜，他就壓根兒沒有多餘的精力來想那些一想起來就頭昏欲裂的與將來有關的事。

如果軍訓是自然而然展開的，曾鳴將保持持續不斷的熱情。因為他和許多同齡的學生一樣，從小就做過當兵的夢。軍訓的時候，看著那些紀律嚴明走起路來有棱有角做事雷厲風行的士兵以及威風凜凜的軍官，許多人內在的從軍夢又被點燃了，特別是當大家聽說大學生也可以報名參軍的消息之後。可惜的是，書生們的體質成了擺在他們從軍路上的最大障礙。大家也就漸漸死了這份心，但不影響他們對兵將們的崇敬。

不管怎樣，軍訓畢竟是一種嶄新的生活，是大學生們所樂於體驗的一種生活。曾鳴感到極其不適應的是後來開展的各種比賽，什麼內務檢查，什麼隊列比賽，還有歌詠比賽、軍體拳比賽……房間整理乾淨些理所應當，就是那被子疊得跟豆腐塊似的曾鳴感到很為難，他們這些南方人出於對東北氣候的畏懼，帶來的被子大多又重又笨，堆在一起膨脹得跟一個小山包似的，要整天收拾得方方正正如豆腐塊，難度之大可想而知，而且，有那個必要嗎？每次內務檢查，曾鳴的那塊發脹的「豆腐塊」總是在成績上扯了後腿，讓曾鳴又痛恨又無可奈何。

唱歌和軍體拳曾鳴倒是勝任愉快，大凡那些稍微能讓人發揮一點想像的東西，曾鳴均有把握做好。

最令曾鳴感到頭疼並最終讓他每天祈禱軍訓快些結束的是隊列練習，特別是走正步。

「小白臉，出列！」部隊派來的那個教我們的士兵在叫曾鳴，「你這左右腳怎麼出的？怎麼左右不分呢？」這位年紀比曾鳴大四歲的老兵其實心地不錯，有著那個年代的士兵所有的一切共性：休息的時候很和藹，與百姓打成一片；訓練的時候十分嚴格，六親不認。雖然曾鳴和他私下交談挺熱烈，談及他的未婚妻時還會滿臉通紅。可是一到訓練場上，他的心硬得像一塊石頭。

他把曾鳴從隊伍中拎了出來，讓他在眾目睽睽之下訓練正步。曾鳴很緊張，越緊張就越走不好正步。要麼左右腿出錯，要麼忘了抬頭挺胸，要麼就是手臂沒有伸到應有的高度，反正那天下午，這個喜歡躲在角落裏的人成了主角——焦點人物，正劇被他演成了喜劇，平時不少為他的清高所刺激的同學都有了一次居高臨下開懷大笑的機會。

曾鳴感到很絕望，他沒有在老兵「恨鐵不成鋼」的特別訓練下成為一名優秀的戰士，反而變得像散兵遊勇一樣吊兒郎當。這就更加激發了老兵的教訓熱情，曾鳴只有一次次地成為同學們的開心果。

那是五月，長春最好的季節，春天剛剛來到這個城市，憋了一個冬天的樹木和花草爭先恐後地綻放激情，樹葉嫩綠而有光澤，在微風的吹拂下如波光閃爍，迎春花、萬年紅先花後葉，黃得浪漫，紅得熱烈，空氣不再是嗆人的塵土和煤煙混合的味道，而是充滿了各種植物交融在一起的清香。而曾鳴卻覺得在這樣大好時光裏，練著無聊的正步，無疑是一種生命的浪費。

當為期三個月的軍訓結束時，曾鳴如釋重負。一次晨練中，他無意中走進學校的武術訓練館，一位體育教練帶領一幫人一招一式打得熱火朝天。在他們訓練的時候，曾鳴跟著在邊上比劃，還到沙袋前有模有樣地擊打了幾分鐘。這個闖入者引起了教練的好奇，他叫過曾鳴，讓他再打幾下沙袋，並問他會不會「鯉魚打挺」，曾鳴很漂亮地完成了，並捎帶著翻了一個跟斗。教練臉上有難以察覺的喜悅，他說：「你願意的話，明天還跟我們一起練吧。」一向被忽視的曾鳴內心充滿感激。

他跟著校武術隊的十來名男男女女練了有一週時間，有一天，教練把他單獨叫到一邊，他說：「你願意成為校武術隊的一員嗎？」曾鳴喜不自禁，幾乎是響亮地喊了起來：「當然願意了！」一個連正步都走不好的人，現在卻成為許多人夢寐以求的校武術隊隊員。幾年之後，曾鳴反覆分析這其中的奧妙，他終於得出一個結論，他是一個適合自由發揮的人，而不是一個按部就班的人。這種性格讓他在某些方面獲益匪淺，某些方面則大吃苦頭。

進了武術隊的第二天，曾鳴在教練師父——一位來自河北的武術名家的率領下，興致勃勃地練起了「鴨拳」，這是名家的祖傳絕技。拳法模仿鴨子的動作，憨態可掬，外柔內剛。操練起來趣味盎然。在漂城，曾鳴無意中遇見一位有一面之緣的師兄，他練了七年鴨拳，功夫深厚，並派上了用場。在一次返鄉的路上，四個不懷好意的中巴車拉客者欲行不軌，竟然被這位師兄打得落花流水。

曾鳴本來很有希望成為師兄一般的人物。可惜的是，不到一週，曾鳴就主動退出了，因為武術隊要和外校打比賽。他喜歡自然而然地比劃拳腳，卻不願意讓比賽再次折磨自己。

軍訓結束之後一個月，曾鳴他們被通知說「隊伍」將再次「集結」，去部隊的靶場打靶，那一度成為曾鳴和同學們對軍訓最大的期望了。他們槍扛了近一個月，做夢都想著有子彈從槍裏飛出。可是，當時因為場地的原因沒打成，在過了一個月正常的大學生生活之後，不少人的心都野了，也如曾鳴一樣，對正步之類的玩意兒有些厭倦。但打靶吊起了大多數人的胃口。他們在等待著。哪怕後來通知說打靶時間改在放暑假的第二天，本著自願參加原則，願打者留下，不願打的可以回家。百分之九十以上的人選擇了留下。曾鳴班僅有三個人選擇回家，女生兩名，男生一名。曾鳴是他們班惟一選擇回家的男生。

與再次面對整齊劃一的生活相比，他寧願選擇回家，早一天與家人團聚。當他登上南下的火車時，正是同學們歡天喜地前往部隊打靶的時候，火車經過郊外，曾鳴依稀聽到清脆的槍聲此起彼伏地響著，真實也好，幻覺也好，曾鳴需要槍聲來為自己送行，這也算是一種告別吧？

03 發表「處女作」

不能說軍訓毫無成果，在那次乏善可陳的軍訓中，曾鳴結識了他大學時代最好的同學吳桐。他在曾鳴轉系事件中起了重要的作用，也在曾鳴長達七年的大學生活中，起到了兄長般的作用，儘管他的年齡僅比曾鳴大六個月。

軍訓的時候，文史哲幾個搞傳統學問的系的新生被編在一個「連」裏集訓。檔案專業屬於歷史學科，曾鳴他們經常與中文系漢語言專業的學生站在一起。

那時候，漢語言文學專業頗有名氣。有幾位特招進來的詩人；有一名山東省某地區的高考狀元（這位名叫李文星的傢伙竟然考了五百五十六分，只是由於第二次改填志願的時候學校沒能與家在偏僻農村的他聯繫上，他才窩窩囊囊地被吉林大學欣喜若狂地收入囊中，他的成績，考北京大學都夠了。）還有一位姓施的圍棋高手，這傢伙六歲學棋，高中時就是業餘三段了，拿過鐵嶺市市級比賽的第三名，進入大學後，打敗全校無敵手，還理所當然地成為校圍棋協會會長；還有一個姓王的長跑冠軍，在大學生校運會上令人瞠目結舌地摘得五千米和一萬米兩項冠軍。這傢伙是有名的跑不死，他是鋼鐵煉成的嗎？這個專業的學生還有許多風雲人物，有校著名節目主持人，校著名演講家，還有校報的著名撰稿人，不一而足。曾鳴軍訓時站在他們的身後，有一種須仰視才見的感覺。

一天傍晚，吳桐到曾鳴屋找安徽人老邵，老邵有事出去了。曾鳴就與吳桐聊了起來。吳桐是那種讓人一看就感到很親切的人。他的個子不高，一百六十公分左右，長相普通，但他有一雙坦誠的眼睛。他是那種既能表達獨特觀點而又善於傾聽的人，說話聲音溫和，態度謙虛，他的口頭禪是這樣的：「嗯，你說得很有道理，不過，我有一點小小的想法，你看，是不是可以這樣認為……」他簡直是在徵求你的意見的基礎上說出他的想法。與這樣的人相處，確實令人有如沐春風之感。他就是那種你在路上遇上了，就忍不住主動與他打招呼並說上兩句什麼的人。

曾鳴輕描淡寫地說了幾句心中的苦惱，吳桐卻顯得有些激動：「你看，強扭的瓜不甜，像你這樣的，我覺得很適合到中文系的漢語言文學專業來。我們這裏有廣闊的想像空間和迴旋餘地。」

曾鳴卻搖搖頭：「據說，中文系的學生入校之前個個都看過《紅樓夢》，有的還看了不下十遍。就我那點看《故事會》和《讀者文摘》的底子，恐怕學起來力不從心。」

吳桐笑著說：「也沒那麼嚴重，說自己看十遍的一定是個善於吹牛者，你不知道吧，中文系的人說話一向愛誇張，哈哈，這是他們的風格。《紅樓夢》我也是上學期才看的。再說了，大學的時間還長，學習就像一場長跑，開頭幾圈領先並不意味著笑到最後。你說是吧？」

曾鳴點點頭。

吳桐又問：「你高考語文考了多少？」

「九十三分，各科中最高的。」曾鳴有些自豪地回答。

「那不得了嗎，考的和我一樣多。」吳桐有些興奮地說。

後來，吳桐到中文系打聽了一下，說是學校有規定，有特長者在學滿一年後可轉入適合發揮其長處的專業。他建議曾鳴最好能在什麼正規的報紙上發一兩篇文章，然後再想辦法。

就在曾鳴捧回幾本雜文類的書準備炮製幾篇文章的時候，系裏一位教歷史文選課的老教授的一番話讓他信心倍增，並隱隱約約地看到了曙光。這位杜教授擅長寫對聯和相聲作品，戴一副老花眼鏡，也不知經歷了怎樣的坎坷，給自己取了一個「眊聵子」的號，自嘲自己是個眼花而木訥的人。

他在講課之餘，熱衷於品評人物，並對人物未來的發展前景做出大膽的預測，而且品評的對象就是聽講的各位同學，這真讓人又驚又喜。在那眾多乏味至極令人窒息的課程裏，這一門課就像是鐵屋上開出的一扇小窗子，讓大家能夠透透氣。

年過半百的杜老先生品評的根據是大家的作業和筆跡。在一次古文翻譯課上，這位與曾鳴素昧平生的教授竟然對曾鳴的一篇《史記》片斷的白話譯文大加讚賞。他的情緒有些激動，言辭中透露出一種發現了一匹千里馬的喜悅，他把譯文一字一頓地讀過去，不時在一些文字處停下來說，這個字用得好，這個意思領略得周到，最後他斷言：假以時日，鍥而不捨，此子前程，不可限量。

他平時可是不隨便表揚人的。一位來自通化的姜姓同學因為把他的「姜」字下部「女」字的那一橫寫得長了點，引起了杜老先生的不滿，他說，一橫長似火柴棍，走筆輕浮，此人做事三心二意，日後怕難有大成就。把姜同學氣得在課後傷心了好幾天，還挺不服氣：「我愛寫多長，他管得著嗎？下回我把那橫寫它兩根火柴那麼長！」他也只是說說而已，下一回那橫寫得規規矩矩的。

不少人特別是一些學習尖子很不服氣，曾鳴那麼一個學什麼都提不起精神的人，還能成大器？他（她）們找了一些參考書，把古文的意思琢磨透，而後把杜教授佈置的作業認認真真地寫一遍。一些人在看參考書之餘，還買了龐中華、沈鵬等人鋼筆字練習法一類的書法輔導書，苦練書法，以期在下一次杜老先生講課之餘，能夠得到較好的評價。他（她）們或多或少地得到了杜老先生的好評，但杜老先生都是很平靜地表揚的，並沒有當時品評曾鳴時的激動。曾鳴注意到了這一細微的差別，也猜想他或許只是為了鼓勵大家認真聽課做作業而出此良策。

在那樣一個六神無主的時刻，還有什麼比這點鼓勵更讓人感到溫暖、充滿勇氣？

後來，曾鳴冒著被人嘲笑的危險，偷偷給校報投了一篇雜文。他至今還十分清晰地記得那次近乎冒險的投稿經過。一月兩期的校報當時成為大家必不可少的精神食糧，到了出版日期，總有人上門送一份油墨飄香的校報。這張報紙有四個版，除了第一個版是校各級領導活動的報導外，其他的全是跟師生有關的文章。其中二版是教師活動情況，第三版是學生之家，第四版是副刊版。第三第四版發表的文章百分之九十都是由學生自己撰寫的。那時候，能在校報上發表文章是很榮耀的一件事，各級的才子才女們都在這裏嶄露頭角，並通過名字的不斷出現，為他們在同學中贏得知名度。

儘管後來曾鳴成為校報的常客，在校報副刊發表了近三十篇文章，不少文章不是頭條就是二條，但他仍然忘不了第一次投稿的情形。

校報編輯部設在校辦公樓，離曾鳴所在的宿舍有兩公里的路程，之間要穿過兩條嘈雜的馬路，他們那所大學被稱為馬路大學，校園被許多不屬於學校的居民樓和商場分割得七零八落。

就在曾鳴穿過馬路即將進入校辦公樓時，一件意外的事情發生了，把曾鳴嚇得魂飛魄散，他差點取消了投稿計畫。

一陣尖利的警笛聲響過，熱鬧的街道一下子安靜下來，接著四輛綠色的大卡車緩緩出現了。車上是員警押著身穿囚服的罪犯，車子的喇叭裏反覆說明罪犯叫什麼名，犯的什麼罪。這些罪犯全都剃著光頭，有男有女，他們犯的都是不可饒恕的強姦殺人或搶劫殺人一類的大罪，都被判了死刑，正準備運到刑場槍斃。他們被押著繞城一周，是示眾，是讓潛逃的犯罪者投案自首，是讓有犯罪念頭的人聞者足戒趁早死了這條心。

曾鳴不由放下了腳步，站在街道邊的花壇裏，看著這些大惡不赦即將離開人世的人究竟是何方神聖？這些人大都低著頭目光空洞神情沮喪，對自己犯下的事深感後悔。一些人的腦門上還滲出汗珠。只有個別的人還敢直視路人，有的目光兇狠，有的嘴角帶著嘲笑。

突然，一個年齡與曾鳴相仿的死刑犯從他眼前閃過，這人嘴角含笑，還朝曾鳴點了點頭。曾鳴嚇得毛骨悚然，趕緊掉頭向校部辦公樓走去。不管這些人如何地該死，看著活人向死亡一步步邁進，是一件讓人很不舒服的事。

曾鳴在校部辦公樓的大門前停下了，他有點猶豫不決起來：自己那篇批評學生看書時撕書及亂塗亂畫的壞毛病的千字小文夠發表水平嗎？校報會接受一個無名小卒的文章嗎？自己的文章會不會當場就被編輯「槍斃」掉，那將是一件多麼痛苦的事，那樣，自己轉系的渺茫希望將徹底化為烏有，而自己將在痛苦的深淵裏萬劫不復。

曾鳴實在不甘心就這樣「無疾而終」，於是，他鼓起勇氣穿過昏暗陰涼的走廊，來到二樓，在校報編輯部的辦公室前停下，深深地吸了一口氣，然後非常小心且小聲地敲了三下門，門開了一條縫，一個女子的聲音飄了過來：「請進。」那是他來長春之後聽到的最親切的聲音。

一位姓苗的編輯接待了他，搬了一把椅子讓曾鳴坐下，並當場把稿子仔細看了一遍，最後說：「寫得還行，是新生吧？」曾鳴點點頭。苗編輯說：「這裏有幾處要改一下，還有，你的文章該取個吸引人的題目。」她還讓出自己的桌子，叫曾鳴過去把文章改一下。曾鳴受寵若驚。

改好文章後，苗編輯說：「文章先放在這吧。有空多寫點。」對文章能否發表沒有明確表態，曾鳴也不敢問，就這樣抱著一種忐忑不安的心情離開了神往已久的校報編輯部。

曾鳴望眼欲穿地等待校報的來臨，等待文章的問世，就是後來，等待妻子生小孩，都沒有那麼緊張、那麼迫切過。

半個月過去了，新一期的校報出版了，沒有他的文章；又是半個月過去了，又一期校報出版了，還是沒有他的文章。曾鳴徹底絕望了，人變得很自卑，變得自暴自棄起來。沒事就去校園附近香菸瀰漫的錄相廳看錄影，或者找人喝酒喝得上吐下瀉。

最瘋狂的一次是纏著同屋的老邵下圍棋，只懂得基本死活的兩個臭棋簍子下得津津有味，沒有什麼布局，一上來就大砍大殺，殺得頭暈腦脹，彼此有勝有負，老邵負的盤數稍微多了點，他很不服氣，堅持要下。

一直下到凌晨三點鐘，下得頭暈眼花，幾乎要嘔吐了。老邵輸了，嘴裏叫著：「最後下一盤！」他又輸了。曾鳴擺擺手，從走廊的那張桌子上跳下來，（屋裏大家在睡覺，兩人把吃飯的桌子搬到有燈的走廊來）像醉漢似的往宿舍裏走：「再下，命都沒有了。」老邵悻悻作罷。

曾鳴在床上躺了十分鐘，眼前一團黑子白子在糾纏不休，絲毫沒有睡意，曾鳴忽然從上鋪扳住床沿叫老邵：「老二，睡不著，還下不下？」

老邵在下鋪也是睜著眼睛受罪，從床上一躍而起：「幹嘛不下，下死了算！」兩人又溜到走廊裏，殺得天昏地暗，一直下到天亮，兩人這才戀戀不捨地回到各自的床上，頭一靠枕頭就睡得天昏地暗了。當天是星期天，他們一覺睡到下午四點。

當時的曾鳴一點也沒有浪費時間的痛惜之感，他只希望大學的日子早點過完，這場無聊的惡夢才有望早日結束。

又是半個月過去了，就在曾鳴對在校報發表文章不抱任何希望的時候，一天下午五點多，他從文科樓前的操場打籃球回來，一身臭汗。這時，送報員送來了新一期的校報，真正的油墨飄香，曾鳴不經意地翻到苗編輯編的那個版，在這個版的右下角，所謂的報紙屁股的所在，赫然出現曾鳴用「雪松」筆名寫的那篇〈且住　伸向圖書之手〉。

曾鳴精神一振，兩眼放光，不敢相信似的把文章認認真真看了一遍，沒錯，這事確實是我幹的！然後，他把壓抑了近一年的情緒宣洩出來，他舉著報紙對正端著飯盆準備到樓下食堂打飯的同屋們大叫了一聲：「他媽的，我中了！」

大家圍了過來，搶過報紙讀了起來。曾鳴著急得直嚷嚷：「別撕破了，我還要看呢！」看著曾鳴邁開了人生關鍵的一步，有的人心裏酸溜溜的，有的人則準備迎頭趕上，只有安徽老鄉會生活部副部長老邵對曾鳴表示了真誠的祝賀，他鄭重地說：「你小子，真不錯，真是一鳴驚人啊。有的人活了一輩子也沒有發表過文章，你小子才十八歲就開始發表文章，後生可畏，再接再厲啊！」曾鳴伸出右手抓住老邵的右手，用力地搖了幾下，半真半假地說：「感謝感謝，知我者老邵也！」

那張報紙快被看爛了。洗完澡吃過飯，曾鳴又把報紙認真地讀了一遍，他覺得這一期的文章都很精彩，對那一個個作者的名字備感親切，因為，他已經躋身到他們中間了。

他一個晚上就那樣邊看一回《紅樓夢》邊忍不住看一遍自己的文章，《紅樓夢》像極了東北大米做成的飯，自己的文章就是那下飯的辣白菜。在「辣白菜」的輔助下，曾鳴竟然比平時多「吃」了幾兩「飯」。

雖然此後曾鳴發表了上千篇文章，但對一篇文章那樣憐惜和愛不釋手，卻是不再有了。因為在正式出版物上發表文章，那是第一次，是真正的「處子秀」，只能有一次。

04 陽光燦爛的日子

那篇文章後來啟發政治學系學生會開展了一場聲勢浩大的「愛護圖書」活動，在學生中引起轟動。在該系編制的大型宣傳欄上，曾鳴的文章又被該系的學生幹部油印了一次。曾鳴的膽子就壯了。

曾鳴終於下定決心要轉系了。不善交際的他竟連單獨前往中文系的勇氣都沒有。他找到了福建老鄉會的會長郭文，他比曾鳴高兩屆，還是政治學系學生會外聯部部長，曾鳴永遠感激郭文的鼎力相助。郭文二話沒說，定下與曾鳴一起去拜訪中文系系主任的日子。

他們就要去敲開中文系系主任辦公室的大門了。據說，辦成這種事一定要送禮。但郭文也想不清楚該拎蘋果還是梨上那有目共睹的場所，總不能空著手吧，於是，他建議從不抽菸的曾鳴買一包金橋菸，在香菸的一遞一接之間，拉近距離。他們對此舉能否成功，一點把握都沒有，就揣著一包金橋菸，抱著死馬當活馬醫的心情走向中文系。

中文系所在的白樓遙遙在望了。由於白樓在校圖書館附近，曾鳴經常在借書之餘會拐到右邊的白樓去看看，那個城市極為常見的四層建築，在美麗夕陽的照射下，依然呈現出平淡無奇的面目。但在曾鳴的心裏，這幢平常的建築對他來說意義重大，想到走進這座大樓，就有可能接觸到一些與屈原、李白、曹雪芹、魯迅、海明威、馬爾克斯等文學巨人長期打交道的老師和學生，曾鳴瘦弱的身體就像風中柳樹似的微微顫抖，想到能夠與這些才華橫溢的師生互通有無，曾鳴覺得不勝榮幸之至。因此，這幢在常人眼中的尋常小樓，在曾鳴的眼中，不啻是一幢金碧輝煌的教堂。

的確，他是懷著朝聖的心情激動不安地走進白樓的。也因此，他對即將做的俗事，感到有些不好意思。這也是沒辦法的事，人們為了達到崇高的目的，常常要從很低俗的事情做起。

郭文倒是很鎮靜地敲開中文系系主任辦公室的大門，裏面一個深沉的聲音說：「請進，門沒關。」曾鳴見到慕名已久的高主任，高主任像傳說中的那樣和藹，他面帶微笑地問：「兩位同學有什麼事？」

郭文不失時機地向高主任遞過一支菸，主任接過了，郭文說明了來意。高主任點頭微笑，先是向曾鳴問了一些基本情況，如高考成績、語文成績、發表文章與否，曾鳴如實回答，並把隨身攜帶的那張刊有自己文章的校報遞過去。在高主任瀏覽報紙的時候，曾鳴還在一旁補充了一些對漢語言文學極其神往之類的話。高主任點了點頭，最後把報紙還給曾鳴，確認什麼似的說了一句：「你真是對文學那麼入迷？」曾鳴急切地答道：「我喜歡想入非非。」

高主任禁不住笑了：「對文學來說，想像固然重要，長期的閱讀也不可少，而且，閱讀是很累人的。」

曾鳴用寫保證書的那種口氣說：「興趣是最好的老師和原動力。」

高主任最後說了一句讓曾鳴沒齒難忘的話，他說：「你們系肯放，我們系就要。」曾鳴想，這麼簡單？受了一年不堪回首的苦，就這麼一語了之？

曾鳴有點不敢相信自己的耳朵，為了保險起見，他做了一件現在想來無比幼稚的事。臨走前，曾鳴有意把那包菸留在桌上，心想：你要收下了，下次我給你送一條！

在他和郭文推門而出的那一刻，高主任叫住他，同學，你的菸忘了拿。曾鳴面紅耳赤手忙腳亂地將菸塞進上衣口袋。

在路上，兩個年輕人自以為是地分析剛才發生的一切。郭文以過來人的口氣說：「他連一包菸都不敢收，我看這事玄。」他想當然地從社會風氣及傳統政治學理論角度認為：「拿人錢財，替人消災。他不敢拿，說明這事沒有十分把握。」後來證明這些猜想簡直是「以小人之心度君子之腹」，一個堂堂的系主任怎忍心收窮學生的東西！

曾鳴興沖沖地到文科樓找到了歷史系的關主任，關主任面無表情地說：「他們中文系要，我們就放。」曾鳴的熱情一下子冷卻下來，他想：這不是踢皮球麼？

他獨自一人又找到高主任，沒想到高主任依然面帶微笑，而且很熱情地當場寫了一張條：「該生對文學有濃烈的興趣，希望能夠到中文系學習。」曾鳴覺得用「濃厚」一詞更妥當些，「濃烈」似乎有種咄咄逼人的氣勢。他跑回文科樓，把那張寄託自己全部希望的條子交到一臉疑問的關主任手裏。

經過十四天的等待之後，曾鳴竟然成功轉系，而且不用降級（漢語言文學專業課程難度與檔案管理專業相當），還讀八九級的文學班！在度過了一年陰暗的日子之後，這一切來得太突然了，陽光燦爛的日子就這樣輕易地降臨了。

後來，從歷史學系一位學生幹部那裏得知，中文系在學期末走了兩個學生，一個去了外文系，一個去了經濟系，都是當時炙手可熱的系（雖然他們都降了一級，但不影響他們暫時離開時的欣喜若狂）。中文系當時已經江河日下，從一九八五年前的好系淪落到僅比考古系好一點的系而已，他們接受曾鳴是為了挽回一點面子：看，我們也不是只出不進。歷史系呢，由於曾鳴對自己處境不斷抱怨，早已經令同班不少人軍心動搖，系裏也想儘早把這匹「害群之馬」驅逐出境。

曾鳴並沒有因為這些內幕消息而憤怒，不管什麼原因轉的系，他都要深深地感謝學校能夠認真地執行有關規定，感謝那些主動或被動地促成自己轉系的人，至少，他們都是一些懂得尊重體諒別人的好人。

曾鳴記得自己在歷史系上的最後一課是化學課（檔案管理是新興的專業，課程設置完全是摸石頭過河，一九八八年招的是理科的學生，一九八九年卻招文科的學生，但課程卻沒變，曾鳴他們這些文科生在大一的時候飽嚐高等數學之苦，其他人之後又備受化學物理生物的折磨），這課本來應該下一學期才開始，但事業心很強的二十六歲的化學女教師準備測試一下這些文科生的化學水平，以便新學期因材施教，於是提前安排了這門開卷的答題課。

一看到長得像法國明星茱麗葉・畢諾許一般迷人的化學女老師，曾鳴差點不想轉系了，他想：長期看著這張臉是一件多麼幸福的事啊。但是，當他低頭看到那張寫滿化學元素的卷子，竟然還有一道化學反應題，要求寫出反應過程。化學女老師的魅力立即大打折扣，他想：就是天下第一大美女手把手教我化學，我也要義無反顧地離開。中文系就是諸葛亮他愛人教古代漢語，我也將毫不猶豫地學。

曾鳴拿筆在試卷上方比劃著，不想回答任何一道題。他望著與「化學」無關的女老師以及窗外榆樹上自由自在地跳躍的小鳥，心情前所未有的輕鬆和愉快，啊，我要走了，要告別這一切一切讓人心煩意亂的東西了。他一道題也沒答卻一點也不著急，沒想到，拒絕一件事能夠帶來如此美好的感受。

過了兩天，曾鳴就捲舖蓋走人了。他離開的心情是如此急切，以致他等不及檔案管理專業的同屋們下課，就自己叫來中文系的吳桐等幾個新室友，將棉被、書籍及北方特有的大草席浩浩蕩蕩地搬往新宿舍。儘管後來事件的發展令他們一個上午的勞動顯得很徒勞，但當時肩扛棉被手提臉盆的曾鳴卻顯得興致勃勃，有一種如釋重負之感。

八舍到七舍只隔著一個小操場，從八舍「走」到七舍，曾鳴用了一年的時間。

05 火災沖淡他的欣喜

到了新宿舍，鋪好新床，曾鳴連忙取出那包沒抽完的金橋菸，一個個遞過去，哥們兒，辛苦了。來一支。誰也沒想到，這包多餘的金橋菸會給他帶來那麼大的災難，為他即將開始的陽光燦爛的日子蒙上陰影，使他在長達半年的歲月裏，始終為自己的所作所為感到內疚，甚至不敢告訴家人，以致寒假來臨時，他在學校待了半個月，才敢回家面對父母，但一直到六年之後走上工作崗位，他才如釋重負輕描淡寫地談及那場火災，因為，與此後人生遭遇的更多更大的事件相比，那場讓人虛驚一場的火災實在小得微不足道。但在當年，對一個十九歲的向上而敏感的青年的心靈來說，火災事件沉重得像一塊巨大的隕石。

那天在香菸嫋嫋中，曾鳴興致勃勃地一一認識了中文系的新室友。

老大，本地人，面黑心善，矮而結實，愛好金庸和足球，系足球隊超級替補。愛好武俠的副產品是口角特伶俐，不僅會唱二人轉，平時談話時插科打諢亦頗足解頤，由於長相一般，長髮微白，人有點自卑。

老二，山東大漢，面黃心善，中文系前十名的好人之一，在老大忙於武俠之際，老二代理了「老大」的功能，打水掃地，任勞任怨，調解眾小弟的糾紛，富有組織能力，在與其他寢室交往，或為本寢室爭取在班級的地位及利益時，能挺身而出，據理力爭，排憂解難，一個熱衷為寢室事業跑腿並善於跑腿的人。遺憾的是，好人多吃虧，在大四的後期，由於受到莫須有的指責和個別小弟不明事理的嘲諷，公益心有所減弱，不能善終。因為心地善良，富有責任感，被友寢一女孩看上了。女孩長得玉潔冰清，身材苗條，為友寢首席美女。老二開始時頗自得，後來嫌女孩管得太緊，主動提出分手，把眾小弟氣得欲開除他的「室籍」。至於他後來覺得女孩的好，為時已晚，因為他已經是四歲孩子的爹了。

老三，江西大高個，身高一八三釐米，面冷心善，美食家，對家鄉的各種美食津津樂道，在寢室內製作的炸醬雞蛋面色香味俱全，堪稱中文系一絕。對家鄉的釣魚生活情有獨鍾，一條被他拖出水面又溜走的大概三斤重的黑魚讓他念念不忘。善於傾聽並最終以一句出人意料的巧妙話作結，這話常常令人拍案叫絕。連校園第一大詩人老八也曾多次讚揚老三為語言大師。好吸菸，不愛說話，可謂平淡。大四下學期與一女孩由打羽毛球相識而相愛，終因時間短暫沒能發展戀情，係其校園一大閃光點。此人在寢室窗外空地打球時對女孩毫無憐香惜玉之情的大力扣殺等動作令人過目難忘。

老五，本地土著，絡腮鬍，個小嗓門大，充滿激情，極其好辯，且熱愛逆反思維，常常在寢室的爭論中孤身一人力戰群儒，居然沒人能說服他，但問題越辯越糊塗是每次爭論的最終結局。與曾鳴一樣，暗戀友寢一熱心社會活動的美女，並勇於表白，遭拒絕後心灰意冷，一度沈默，愛好行動，以期在行動中忘憂，曾孤身一人騎自行車餐風露宿到江蘇，後來以〈在路上〉為題，作一長篇散文，情真意切，曾鳴以為在情感的殺傷力方面比《文化苦旅》高出不少。

老六，吳桐是也，安徽人氏，個小心善，感情熱烈卻性情溫和，愛好詩歌，喜歡讀書。

老七，本地人，中等個子，美男子，如果你認為現在的李亞鵬是美男子的話，他長得像極了李亞鵬。喜聽並喜唱流行歌，最拿手的是唱周華健及張鎬哲的歌。這是一個情種，與多位優秀的女生有過交往。

老八，本地人，校園風雲人物。在校園詩歌界、演講界、播音界、主持界，特別是校園政界均有建樹，而且都是一號或二號人物。（後來，有個湖北來的特招生，為了找工作，編造了許多莫須有的業績，而他的範本出自老八，老八則是確確實實取得那些殊榮，如假包換）中等個子，面黃，戴黑框眼鏡，冬天常穿一件黑色風衣，像五四青年，也像當時的文學青年，有古風。由於他太優秀了，以至於在寢室裏常有鶴立雞群之感。但在寢室的日常生活中，他並不太討人喜歡。因為他要求大家對他像對優秀者一樣恭敬，要圍繞著他提供服務，比如值日時的打水掃地之類。由於他優越感太強了，大家反而不太能適應，他有一點始終沒鬧明白的是，與他同住的都是與文化巨人靠得最近的人，崇尚思想和自由，對虛名浮利看得輕如鴻毛。他還忘了自己給寢室帶來的最大不便是喧嘩，因為來找他的人太多了，二〇八寢室常常人滿為患，最高峰是他競選校學生會主席之時，寢室熱鬧得像一個生意興隆的菜市場。外人倒是挺羨慕這個屋的，有個才華出眾的人，蓬華生輝啊。不過，他的確是個懂行的人。他曾經隆重地向大家推薦《麥田裏的守望者》這本小說，應者寥寥。許多年之後，曾鳴在偶然的機會讀到這本書，確實棒得不得了。現在，他每年至少要讀一遍這本一度被他忽略的書。

老九，河北人。寢室裏最超然物外的人，一心讀聖賢書，他確實是那種只為功課及考分而忙碌的人。獨門絕技是睡功，當其他人還在舉行臥遊會或打牌之類的活動時，他只要一高興，頭往枕頭一靠，不到一分鐘就有真實的鼾聲傳送出來。睡眠好心情就好，寢室裏經常響起他那招牌式的底氣十足的笑聲。

老十，遼寧人。就是前文提及的打遍全校無敵手的圍棋王。整個大學，他簡直是把漢語言文學專業當成圍棋專業來學。《圍棋天地》和《新民圍棋》之類的圍棋雜誌堆滿他的書架，他還鑽研過《發陽論》這樣其難無比的圍棋古籍。因為他的存在，二〇八室差點成為一間棋室，慕名而來的各系圍棋高手蜂擁而至，屢戰屢敗又屢敗屢戰，他們戲稱二〇八屋為「死亡之屋」，因為「十段」（老十的綽號）在圍棋上帶給他們的全是與失敗有關的傷心回憶。老十與文學有關的書讀得不多，但不影響他那用天才的腦子寫出一首首意象古怪的詩歌，居然也有一定的讀者。

等等，好像忘了介紹一下老四，在這個屋住過近一年的老四系黑龍江人氏，中文系的美男子。個高面白，俄語極佳，正因為如此，甘願降一級到外文系。曾鳴只在軍訓時浮光掠影見過此人兩次面。

由於大家叫慣了舊排行，雖然曾鳴在寢室年齡最小，仍被稱為老四，較真者則在「老四」前加一「偽」字。那就順便再對偽老四再說上兩句，此人為福建人氏，面白心善，拙於與人交往，迷戀讀書和寫作。也許自感比別人少學一年的緣故，他發瘋似的以兩天一本的速度狂啃中外名著。他的讀書方法是，一個作家對他的胃口，那他就非把圖書館裏與這個作家有關的作品全啃上一遍。像川端康成，海明威，黑塞，馬爾克斯等，還有早期不懂事時看的郁達夫、賈平凹等。

從他所喜歡的文學雜誌的變遷可以看出他的進步，《小小說選刊》，《散文》，《小說月報》，《收穫》。從他所喜歡的當代中國作家的變遷可以看出他的進步，瓊瑤一本，席慕蓉兩本，三毛三本，孫犁全部，賈平凹全部，馬原全部，余華及蘇童全部，還有現在的韓東朱文全部。

後來，他又瘋狂似地喜歡上外國作家，法國的卡繆和杜拉斯，德國的黑塞，英國的莎士比亞和哈代，蘇聯的肖洛霍夫和帕斯捷爾納克，奧地利的卡夫卡，義大利的卡爾維諾，美國的海明威霍桑卡波特塞林格梅爾維爾，還有哥倫比亞的馬爾克斯和阿根廷的博爾赫斯。有些外國作品被他反覆閱讀，譬如：《百年孤獨》、《一樁事先張揚的謀殺案》、《白鯨》、《紅字》、《麥田裏的守望者》、《我們的祖先》、《情人》、《喧嘩與騷動》、《老人與海》、《雪國》及《城堡》。關於他讀書的心得，下文還有描述。

總而言之，這個人後來發展成一個名副其實的書呆子，捎帶著經常自不量力地寫些散文和準小說。他有一個致命的弱點就是輕易被人間的一些美景所打動，比如風景，比如美女，而且喜歡展開與之有關的白日夢。這一點，讓他吃盡了苦頭。

一切安排就緒後，大家也就散去了。吃完午飯，因為當天下午還有一節古代文學課，大家聊了一會閒話，開始午睡。

曾鳴躺在床上，陌生的環境令他一時難以入睡，夢寐以求的轉系已經達到，該如何收拾起精神，在這才子多如過江之鯽的地方嶄露頭角，實現那朦朦朧朧的文學之夢？哪些書該讀？怎樣寫一手漂亮的文章？如何與這些個性極強的人相處？

越想越睡不著，他一看書架上還剩三支菸，剛才還在想丟了算了，現在又覺得有點可惜。據說文人都是能抽善飲的，那就從今天開始練習吧。他點燃一支菸吸了起來，金橋菸有股淡淡的香味，菸抽了一半，曾鳴有些睏了，於是，就在書架上隨手將菸頭一抹，睡了。

一覺醒來，曾鳴隨大家直奔文科樓的教室，又看到不少新面孔。全班十九名男生，二十名女生，有些輕微的陰盛陽衰。不知為何，總感覺這些同學精氣神較檔案班的同學足一些，目光中多了些神采，舉手投足間有一種舍我其誰的優越感。雖然中文系畢業分配不太理想，但自視甚高的文人習氣古韻猶存。上的是先秦文學，戰國時代百家爭鳴的思想異常精彩，引人入勝。

上完課一看才四點多，離晚飯時間還有一段距離，大多數的人解放般地往寢室或籃球場跑。曾鳴坐在原座位沒動，他還想自學一會兒。畢竟有一年的中文課沒上，該補的還得補。再說，那麼多有趣的書等待他的光顧。

他取出上海文藝出版社出的那本著名《探索小說集》，興致勃勃地看起來。開「啃」莫言的《透明的紅蘿蔔》，隨著孤獨的黑孩遊歷他的淒涼童年，「啃」到一半，突然，老五滿頭大汗地衝進教室，氣喘吁吁地說，大勢不好，你的床燒起來了。曾鳴的心沉了一下，走出教室，曾鳴拉開了跑的架式，老五說，不必如此，已經撲滅了。

回到寢室，床上一片狼藉。棉被、床單早被燒得一片黑黃，慘不忍睹。曾鳴分析起火原因，可能是那菸頭滑落到被子上死灰復燃。據目擊者說，當時二〇八室濃煙瀰漫，煙不僅從視窗源源不斷冒出，而且還從門縫裏湧出，整個走廊煙霧滾滾。虧得隔壁一位經常翹課的大一學生發現了，否則後果不堪設想。（此人後來自作主張在曾鳴的畢業紀念冊上留言，承認當時是自己報的「火警」，而他當時不敢承認是怕別人誤以為他是縱火者。）

曾鳴對損失倒是不太心疼，只是覺得這把火燒得不是時候。他並不想以這種方式讓自己暴得大名，轉系竟然以這種恥辱方式開始，這讓十九歲的曾鳴第一次感到生活的殘酷。

火災把校保衛處的同志也驚動了，一位高大的負責人問了他一些情況，並叫他去一趟保衛處。曾鳴欲哭無淚。老二認出了保衛處的那位負責人，原來他是真老四的叔叔，老二熱情地與他打招呼，並反覆解釋曾鳴只是無心之過，絕非有意縱火，他剛剛如願以償地轉系過來，珍惜還來不及呢。那位負責人點點頭。在校保衛處，那位負責人說：「念你初犯，也算與我侄子有緣，口頭警告加三十元罰款，你看如何？」曾鳴輕聲地說：「謝謝你了叔叔。」回宿舍的時候路過商場，曾鳴順便買了棉被和床單。

回到宿舍樓，曾鳴突然發現自己丟在走廊裏的破棉被和破床單被人洗得乾乾淨淨地曬在大樓門口左側，除了殘破一些外，色彩還是蠻鮮豔的，心裏油然而生對那位活雷鋒的感激之情。

他走了過去，將裝有新棉被和新床單的袋子集中到左手，伸出右手苦笑著從橫在兩棵小樹之間的晾衣繩上收起這兩塊殘缺的布片。布片還很濕，但曾鳴果斷地將它們攬在懷裏：一紅一綠的布片掛在那裏像兩面旗幟，太觸目驚心了，彷彿在展示曾鳴幹了多麼偉大的事業似的。

回到寢室，他將布片往角落一丟，心想：我怎麼這麼倒楣。一些人抽了一輩子煙都平安無事，我才抽第一支菸就運交華蓋？他決定今後絕不沾菸。

他剛聽完譚詠麟那首《難捨難分》，這時，門口的那位中年女門衛門也不敲，就吵吵嚷嚷地衝進來，說：「哪位同學今天在樓裏點了一把火？」

曾鳴下床站起來說：「是我，怎麼啦？」

她氣呼呼地說：「你這人為何不講道理，你不要的垃圾，我洗了你倒又要了？」

原來如此，曾鳴氣不打一處來，朝她吼道：「誰說不要了，我只是暫時放在走廊而已。我還要拿它當抹布呢。」曾鳴也不是在意那兩塊破布，只是覺得此人所為偏離了自己的美好想像，有點雪上加霜的意味。

那中年婦女有些傷心地說：「那我不是白洗了？」

曾鳴心軟了，說：「你也不容易，這樣吧，大的這片你拿去。」

中年婦女大喜過望，捲起角落那塊紅色的破被面準備走。

曾鳴鄭重地說：「不許在宿舍門口曬，否則我要沒收。」

中年婦女說：「不會的不會的，謝謝你了小兄弟。」精疲力竭的曾鳴揮揮手，示意她快快從自己眼前消失。

想起那床八斤重的棉被，曾鳴的心有些隱隱作痛。他仍然清晰地記得，接到錄取通知書的第二天，母親就到鎮上請人彈一床好棉胎。為了抵禦長春冬天想像中「滴水成冰」的天氣，她請人打八斤的棉胎，比鎮上人家常用的棉胎多三斤。兩天後，由母親主持，曾鳴和妹妹當副手，三個人在客廳裏隆重地為棉胎縫上外罩。母親的縫紉工作多次被打斷，因為這張寬廣的棉被喚醒了曾鳴和妹妹童年的記憶，兩人在鬆軟的棉被上不停地翻著跟頭，他們重溫兒時縫棉被必有的享受。玩累了，他們趴在棉被上不願起來，貪婪地呼吸著被罩上面那沁人心脾的陽光的味道，那是家的味道。

曾鳴快活地叫道：「這麼結實，再大的風雪也不怕！」

母親笑著說：「可別暖和得連家都不想回了！」

如今，總能引起美好回憶的棉被化為烏有了，曾鳴覺得自己在異鄉的孤獨感又加重了一層。新室友一度在熱烈地討論著為曾鳴捐點款什麼的，而且建議全班同學都捐點。曾鳴潛意識中倒是希望他（她）們能如此，但又覺得接受別人的同情，心中多少有些不安。於是，曾鳴強顏歡笑地說：「哥們兒別再提大火之事，就是對我的最大幫助！」

倒是檔案班的同學聽說後一人湊了一點錢，總共一百元，托班長交過來。人和人，畢竟相處久了才會有感情，曾鳴緊緊地握了一下班長的手，心情複雜地說：「謝謝大夥。」

曾鳴為自己走的時候沒有跟檔案班的同學告別而感到一絲內疚。他所不喜歡的只是檔案專業，真不應該把那種惡劣的心情牽涉到學習那個專業的人身上。

後來的經歷證明，大學同學往往在一年級的時候能夠建立較為深厚的集體感情，像曾鳴這樣中途插隊的，只能與個別人建立感情，與整個群體，終歸隔了一層。

果然，新宿舍沒人再提捐款的事。畢竟曾鳴和他們還只有一天的交情。

曾鳴終究有點過意不去，於三個月後的一個夜晚，買了二十八張電影票給檔案班的同學送去，聊表心中的感激之情。

06 美麗是一種止痛劑

晚飯時，十位青年學生坐在桌邊吃飯，個個坐姿獨特，顯得十分高大。這些總愛與眾不同的人把椅子靠背的頂梁當椅面，而把真正的椅面當作放腳的地板。久而久之，真正的椅面越來越髒，人們也就心安理得地把它當地板了。這種坐姿的確很有氣魄，如同騎馬一般，既便於交換菜餚，更便於指點江山。

「嘿，上週定好的，醫大的聯誼寢室那班妞今天要來，小曾兄弟遭此不幸，我們還要不要把快樂建立在他的痛苦之上？」在八九班有情種美譽的老七在徵求曾鳴及其他人的意見。

曾鳴大度地說：「這點痛算什麼？來吧來吧，美麗是一種止痛劑。」

眾人笑說：「精闢精闢。讓她們來吧。或許能給曾兄弟帶來好運。」

那年頭，時興各系之間、院校之間建立聯誼寢室，當然都是男寢與女寢，那真是校園內一道亮麗的風景線。不是哪個男寢都能如願以償交到聯誼女寢。這些男寢必須得是有趣或有前途的專業才行。中文系雖無多少前途，但在他人眼中，大家想當然認為中文系的學生個個都是準作家，可看禁書，能讀會寫，談吐不俗。儘管曾鳴後來知道這一切不過是一種誤會，林子大了，什麼鳥都有。不能寫的人為數不少，但一個比一個能吹卻大抵不錯。

中文系學生的自我感覺都不錯，個個都覺得將來思想家、作家舍我其誰。他們認為，兔子不吃窩邊草，本校也就外語系的女生長得不錯，可惜她們都是發達國家的準公民，高攀不上，其他系又乏善可陳。

大一上學期的時候，雖然二〇八室的人「渴」得很，但他們本著寧缺勿濫的原則耐心等待，期待著讓人賞心悅目的人間美景的出現。

大一下學期，一個偶然的機會，老五到離吉林大學一公里半的醫科大學的一位女老鄉處作客。面對一屋子如假包換的美女，老五驚得目瞪口呆，他強忍內心的激動，裝作司空見慣的樣子，滿不把這些美女當一回事。

他口若懸河般給她們講起莫言的《紅高粱》、孫甘露的《我是少年酒罈子》、張承志的《北方的河》、阿城的《棋王》以及海明威的《老人與海》、《太陽照常升起》……他說宿舍十個人有八個是詩人，另外兩個攻小說。他還當場朗誦了兩首據說是同寢室老四寫的抒情詩，第一首名為〈我用我的蒼老撫愛你〉：

像夢一樣廣泛地降臨
黑夜，大地像拉開的彈簧
泥石滾下山岡

逃難的人隨風疾走
呵，攥緊的氣候
你用你的疲憊佔領我
就像孱弱
佔領一件昂貴的衣裳

一個時代在消亡
負荷夢想的翅膀下垂了
它的頹勢，落日一樣
圍著廢墟吟唱

多麼壯烈！舊世界
我用我的蒼老撫愛你
撫愛，索要輝煌的詩篇

他躊躇滿志地環顧四周，看到的只是她們微微驚訝的眼神，沒有出現預期的熱烈響應，老五感到微微的失望，接著，他拋出了「殺手鐧」，即第二首〈給小杏的詩〉：

小杏　在人群中
找了你好多年　那是多麼孤獨的日子
我像人們讚賞的那樣生活
作為一個男子漢
昂首挺胸　對一切滿不在乎
只有夜深人靜的時候
我才拉開窗簾
對著寒冷的星星
顯示我心靈最溫柔的部份
有時候　我真想慘叫
我喜歡秋天　喜歡黃昏時分的樹林
我喜歡在下雪的晚上　擁著小火爐
讀阿赫瑪托娃的詩篇
我想對心愛的女人　流一會眼淚
這是我心靈的隱私
沒有人知道　沒有人理解

人們望著我寬寬的肩膀
又欽佩　又嫉妒
他們不知道
我是多麼累　多麼累
小杏　當那一天
你輕輕對我說
休息一下　休息一下
我唱支歌給你聽聽
我忽然低下頭去
許多年過去了
你看　我的眼眶充滿了淚水

老五事後得意地說，此詩一出，當時就把她們全給鎮住了。一屋子的人鴉雀無聲，全都著了魔似地癡癡發呆。

過了一會兒，她們猛醒過來，異口同聲地問，你們老四有女朋友嗎？

老五說，有。

她們臉上明顯寫著失望。

老五笑了，逗你們玩呢。是有過，高中時有過，現在勞燕分飛了。

她們開始七嘴八舌地問，你們老四哪裡人？高矮？胖瘦？星座？

老五一一作答。他很後悔，當初為什麼不把這首著名詩人于堅寫給女友的詩說成是自己寫的。那樣，自己將受到多少甜蜜目光的拍打啊。（回到寢室，老十對老五一腔仇恨，老五，我好歹也是系二十大詩人之一，你怎麼也得想到我啊。老五罵道，就你那猴樣，滿腦子骯髒的意象，怎麼能寫出那種純詩？其實，老四早已經不在學校住了，回家準備外文系的功課了。）

之後，老五漫不經心地說，有好幾個系的女寢要與我們聯誼，我們覺得她們的專業沒有神秘性可言，都拒絕了。聽說你們要經常解剖屍體，挺刺激的。對我們來說，這一切很神秘。我有個建議，乾脆我們兩個寢室聯誼得了。

十位美女商量了一下，一致通過。

兩個寢室在曾鳴來之前三個月結為聯誼寢室，一起活動過三次，集體合過影。

曾鳴這才注意到寢室正中那面牆，上面釘著一面長方形正衣冠修面容的鏡子，鏡子上方有一張集體照，便於室友在鏡前流連時，順便看一眼讓人心中充滿甜蜜的「全家福」。

照片上的時間為日落時分，人物以本市著名的旅遊勝地南湖公園某一排大柳樹為背景，人人帶著初次相識時的幾分矜持朝鏡頭微笑。人物的臉龐鍍上一層淡淡的金黃色，那是下午五點鐘的陽光造成的，當時好像還有一些傍晚的風，細長的柳條向左斜飄。果然是八位美女（有兩個當時有事沒去）。曾鳴認為第一排左一和左二最漂亮，當然他更喜歡左一，可愛如黃蓉，美麗如山口百惠，一副小鳥依人的樣子。

曾鳴仰著臉，對著照片發了一會兒呆，他為自己遲到者的身份而倍感遺憾。他很願意出現在照片上左一的身後。

這時間，鄒老七屁顛屁顛地下樓打電話叫她們來，告訴他們來了一張新面孔，南方的小白臉，不過，今天差點把宿舍燒成大黑臉。

於是，大家分頭行動，一撥人前往商場，買來葡萄、海棠果以及瓜子花生；另一撥人留在屋裏整理內務。

這內務整理起來並不輕鬆，要把黑乎乎髒兮兮的地板洗出原來的紅磚本色，把椅子的椅面從擱腳板恢復其原有的功能，還要把床底的鞋啊襪啊臉盆啊之類排放得整整齊齊！

他們自覺地把她們當做衛生檢查團的人，他們樂於以她們的光臨為動力，讓這個充滿各種古怪的氣息的陋室變成一間清香雅潔的茶館。為了營造氣氛，他們還把班級舉辦晚會用剩的彩紙和絹花把日光燈裝飾了一下，一覽無餘的單調的白光就轉變成多彩而浪漫的光芒了。

好了，桌上擺放著誘人的瓜果和零食，地板整潔如新，燈光迷人而柔和，答錄機也打開了，把童安格那熱烈而纏綿的聲音傳送出來。

遙遠的地方有一個女郎名字叫做耶利亞
有人在傳說她的眼睛看了使你更年輕

如果你得到她的擁抱你就永遠不會老
耶利亞神秘耶利亞我一定要找到她

眾人跟著童安格一起哼起來，心隨著音樂的節拍在跳動。曾鳴覺得中文系真是一個充滿生機的系，善於給平淡的日子加入味精、辣椒粉和胡椒粉，這系看來是轉對了。

晚上七點左右，在窗口放哨的老二滿面紅光地對屋裏的人叫道，來了來了，你們的耶利亞來了。十段，快把床上的臭襪子收好。

大家的臉色和老二差不多，像多喝了二兩小酒似的滿面紅光。看著他們的臉色，你會感受到一種春天的氣息，而忘了窗外的柳樹葉子在秋天的風中日漸稀少。

不知為何，隨著她們高跟鞋踩在樓梯上的聲音越來越響，曾鳴的心情越來越緊張。曾鳴此前沒談過戀愛，高中時羞於與女同學交往，幾乎沒有異性朋友。

好了，高跟鞋的敲擊聲戛然而止，隨後，輕柔的敲門聲響起，鄒老七站在門後，很紳士地開了門：「嗨，你們好。」

「大家好。」劉梅大姐落落大方地打招呼，劉梅是個性情溫和的人，善於傾聽，同時也心甘情願地為加強兩個寢室的友誼而做了許多繁瑣的工作。曾鳴和她談得來，遺憾的也只是談得來而已，這樣的好處是使兩人保持比較長久的友誼——至清無魚的感情。

左二進來了，曾鳴眼前一亮，這是林雪，不僅臉長得像今天的舒淇，身材也像舒淇那般飽滿。她一度成為老二的夢中情人，而且在老二的旁敲側擊之下，芳心暗許，兩人交往了兩三個月。王胖子有如此福氣，搞得大家又羨慕又嫉妒地戲稱林雪是「鮮花插在那個什麼上了」，氣得老二沒有「為人民服務」（即打開水）達半個月之久！

左三來了，陳果兒，長得像周海媚，但脾氣比那個大明星好很多。老七一度把這個名字掛在嘴邊，後來就不提了，而是偷偷地約她去壓馬路了，為她唱了無數首流行歌曲；

左四來了，宋佳，長得像年輕時的李媛媛，老五的單相思對象，為她寫了無數首情詩，為她流了十來次淚水，最終沒能感動她那岩石般的心。她只對雷老五如此，對其他人倒是挺熱情的；

右一來了，韓柳，朝鮮族姑娘，活潑至極。老大為之掉了不少白頭髮，終因差距懸殊而各奔東西；

右二，蘇嘉，個子跟中國女排隊員一般高，無人敢染指，人也比較清高；

右三，黃天怡，安安靜靜的一個女孩，動靜大點的舉動就是暗戀過老八，遭拒絕更加安靜得無聲無息；

左一李靜來了，帶來銀鈴般的笑聲，臉龐像極了山口百惠，身體比山口小點，是少女時期的山口百惠；

還有兩個未在照片上出現的周悅泓和楊霞。周悅泓是她們班的插班生，與黃天怡一樣安靜；楊霞，十分可愛的小女孩，說她是透明的小女孩不為過，沒有城府，對別人總是十分信任。大家一聽就知道是謊言，她卻睜大眼睛不敢相信似地問：「真有這回事麼？」她就是老五的女老鄉，兩個寢室的大恩人，沒有她，聯誼寢室的故事無從發生。也許由於她太透明了，二〇八室沒人敢碰，總怕一不小心傷害了她。後來，她在她們班談了一個朋友，那男孩把她當做掌上明珠，處處護著她，甚至到了不許她與其他男孩子講話的地步。小楊霞又幸福又煩惱。

九月了，長春的天氣有些涼了，但她們對季節的變化無動於衷，仍然穿著色彩鮮豔的裙子。屋裏一時之間花團錦簇，炫麗奪目。

劉梅說：「新來的同志自我介紹一下。」

曾鳴靦腆地站起來說：「我叫曾鳴，曾經的曾，讀『增』，一鳴驚人的鳴。其實我過去不曾一鳴驚人，但願四十歲的時候能夠一鳴驚人。來自福建北部山區，吃了太多竹筍，因此瘦得像竹竿，有礙觀瞻處，請多原諒。有機會到福建窮山溝，我請大家坐竹排，當然，划竹排的人是我。」

韓柳嘲笑他：「我可不敢坐你划的竹排，你那麼瘦，撐得動嗎？一不小心，我們都成屈原了！」

「哈哈哈」，一屋子的笑聲。

曾鳴為自己開脫說：「為了你們的安全，我決定下週開始參加學校的健美班。」

「哈哈哈」，能掀翻屋頂的笑聲。

曾鳴有點不好意思，他坐下時用眼角的餘光瞥了一眼李靜，她靜靜地坐在一個角落裏，微微一笑而已。曾鳴忽然有一種感激。

聯誼寢室裏人與人之間的關係遠較同班男女同學關係來得輕鬆、和諧，不同學校的人，沒有利益衝突（獎學金啦、分配啦），而且也不用擔心一點小事就傳得滿班飛滿系飄的。也正因為不用戒這防那的，這種聯誼方式在校園裏風行一時。

那時大家在一起也挺純的，就是聊聊天、唱唱歌、跳跳舞、打打撲克、去公園走走，還有，在一起包包餃子，吃個便飯。當然，日久生情，有些人就會戀上了，也是那種淡淡的少年人之戀。漫長而單調的青春歲月啊，沒有一些知音相伴，你讓他們如何走出那長長的寂寞？

那天晚上的節目內容像極了那年頭極為流行的班級晚會，只不過曾鳴他們這種聚會人數更少，心儀的對象更多，從而有了一種更為親切的氛圍。

曾鳴介紹完之後，其他女孩簡單地介紹了自己。接下來就是「文藝演出」。老七點起了蠟燭，老二關上了日光燈，一時間，二〇八室像極了一個頗有情調的酒吧。有表演才能的人紛紛上臺獻藝。

老七歌唱得不錯，唱了一首張鎬哲的〈北風〉：

翻開陳舊的往事　看見一身滄桑
走過陌生的地方　我回到異鄉風吹得太狂
我感到有點涼

我在鄉愁裏跌倒　從陌生中成長
未來旅途卻更長　我想到北方無助地眺望
我知道不能忘

北風又傳來熟悉的聲音　剎那間讓我突然覺得好冷
彷彿在告訴我走得太遠　有沒有忘記最初的約定

老六吳桐朗誦了一首臺灣詩人鄭愁予的〈錯誤〉：

我打江南走過
那等待季節裏的容顏如蓮花的開落
東風不來三月的柳絮不飛
你的心是小小的寂寞的城
恰似青石的街道向晚
秋雨不下三月的春闈不揭
你的心是小小的窗扉緊掩

我達達的馬蹄是個美麗的錯誤
我不是歸人　是個過客

接下來，老大唱了一段東北的二人轉，之後，老二和老五表演了一段「鬥牛舞」，兩人把交誼舞中的快三略加改造，使每個動作變得兇狠有力，恰似鬥牛的姿勢，最後，按規定老五要將老二往左側一甩，做出一個漂亮的造型。不料，老五不按「劇本」演，他故意手上一鬆，老二從他的左胸前順勢倒地，引起哄堂大笑。

老二也很大度，站起來時隨手一摸地板，解嘲似地笑著說：「好乾淨的地板！」之後，陳果兒唱了一首陳明真的「到哪裡找這麼好的人」；宋佳唱了一首潘越雲的「野百合也有春天」。

老八深沉地朗誦了一首王寅的〈想起一部捷克電影想不起片名〉：

鵝卵石街道濕漉漉的
布拉格濕漉漉的
公園拐角上姑娘吻了你
你的眼睛一眨不眨
後來面對槍口也是這樣

黨衛軍雨衣反穿
像光亮的皮大衣
三輪摩托駛過
你和朋友們倒下的時候
雨還在下
我看見一滴雨水和另一滴雨水
在電線上追逐
最後掉到鵝卵石路上
我想起你
嘴唇動了動
沒有人看見

這詩明顯傷感了，氣氛有些冷。

為了使現場的氣氛活躍一些，老九講了一個外國笑話：

「一個星期天，亨利•比切先生上普利茅斯的教堂去，在那裏有他的幾封信。他打開其中一封，發現信中只寫著『傻瓜』兩個字。他平靜而認真地把這件事告訴教友們，他這樣說：『寫信時忘了簽名的人，我倒遇見過很多，但只簽了名卻忘了寫信的人，我倒是頭一回遇到。』」

老二說：「歡迎趙麗蓉出場！」林雪上來了，她極會模仿趙老太太的唐山話，「司馬光砸缸」以及「探戈就是趟著趟著走」的片斷被她學得惟妙惟肖，自然又是一陣掌聲。

曾鳴最喜歡譚詠麟的歌，阿倫的磁帶出一盤他就買一盤。他唱了一首〈像我這樣的朋友〉：

風雨的街頭　招牌能夠掛多久
愛過的老歌　你能記得的有幾首
交過的朋友　在你生命中
知心的人有幾個

我怎麼能夠　讓你孤獨地這樣走
我怎麼能夠　讓你無助地望著我
多少的情感　多少的自尊
你的血淚中有我

這世界
越來越多的包袱　不能丟的是朋友
當你全部都失落也從不退縮

越來越多的陷阱　越來越冷的感情
當你陷入絕望中
記得最後還有像我這樣的朋友

演出在韓柳和黃天怡合作的令人眼花繚亂的朝鮮族風格的舞蹈中結束。

然後就是中場休息時間，大家把注意力轉移到桌上的水果和零食上，就著這些食物，談些大大小小的話題。

曾鳴靠近李靜，問她：「你怎麼不來一首歌？」

她羞澀地說：「我天生缺少文藝細胞，這樣也好，可以當你們忠實的聽眾。」

韓柳說：「她牌打得很好，待會兒讓你見識一下。」

果然，舞之後的自由活動時間裏，李靜與韓柳合作，把二〇八室拱豬方面的「黃金搭檔」老二和老大「打得滿地找牙」，額頭上貼滿紙條，而李韓二人的額頭卻光潔如初。

一刻鐘之後，燭光舞會開始了。她們一半以上的人都是舞林高手，其中尤以林雪跳得最好。她很會帶，你不用擔心踩到她的腳，她不會給你製造這個機會的。大家跳跳舞，其實也就是在小摩擦中找些小刺激，滿足少年人特有的憧憬。

曾鳴的舞技不太行，從前只是與同班的男生練習過幾回，這次，面對熱火朝天的場面，又有這麼多明眸皓齒的女生，他斗膽與陳果兒和劉梅各跳了一支舞，也不知把她們的腳踩中了多少次。

李靜舞就更不會了，靜靜坐在一旁。沒能與李靜跳上一支舞，曾鳴多少覺得有些遺憾。最後就是自由活動時間，打牌啊，聊聊天啊，玩些小遊戲啦。曾鳴一般不玩牌，選擇一個看得見李靜的角度，一邊與人聊天，一邊欣賞李靜那美麗的側面，各種可愛的小表情。

李靜和曾鳴說的話很少，也許由於曾鳴心懷鬼胎，與李靜講話時變得不會表達了，也就沒多少話好講了。

再然後，就得告別了。每次分別時，大家都有些依依不捨，為什麼歡樂時光總是轉瞬即逝？曾鳴他們經常主動提出送她們回校，一公里半的路程，延緩了分別的到來，大家邊走邊說，在星光下訴說著青春的孤獨和歡欣。

曾鳴總是暗暗地走在李靜附近，或左或右，保證自己能夠看見她的身影。眼見她們宿舍的燈光遙遙在望了，曾鳴想，一定要跟李靜再說上幾句話，否則，要等上兩三個星期才能再見啊。曾鳴靠近李靜，沒話找話：「你們家在公主嶺，風景一定很美吧？」

「你們文人總愛望文生義，我們那裏很一般的，和南方比不了。」

「到過南方嗎？」

「到過杭州。」

「有機會到福建來吧，我請你吃各種稀奇古怪的水果。」

「你們那裏離這太遙遠了，我怕是沒有口福了。」

她們的宿舍到了。她們在大門的臺階前揮揮手，「有空來玩啊。」

「一定一定。」曾鳴他們回答得倒是挺爽快。

回來的路上，兄弟們都很興奮，誰對誰有意思。誰今天格外漂亮，誰今天又露了一手。老七表示要買更多的磁帶，練習更多的歌。（果然，此後他們屋每天早上六時準時響起各階段的流行歌曲，周華健啊童安格啊車繼鈴啊陳淑樺啊羅大佑啊鄭智化啊，幾乎最流行的歌手都在他們屋「演唱」過，沒課的時候大家會躺在床上聽上一兩個小時，有課的時候大家也要堅持聽半個小時，老七個人的愛好後來成為所有人的愛好。在那間意見分歧的寢室裏，只有在聽歌這一點大家意見出人意料的一致。大家十分喜歡床上聽歌的生活，歌聲裏，心靈多麼柔軟，多少想像隨歌而飛。

老二正在與老五商量，下回跳「鬥牛舞」時角色能否互換一下？老三則在琢磨著把家鄉民歌好好練練，爭取搬上「舞臺」；老九說他準備多讀讀《笑林廣記》，屆時講幾段大俗大雅的笑話。

曾鳴則靜靜地走著，他還在回味與李靜說過的話，他覺得李靜的聲音很好聽，她的笑容很美，曾鳴覺得這個晚上很充實。

到了宿舍，曾鳴發現自己床上多了一張新床單，老二說：「姐妹們給你買的。」曾鳴想：真不愧是未來的白衣天使，這麼善解人意。這張藍白相間質樸無華的床單，曾鳴用了八九年，總不願輕易丟棄，看到它，就會想起這段歲月，總覺得這些可愛的精靈還環繞在身邊似的。

曾鳴因火災而起的不快漸漸淡去。那位教歷史文選的杜老師說得好：一個人一輩子酸甜苦辣都應嚐遍，莫計較一時一地的得失。曾鳴的心情不禁豁然開朗起來。這些美麗而善良的女孩的出現，不正是否極泰來的先兆麼？

曾鳴心想：我要盡我的所能，讓這段友誼保持得更長久。

07 在女寢處做客

她們的到來，的確照亮了他們灰暗而平庸的大學生活。我們知道，千篇一律的學習的日子總是顯得那麼漫長，漫長得像永生，而在一個以閱讀與寫作為主的專業，又處在那樣一個嚮往行動的年齡，她們的出現無疑滿足了自己的憧憬，或者說使自己有了行動的依據。

比如：老五和老大在一次散文寫作課上因運用夾生的意識流行文手法受到了批評，他們就召集班上寫作後六名的同學組織了一個民間文學社——「野草社」，野草雖無名，受人輕視，但它生命力旺盛，在許多條件惡劣的環境下都能茁壯成長，成為大地上一股不可小視的力量。

事情的發展果然如人所料，這兩位文風古怪的傢伙由於「片面的深刻」和「怪得有理」的思想和文字引起廣泛關注，並一度成為當地幾家報紙副刊的「寵兒」，也如他們所願的那樣讓友寢女生刮目相看；

又比如：老二不甘落後，成功地打進校學生會，在重要的生活部部長的職位上發揮了他與眾不同的組織才能，深受校方好評，為他畢業後進京工作奠定了堅實的基礎；

老六老九和偽老四則以讀研為目的，以啃書為樂，深信「腹有詩書氣自華」；其他幾位也都往各自感興趣的方面力所能及地提升著自己。

可以說，友寢女生在很大程度上是他們進步的動力，還有什麼比在聚會上談及別人都沒讀過的一本書（如：卡波特的《在鐵芬尼吃早餐》）、別人聞所未聞的一種思想（如：薩特的「他人即地獄」）或展示一種新才能（如：用粵語唱周啟生的《化蝶》）更有面子的事？

中文系的漢語言文學專業可謂全校最輕鬆的一個專業，只要集中精力嚼下那老牛皮似的英語，就沒有什麼功課是不好消化和吸收的，古代文學、現代文學和外國文學……都是手到擒來的課程。

如果你對漢語言文學真心熱愛的話，那麼，這個專業倒是能源源不斷地給你帶來歡樂，沒有什麼課程是讓人感到枯燥乏味的，哪怕是比較難纏的古代漢語帶給人們的也是樂大於苦，看看古人是如何爭吵或抒情的，不也是別有一番滋味在心頭？

從某種意義上說，這是一個長年與小說詩歌散文打交道的專業。在其他系看來，這是一個把他們在課餘偷著讀的「閒書」和「禁書」理直氣壯地當做「正書」讀的專業。是的，「讀小說，這是我的專業！」漢語言文學專業的學生經常這樣自豪地說。這也是他們維護專業優越感的重要手段之一。

對於他們的專業用途，許多人避而不談，無法從事如打官司（律師）、算賬（會計）甚至是發掘文物（考古工作者）這些實實在在的工作，一直使他們感到有些自卑。八十年代初那個狂熱的文學時代漸漸遠去，「文學青年」成為一句奚落人的話的時代正邁步走來。如果說，他們對文學的自豪感是在沾過去時代的光，應該是不錯的，但是他們所要邁進的卻是一個不太需要文學的商業時代。這使得他們看起來既自尊又自卑，是一個「矛盾統一體」。

他們需要一些聽眾，需要一些對文學保持基本的敬畏和好奇的聽眾就顯得可以理解了。醫科大學的這些理科出身的女生就是她們理想的聽眾，她們過於實在的專業有時乏味得讓人感到恐懼，對物質的人的透徹瞭解是她們的專業，長期琢磨人體結構這類不容想像、確定無疑的事不時讓人產生無聊之感。她們需要聽聽與幻想、詩意和有關的來自人的精神方面的意見。

一個物質，一個精神，兩個截然相反的專業，一方對另一方均保持探索的熱情和尊敬，也因此，他們和她們保持了長達三年的友誼，毫不厭倦。雖然兩個寢室鬧過一些不愉快，但那也只是一首歡快的歌必須的憂傷唱段，沒有這些唱段的襯托，歡快的歌就會沒有力度，無法讓人刻骨銘心。

兩週之後，她們邀請他們去她們那裏玩，內容是包餃子及閒聊。那是一個週六的下午，四點左右，他們就到了。

曾鳴永遠不會忘記第一次走過女生宿舍樓所感受到的神秘和甜蜜，走廊裏掛著女生特有的一些衣物，使人面紅耳熱的同時也體驗到一種好奇，讓人有那麼一種看了不該看的風景的慌亂，同時又有那麼一種隱隱約約的激動。

好了，那間日後成為他們永久而美好的回憶的寢室——四一二室到了。幾個男生在門口推推搡搡，誰也不敢去敲門。那就賭一下，大家玩起手心手背的遊戲，一起出手心手背，手心手背相比，多者過關，少者繼續比。

幾個回合下來，最後一輪剩下老五和曾鳴，兩人再「剪刀石頭布」一決勝負，最終的結果是老五出「布」包住了曾鳴的「石頭」。

曾鳴靠近門，其他人集體往後退一步，看著曾鳴，一個個臉上咧嘴無聲地壞笑。

這班呆子，曾鳴是雖敗猶榮啊，對於人間的秀色，他可以先睹為快。

「篤篤篤」，她們的木門比他們的木門新，敲起來費力少而聲音清脆。

曾鳴說：「有人嗎？」

「請進。」好像是韓柳的聲音。

曾鳴推開門，呀，滿園春色。她們的屋子比他們的乾淨多了，而且有淡淡的不知名香水的味道。

屋子中間的大桌子上擺滿了剁好的餃子餡，和好的麵，還有一盤切好的香腸片，一盤切好的熟牛肉，一盤拌好的黃瓜涼皮，一盤乾豆腐絲，一碟油炸花生米，還有十來瓶啤酒。

曾鳴身後的大部隊魚貫而入。

忙得頭髮有點亂的韓柳發話了：「會包餃子的別閒著。」

所有的男生在臉盆裏洗了手都躍躍欲試，大家往桌子前一站，空間驟然變小了。

韓柳又急了：「哎呀，人多了，亂。這樣吧，待會兒還要有人端著餃子去樓下食堂煮，幾個壯勞力先歇著，待會兒再派上用場。」

瘦弱的曾鳴幸運地留在與女生一起包餃子的隊伍裏。其實他這個南方人對包餃子不太擅長，餃子不是黏不緊，就是形狀奇特。

韓柳笑話他：「曾鳴，你怎麼又包了一隻兔子？」她把那個水餃拎起來展示，眾人大笑。

曾鳴有點窘，趕忙解釋：「韓同學，我這是象徵派，花麵粉的錢，吃出兔子的感覺，你們是大大的賺了呀！」男生叫好。這些在家少做飯的人包的餃子也是奇形怪狀。

韓柳故意裝作生氣地說：「你不知道我們經常解剖小動物，最怕吃這些小動物了。」

老大說：「沒事沒事，君不聞酒肉穿腸過，佛祖心中留。只要心中有愛，何必拘泥於這些小節呢？」

「詭辯！」韓柳撇了一下嘴。

劉梅說：「沒關係啊，做得再好看也是個吃。曾鳴這個南方人能包餃子已經是個很大的進步了。這說明他已經開始接受東北文化的同化了。」曾鳴笑眯眯地朝劉梅點頭示謝，說：「就是，我要是把餃子做得比韓柳還好，那韓柳不感到無地自容啊？」

「說不過你們學中文的。」韓柳服輸。

李靜也在一邊包餃子，臉上帶著微笑，但不發言。曾鳴只是在拿餃子皮時，恰巧與她的小手有過輕微的接觸，曾鳴的身上感到一股暖流流過。這種氛圍，像極了小時候與妹妹和她的小夥伴們玩過家家的感覺，親切而溫暖，這對於漂泊在外的學生來說，無疑很安慰。

餃子包好了，於是，老二老三等人開始忙起來了，在蘇嘉和陳果兒等人的帶領下，聲勢浩大地端著餃子下樓去煮了。

之後，熱氣騰騰的餃子端上來了，杯子舉起來了，好兄弟好姐妹，讓我們乾一杯吧！

令他們感到驚訝的是，她們都能喝一些酒，並不推三阻四，是的，曾鳴差點忘了，她們可都是清一色的「東北銀（人）」啊！你好，可愛的剛柔兼濟的東北女孩！

許多年之後，因工作上的應酬而不得不大口喝酒以致見酒都怕的曾鳴回想起當年熱鬧的飲酒情景，不禁心潮起伏神往不已，那種無比愜意的飲酒時光一去不復返了！要知道那樣的時光如此短暫而難得，真應該好好珍惜開懷暢飲才對。

餃子吃完了，酒也喝光了。接下來該做些什麼呢？歌是唱不動了，舞也跳不動了，大家來做遊戲吧。知道那種曾經風行一行的擊鼓傳花吧？知道成語接龍吧？知道「逢七或七的倍數沈默」的遊戲吧？輸了就吃一粒花生米，花生米吃完就喝一口涼白開水。

做著遊戲，欣賞著自己心儀已久的女孩，欣賞她們的笑容，她們「一低頭的溫柔」，手指輕拂鬢角的美麗以及整理額前瀏海的瀟灑。至於其他男生是否有把注意力轉向身材之類令人臉紅耳熱的地方，曾鳴不得而知。曾鳴當時對女性的想像和喜好還停留在少年人的階段，純潔而美妙。

後來，兩個寢室還一起到南湖公湖划過船，在中秋月圓的時候一起賞過月，都是一些無法再重複的往事了，如今看來很平常的活動他（她）們都視若珍寶，那是他（她）們的青春，剛剛睜開眼睛看世界，一切都新鮮而美好。多年之後，當心靈長出老繭時，曾鳴才發現，那樣平常的活動有多珍貴。當你擁有財富和時間時，你傷心地發現你再也沒有那種情懷了，而且，再也沒有合適的人陪你玩了。

那時，兩個寢室經常相約集體去看電影。心照不宣地讓男生和女生混坐在一起，雖然秋毫無犯，但聞著她們頭髮散發出洗髮水的淡淡的清香，不時還能交談上兩句，很刺激，令人微醉。

就這樣看過了一大堆新片老片，明星雲集的《亂世佳人》，真正的男人蓋博和真正的女人費雯麗；《魂斷藍橋》，淒美的愛情令人扼腕長歎，主題歌《友誼地久天長》給人安慰；《羅馬假日》，活潑可愛的奧黛麗・赫本，男生永遠的偶像，向永遠年輕的赫本致敬，多少人以你為擇偶的標準；《金色池塘》，迷人的池塘，有趣的老人，感人的親情；《青青珊瑚島》，美人魚一樣的波姬・小絲，浪漫的大海和小島，無人打擾的美麗人生，成長的困惑和歡欣；還有那些永遠令人傷感而溫暖的前蘇聯影片，《莫斯科不相信眼淚》，《這裏的黎明靜悄悄》……永遠的高質量，一有前蘇聯影片，曾鳴他們去邀請她們時總是胸有成竹，因為她們對前蘇聯影片也是迷得不行，就連黑白片《雁南飛》和喜劇片《辦公室的故事》也可以輕易地打動她們。

看電影成為大家消遣時光的最好方式，同時也是約她們的最好藉口。那時曾鳴就像一個地下工作者，收集到附近哪個學校放好電影的消息，就及時播報，然後再派老七打電話去約，曾鳴很熱衷於這項工作：好看的電影越多，與李靜見面的次數也越多。

有一次，她們約他們到教室看錄影，《射雕英雄傳》，郭靖和黃蓉的故事依然打動男孩女孩們。曾鳴特別欣賞黃蓉，一起看電視的李靜怎麼也不會知道，在曾鳴的眼中，李靜和黃蓉一樣可愛，她們生氣的樣子和開心的笑容如出一轍。

有時候，李靜因為回家，沒來參加聚會。儘管置身於熱鬧氣氛絲毫不減的集體中，曾鳴卻因李靜的缺席而感到失落，與人交談時有那麼一點心不在焉，走進綠樹成蔭、鮮花綻放的公園也提不起精神，眺望遠處潔淨高遠的天空時，體驗到一種難與人言的孤獨和空虛。曾鳴發現，自己是不是有些愛上李靜了？

每每聚會散去回到二〇八室時，一些室友顯得意猶未盡，就對每一位美女品頭論足一番。當然，他們心照不宣，對那些已經「名花有主」的美女，他們在談論時以讚美為主，因為他們的「主人」就在本屋。

當時，誰對友寢女生有意思，就通過語言來證明。比如：老五認為宋佳無論身材還是氣質在四一二室都是第一流，「我要追他，你們就別費心思了！」儘管宋佳最終拒絕了他，但其他人也不會奪人所愛；又比如，老七已經通過行動與陳果兒開始壓馬路，那其他人更得對陳果兒「退避三舍」；還有一種情況下，韓柳在集體活動中對老九的照顧多了些，眾人就自作主張地把韓柳往老九身上「推」，「老九，瞧小韓對你多有意思，你要珍惜啊。」老九不說同意，也沒說不同意，但大家都認可了絕不可對他們「第三者插足」……

只有不多的幾個女生仍然「待字閨中」，曾鳴驚喜地發現李靜是其中的一員。但驚喜很快為煩惱所替代，因為「待字閨中」的結果是被大家毫無顧忌地議論。那些有口無心的議論讓曾鳴極為氣憤卻又無可奈何。

有一次，不知怎麼的大家又談到李靜，老二說：「小李靜蠻可愛的，就是集體活動不太積極。」老五說：「其實也一般，長得太單薄了！」老二：「她的好處正在於嬌小玲瓏，你這種焦大是欣賞不了林黛玉的！」老五說：「那是，我還是喜歡豐滿一些的，手感好。」

兩人的議論大有一發不可收拾之勢，曾鳴如果不加以制止，接下來不知會有怎樣難聽的話冒出來，言者無心，聽者有意，這些茶餘飯後消遣的話在曾鳴聽來都是對李靜的一種傷害。

於是，他打斷他倆的談話：「都是很好的朋友，說這些有什麼意思？」老二說：「我們也沒說什麼呀。」老五說：「說說玩有什麼呀？」曾鳴提高聲音說：「反正我聽了不舒服，拜託別說了，你們談點別的吧。」時間一久，同屋的兄弟就知道曾鳴對李靜有意思了，大家明白李靜有人「管」了，不能隨心所欲地品頭論足了。

08 單獨行動覓知己

聯誼寢室兩三個星期才活動一次，這對於二〇八室的一些「別有用心」者來說，顯得過於漫長。於是，這些人經常主動出擊，到她們學校附近晃悠，離她們近些，「不期而遇」的概率大些。

那時，比較容易操作的是打籃球。曾鳴、老七、老二、老大四個人經常單獨行動，抱了個籃球到她們學校的操場上玩。曾鳴在籃球場上奔跑的時候，經常有一種奇怪的感覺，彷彿李靜她們能夠在教室裏看見他們。

有時，為了吸引別人的注意，他們經常會在球場上大喊大叫，有些叫喊的內容與籃球有關，比如，「快傳球！」「投啊！」

有時則純粹是胡鬧：「老二，你這笨豬，三步上籃你走四步幹嘛？」

「老大，你的手是不是昨晚上完廁所就沒洗過，臭不可聞。」

「曾鳴，準頭不行別怪籃筐歪。」

「老七，瞎貓碰到死老鼠罷了，至於樂成那樣嗎？」

其實，這種做法要引起她們注意只是一廂情願，學校的教室那麼多，她們哪會那麼巧就坐在球場附近的那一間，就算坐在操場附近的教室，教室與球場相距六十多米，加上球場上人聲鼎沸，他們自以為高分貝的聲音低到可以忽略不計。可以說，在單獨行動的時候，曾鳴他們所獲無幾。

球場周圍有一些高大的白樺樹，秋天時掛滿金黃的葉子，在溫和明亮的陽光的照耀下，格外淒美。曾鳴覺得青春就像那樹葉，美麗而短暫。

在那年秋天即將結束的時候，有一次，還真的與她們不期而遇。在籃球場右側的排球場上，曾鳴看到了李靜那令人心跳加速的身影。那是她們班的男生與別班的男生比賽排球。李靜她們屋有六名同學在一旁助陣，老大老七老五的意中人均在其中。曾鳴注意到他們臉上有按捺不住的喜悅，是啊，一個秋天在籃球場上的奔跑總算沒有白跑。哪怕僅有這麼一次短暫的相逢，也就足夠。這樣的邂逅挺激動人心的。

她們對他們的出現感到很吃驚，同時邀請他們一起看排球。哎，做他們班的男生真幸福啊，朝夕相處。曾鳴甚至對那些男生嫉妒起來，雖然鼓著掌，心裏暗暗希望最活躍的那位摔個跟頭。

聽說李靜喜歡排球，後來，曾鳴上體育課時就改選排球了，傳球扣殺，練得不亦樂乎，刻苦程度令體育老師很有成就感，這項運動魅力不減啊！其實曾鳴只是希望練好排球，今後有機會好在李靜面前露一手。

除此之外，曾鳴還經常與老七課餘到她們學校的乒乓球館打球，同樣是「醉翁之意不在酒」。這一舉動倒是收穫不小。打了三次球，就與李靜遇上了。因為她是乒乓球愛好者。

那次他們去晚了，球桌都滿了。他們在一邊等待，同時把目光投向那些即將到時間的球桌。當曾鳴掃視到第四號桌子時，突然發現了李靜和蘇嘉！不禁欣喜若狂。曾鳴和老七走上前去。老七說：「嘿，打得不錯呢！比試比試。」李靜看到曾鳴，微微一笑。於是一起打混雙。曾鳴有意與蘇嘉搭檔。為的就是方便在對面看著李靜奔跑，跳躍，噘嘴，出汗，曾鳴真希望比賽能夠就這樣一直進行下去。

沒有聚會的週末晚上，曾鳴還會約上老七到她們宿舍樓附近的街道隨便走走。與她們學校的人擦肩而過，有成為她們校友的一種感覺；看著學生們在燈火通明的階梯教室裏用功，聯想到心中的人兒也在燈光下用功，感到一種溫暖；有時在她們宿舍樓下逗留片刻，仰頭朝她們寢室方向發一會兒呆，有一些甜蜜，更有一些憂傷。

有一天傍晚，在經過她們宿舍樓一個燈光昏暗的拐角時，突然看到有一對男女擁抱在一起親吻，兩人在樹叢後面吻得十分投入，嘴唇黏在一塊，身體一動不動，就像一尊造型奇特的雕像，把周圍的世界拋在腦後。曾鳴他們看得心驚肉跳，既佩服兩人的大膽，又為兩人的不顧一切而擔憂。當然，曾鳴心中也有那麼一種嚮往，希望有朝一日能與心愛的人站成一尊雕像。

在往回走的時候，老七顯得激動不安，似乎有些心事重重，後來，老七打破沈默，說：「不能再這樣下去了，我得向陳果兒表白了，動作慢了，說不定她就被她們學校的人追走了。」不久，老七就和陳果兒開始無比幸福地壓馬路了。

曾鳴也意識到這一點，但那麼一個靦腆的人，叫他如何開得了口？他只有把對李靜的思念埋在心底，像珍藏一個秘密，等合適的時候再公佈。

轉入中文系不知不覺快半年了，曾鳴覺得日子過得前所未有的充實和愉快。曾鳴的身影匆匆飄過圖書館和文科樓，在安靜的空間裏讀書和寫作。讀不完的有趣的書，寫不完的有趣的文章。沉浸在想像的世界當中，曾鳴活得既充實又快活。曾鳴的文章經常被校報採用，有了一定的知名度。中文系的同學也不敢小瞧他了。

更難得的是，他與老吳建立了深厚的友誼。這位安徽農民的孩子純樸而善良，很少為逞一時口舌之快而出語傷人。當曾鳴在圖書館一次次遇到這位好學的農家子弟後，他們決定一起讀書，一起寫作，有什麼心裏話互相交流。

大二上學期的時光轉瞬即逝，寒假到了。除了曾鳴和老吳外，其他同學無一例外地回家了。曾鳴和老吳放棄回到溫暖的南方家鄉（曾鳴家在福建，老吳家在安徽）過年，留在天寒地凍、飛雪滿天的東北長春，準備把在路上奔波的時間節省下來，雄心壯志地對古今中外名著狼吞虎嚥一番，因為兩人的理想是成為一名飽學的詩人或作家。

一九九一年二月上旬的一天，老吳突然病倒了。從表面上看，生病可以說是為一本校園詩選的出版東奔西跑鞠躬盡瘁所致。只有曾鳴知道，深層的原因在於二月初他與家鄉一女孩三年純潔戀情的結束。身心俱疲的他被診斷得了胸膜炎，醫生告訴他必須住院，抽掉胸腔內多餘的積水，否則會有生命危險。

這樣的變故對一個二十歲的大二學生來說，無疑是很殘酷的。老吳住進校醫院，針管從後背插入，抽出胸腔內多餘的積水。積水以一天五百毫升的速度抽出，水流得很歡快，曾鳴的心卻抑制不住地感到悲傷。曾鳴負責從宿舍的食堂給他買飯送飯，整天忙著這些無聊而瑣碎的事，根本沒心情讀書。

十個人住的寢室現在只有一個人住，空曠得可怕。有時樓上女生穿著高跟鞋在走路，樓下聽來像打雷。曾鳴躺在床上，呆呆望著窗外陰沈沈的快要下雪的天，感到很孤獨。

有一天，送完飯時路過音像店，曾鳴鬼使神差地買了一盒童安格新出的磁帶《花瓣雨》，想讓這位大家無比熱愛的情歌王子為自己排解憂愁。

當童安格憂傷纏綿的聲音在空蕩蕩的寢室裏飄來飄去時，曾鳴發現自己做出了一個錯誤的選擇。那些歌實在太憂傷了，特別是其中的〈香水城〉，訴說著愛而不得的遺憾，別提有多傷感了。

多想再回到以往那座香水城
尋找令我迷惘的人
她依然散發著那誘人的溫存
陣陣打動我的心門

或許我無法分辨黃昏清晨
當我陷入你的眼神
或許我無法分辨剎那永恆
走在你的香水城

還有〈愛情終究是一場難圓的夢〉和〈花瓣雨〉，曲曲傷情，童安格一改過去歡快的歌路，把自己徹底變成一個憂傷王子。只是害苦了曾鳴，他是在那樣一種心情之下，一個人聽這種歌，那就注定更加悲傷。

曾鳴簡直被憂傷的潮水淹沒了，感覺到自己像一個置身荒原被世界所拋棄的孤兒。但他又非常喜歡這種憂傷的感覺，像被人蠱惑了一般，因為他正陷入對李靜的思念卻不敢表白的痛苦當中，很需要一件憂傷的外衣來襯托內在的心情。

當曾鳴把《花瓣雨》推薦給老吳時，老吳也無比喜歡那些歌，因為與歌中情場失意的主角「同病相憐」。他還乘護士不在的時候興致勃勃地跟著唱起來！看著他後背插著針管唱歌的樣子，曾鳴又擔心又受鼓舞。

曾鳴終於把自己的心事對老吳說了。

老吳感慨地說：「愛情這種病不要輕易得，出人命的。」

曾鳴說：「為情而死總比悶死好。」

老吳說：「還是再觀望一段時間，感情這種事最怕剃頭的擔子一頭熱，要兩情相悅，更要把握時機，水到渠成最好。」

曾鳴覺得有理，決定下學期適當的時候試探一下李靜的反應。

過去十個人住一間屋時，喜靜的曾鳴常常覺得屋裏鬧得慌。現在，當他一個人擁有這一大間時，卻沒有享受之感，反而覺得靜得可怕，冷清得可怕。他真希望隨便誰上門來拜訪一下自己就好了。長春的那幫同學也太不夠意思了，怎麼也得來噓寒問暖一下啊？這都是曾鳴孤寂之餘的非份之想，大冷天，誰沒事喜歡到處亂竄？只有在思念李靜時，曾鳴才會感到一絲溫暖。那迷人的笑容和輕盈的舉止，就像燃燒的木炭，溫暖著曾鳴冷寂的心。他有時會癡想：不知李靜現在在忙些什麼？她會偶爾想到我麼？

長春的第一場雪終於飄下來了。從前一天晚上開始，猛烈的北風就颳起來了，聲音如同鬼哭狼嚎，颳得天昏地暗，捲起了果皮紙屑，枯枝敗葉，人走在路上，就像被風推著走似的，一不小心，身體會像樹葉一樣被風飄起。天空污濁而黑暗，一個小時以後，奇蹟出現了。空中開始飄起細密的雪花，如粉如沙，在天空裏如氣流般盤旋。空地上，屋頂上，道路上，全堆滿了棉花般的雪，它們又絕不黏連，風一起，又跟著盤旋，無盡無休，蒼蒼茫茫，世界變得潔白了，變得清澈了。大雪像神奇的魔術師，讓這座灰暗的城市轉瞬間光彩照人，神采奕奕。

許多年之後，曾鳴對雪有了新的認識。雪是虛幻之物，它掩飾了骯髒的街道，使之呈示詩意的面貌。正如愛情掩飾了現實的殘酷。陽光普照，雪融之後，地面又故態復萌，令人沮喪。冬天的雪正像年輕時的愛情，美麗而短暫。如果說年輕時更容易為雪的美麗所陶醉的話，中年時我們可能對雪有一點微諷，它是裹在苦藥表面的那層糖衣。可年輕人哪裡管得了那麼多，那是給點陽光就燦爛的年紀啊！面對骯髒的街道，他們強烈地渴望來一場大雪，快讓我在雪地上撒點野吧！而今，由於生態環境的惡化，下一場雪變得極其困難，就像今天的愛情一樣，可遇而不可求。

曾鳴站在窗前，透過玻璃出神地望著外面的風雪。一個人賞雪一定是乏味的，熱鬧的場景只能讓他的內心更加冷清。紛紛揚揚的雪花就像他的憂傷，無邊無際。曾鳴心想：這時有人來與我一起賞雪就好了。

「篤篤篤」，曾鳴正在胡思亂想之際，忽然聽到幾聲敲門聲。曾鳴沒有感到激動，突然間有些驚慌，這冰天雪地的會有什麼善類前來，不會是小偷在試探性地敲門吧。

「篤篤篤」，敲門聲不依不饒地響著。

曾鳴忙下床去開門。「小曾，你好，怎麼沒回家啊？」說話的人是同班的的女生張瑜，滿頭滿身的雪花。

「我回家誰給你開門？」曾鳴笑著說。有人來真好，他的心情一下子愉快起來。

「怎麼樣，有沒有給我帶好吃的來？」

「盡想好事。不過你要幫我做一件事，下回準帶好吃的來。」張瑜說。

「啥事？難度大嗎？」曾鳴說。不知為何，曾鳴跟不可能有發展前景的女孩講話時總能比較放鬆，話也說得比較俐落。

「我忘了帶寢室鑰匙了，能否幫我開一下門，我得取一兩本書。」張瑜聳了聳肩說。

「小菜一碟。」曾鳴說。他取了身份證、一把鐵製調羹尾隨張瑜上了三樓。到了她寢室門口，曾鳴先取出身份證，插進靠近鎖頭的門縫裏。（這幢宿舍有些年頭了，門窗陳舊鬆動，男生忘了帶鑰匙，往往取出身份證往門縫裏鼓搗兩下就能打開，男生個個都是感覺良好的開鎖匠。）

曾鳴很有把握地將身份證上下移動。他沒有聽到令人愉悅的鎖頭打開的「咔搭」聲，反而聽到身份證折彎的聲音。他不好意思地衝張瑜一笑，收起身份證，取出調羹，插進門縫，折騰一氣，還是沒打開門。

「這麼腐朽的宿舍，沒想到還有這麼新鮮的鎖，」曾鳴自我解嘲道，「看來我是沒有口福了。」

正在徘徊之際，張瑜屋的二姐金莉來了，身後跟著金莉高大的男友成東，二人也是為風雪所阻，準備來宿舍避避。

張瑜如釋重負地說：「二姐，你來得正好，快來開門。」金莉在身上搜尋了老半天，也沒找著鑰匙。

成東說：「我來試試。」接過曾鳴手裏的調羹，插進門縫，很自信地撬著。「咔嚓」一聲，張瑜高興地叫道：「開了？」

「沒有。」成東把調羹抽了出來，只剩下半截了。她們屋長春的同學只有兩個，看來只有等開學才能取到張瑜想要的書了。

成東問張瑜：「你真的想進去？」

「那當然。」張瑜說。

高大的成東示意大家往後退兩步。大家照辦了。這時，成東抬起腳向門鎖蹬去。門很順利地打開了。看著成東躊躇滿志四顧茫然的樣子，曾鳴心裏有些不服氣，暗想：這種野蠻的辦法誰不會啊?!

曾鳴回到樓下的寢室，還在想著開門這件事。他覺得這裏面暗含玄機：野蠻的辦法有時比文明的辦法更管用。那麼，自己是否可以變得「野蠻」一些？

第二天，他決定上公主嶺一趟。給老六送完午飯後，他直奔火車站，買了一張去公主嶺的火車票。兩個小時的火車，到了目的地。在車上，曾鳴的心情格外激動，那是他十分嚮往的城市，他隱隱約約記起當年北上時曾對「公主嶺」三個字感到好奇的往事，今天，他就要踏上這個城市的土地了。在曾鳴的想像中，那應該是一片神奇的土地，生長著許許多多公主般美麗的姑娘。

下了車，踏上公主嶺的街道時，曾鳴感到有些失望：這真的是一座平淡無奇的東北小縣城，灰色的樓房，骯髒的街道。路邊擺滿了賣烤地瓜、烤玉米和烤肉串的攤子，小販們穿著髒兮兮的軍大衣，臉上煙熏火燎的，讓人反胃。可是，這片土地怎麼會長出李靜這麼一個出色的女子呢？

曾鳴根本不知道李靜家在哪裡，他只是在街頭閒逛，期望會在街上與她邂逅，然後他可以充分享受她的驚奇。然而，除了飽餐了一肚子東北風之外，什麼事情也沒有發生，曾鳴沒有太多失落感，他本來就只是想來看看李靜生活的城市，彷彿這樣做就能與李靜的生命產生一些聯繫。

他一個風景點也沒去，甚至那個埋有傳說中的公主的墓地也沒能把他從零亂的街道吸引開。他就那麼一條街一條街地逛過去，走過一個又一個商場，充滿期待，一無所獲。

關於這段心血來潮的旅行，只有老六知道，但他守口如瓶。是啊，唇槍舌劍的室友們知道了，一定會把曾鳴的此舉當做中文系有史以來最大的笑話。曾鳴卻覺得此舉大有古人乘興而來、盡興而返的味道。離開前，下起了大雪，回望雪野中的小城燈光閃爍，曾鳴倍感溫暖。

過了半個月，一天下午，曾鳴覺得肚子不舒服，左腹隱隱作痛，到校醫院一檢查，被告知得了「慢性結腸炎」，主要原因是「精神抑鬱導致消化功能下降」。無非是每天新陳代謝的次數多了些，曾鳴漫不經心地吃一些消炎藥，也沒太往心裏去，這導致三年後曾鳴的住院。

曾鳴在寢室裏的日子實在無聊極了。沒有一個人來。許多年以後，曾鳴想起那個淒涼的假期，不禁感慨萬分，當時，隨便哪個女孩上門跟他聊幾句安慰的話，他都願意讓她做自己的女友，不管她是美是醜。多麼孤單的一段歲月！

一天上午，曾鳴路過學校的職工樓，看到一個老太太提著滿滿的一籃菜心滿意足地走在路上。曾鳴認真觀察了一下那個籃子，裏面有魚有肉有芹菜有大蔥，內容豐富。

這時，不知從誰家的廚房飄來一陣豬肉燉粉條的香氣。曾鳴突然想起快過年了，突然想起南方溫暖的家來，在寒冷的街頭，一籃菜和一陣香氣讓他的鼻子發酸，熱淚盈眶，而且讓他放棄所有的堅持。他決定回家去。

後來，曾鳴回到檔案班所在的宿舍，意外地發現原來屋的老九長坤也沒回家。曾鳴託他照顧幾天老吳，河南來的長坤很爽快地答應了。對曾鳴的半途而廢，雖然老吳一再說沒關係，但曾鳴仍然感到有些內疚。可是，曾鳴才十九歲，他太需要溫暖了。在他鄉，沒人能提供這份溫暖，他只好長途跋涉回家尋找了。

曾鳴在火車上待了三天四夜，一個人上路，孤獨極了。回到家，已是大年二十九，正好趕上第二天過年。

曾鳴的出現確實給家人帶來意外的驚喜。母親打趣說：「我還以為你真的能做到一個人過年。」

妹妹故意抱怨說：「哥哥最聰明了，回來得這麼及時，就等著吃了。我切肉切得手都快酸了！」

你們儘管說吧，曾鳴大口大口地啃著爛乎乎香噴噴的紅燒豬腳，心想，你們不知道，你們說什麼我都愛聽，你們的聲音讓我感到無比溫暖。

09 在夢中，她吻了他

曾鳴在家的時候，心裏又放不下老吳，只在家裏待了一週又匆匆忙忙踏上返校的火車，這大概是他最疲於奔命的一次旅行了。由於是一個人上路，旅途的孤單和擔驚受怕自不在話下，曾鳴對照著地圖，看著一站又一站出現又消失，感到旅途漫長又短暫。由於不是初次旅行，這些站點不再讓人感到新鮮和激動，站點例行公事般從曾鳴眼前掠過，曾鳴也就例行公事般地掃上一眼，心中一片茫然。

只有在旅途即將結束時，他的心情才又逐漸激動起來。呵，快到公主嶺了！快到長春了！新學期開始了，又能見到李靜了！只有想到這一層時，他才覺得自己的風塵僕僕物有所值。

火車在公主嶺停靠時是凌晨兩點，早在一點時，曾鳴就睜大雙眼嚴陣以待了，生怕一不小心錯過了。又看到了公主嶺了！雪中的公主嶺銀妝素裹，分外妖嬈。大雪是天然的美容師，具有化腐朽為神奇的偉力。特別是城市郊外那些低矮的平房格外迷人，被雪包圍得只露出門窗，橘黃的燈光從裏面射出來，靜謐而溫暖。想著心愛的人可能就住在其中的某一間房裏，曾鳴的心弦像被一隻手撫過一般。

曾鳴還從座位上站起來，走到車廂的出口處，沒有玻璃的遮掩，他得以更加真切地欣賞這座城市，他還作了一下深呼吸，有點貪婪地吸了幾口這座城市的空氣，凜冽的氣息讓人心潮澎湃。直到乘務員跳上車關門時，曾鳴才依依不捨地回到自己的座位上。此後的幾年時間裏，曾鳴每次回家或返校，經過公主嶺，總要對這個其他人認為平淡無奇的城市行上一個注目禮。

終於又到學校了，曾鳴在宿舍整理好行李，帶上幾個柑橘就去醫院看望老吳了。在長坤的照顧下，老吳恢復得差不多了。老吳胸腔內的積水所剩無幾，醫生決定不再抽了，讓他自己吸收掉。老吳不再頭暈和發燒了，但大病初癒的臉色憔悴得很，像生鏽一般。老吳倒是挺樂觀，微笑著問曾鳴：「家裏都挺好的？」

「挺好的」，曾鳴有些羞愧地說，「沒回家特想家，在家待了幾天又想離開家。」長坤送飯來了，曾鳴趕緊上去幫助接過飯，而後緊緊地握了一下長坤的手。長坤憨厚地笑笑。大四那年，長坤也病倒了，得的是肝炎。來自河南農村的他家庭不太富裕，經常是幾個大饅頭一份鹹菜打發一餐，嚴重的營養不良。他生病的時候，老吳和曾鳴去看過他，給他塞了一些錢。長坤現在北京工作，待遇不錯，好人一生平安。

好在新學期又如期而至，回到各地的同學又像候鳥一樣飛了回來。看到老吳傷得不輕，大家心裏都不是滋味。老吳一出院，大家就相約到南湖去玩，讓老吳散散心。曾鳴還保留著當時的一張照片，兩人都穿著街頭最常見的軍大衣，背倚湖邊的欄杆，對著十段端著的相機微笑，老吳笑得很勉強，笑容中還帶著一絲愁苦。

曾鳴這次返校帶了兩箱柑橘，一箱送給檔案班的同學品嚐，一箱留著與友寢女生共用。新學期雜事較多，加上老吳剛痊癒，二〇八室沒人有心思主動去約友寢女生。曾鳴也不好提，好在柑橘易保存，放上一段時間並無大礙。

新學期開始都有一個月多了，兩個寢室之間沒有什麼動靜，曾鳴覺得日子過得沒有滋味，書也讀不進去。一天晚上，大家圍在屋裏打牌的打牌，聊天的聊天，曾鳴對這些提不起興致。

閒極無聊，曾鳴到樓下走了走，在傳達室對面的廣告欄看到一張電影海報。嘿，是王朔的《一半是海水　一半是火焰》！他趕緊跑上樓去，問有沒人要去看？可是今天見鬼了，所有的人只願打牌和聊天，沒人願意在大雪天氣裏走上兩百米去看電影。待在寢室裏實在太悶了，曾鳴決定自己一個人去看電影。

看電影的時候曾鳴認為自己太幸運了，這片子真他媽的太對自己的胃口了！而且拍得那麼好。

高中在閩北山城邵武讀書的時候，曾鳴就迷上電影了。羞於與人交往，曾鳴在看電影的時候常常有一種與人交流的愉悅，電影裏陌生的城市、陌生的街道和陌生的人群讓人十分嚮往，不少細節極易喚起內心似曾相識的感覺，讓人感到無比親切。比如：《歡顏》，胡慧中扮演的女主角追趕火車，主題曲同時響起，何等憂傷何等纏綿！《失蹤的女中學生》，講一位父親尋找出走的女兒的故事，具體經過忘得一乾二淨，電影裏夕陽下的上海真有一種傷懷之美，讓人不禁神往之至。曾鳴天生是敏感的人，電影滿足了他的胡思亂想。

《一半是海水　一半是火焰》一半是喜劇，一半是悲劇，講了一個浪子回頭的故事，心領神會的笑後就是不約而同的哭了，但兩者的火候把握得恰到好處。笑是冷幽默，哭也是自然而然的悲傷之淚。曾鳴認為女主角吳迪死去前說的那段哀怨的話是他聽到的最抒情的話。儘管浪子後來回頭了，但曾鳴還在生浪子的的氣：這痞子也太不像話了，有那麼一個癡情的人喜歡自己他卻搞東搞西，換了我，早一頭撞死得了。另一部片子是張國榮主演的《鼓手》，也是曾鳴所喜歡的一類電影，通過個人奮鬥屢敗屢戰終獲成功的故事。現在看來，這類片子大多有盲目樂觀之嫌，但曾鳴當時還年輕，對未來充滿信心，就好這一口。

回來的路上，下了大雪，曾鳴淋了滿頭的雪花，推開門時，聽到一連串親切的笑聲，啊，她們來了！原來，她們晚飯後出來賞雪，走著走著就到了他們宿舍樓前，興之所致，相約上來坐坐。

曾鳴感到十分惋惜，因為她們來了快一個小時，留給他的時間不多了，早知道她們會來，再無聊曾鳴也會加入同屋的打牌或聊天活動當中。不過，曾鳴有點隱隱約約的興奮，至少她們知道自己還有看電影的小愛好。

對了，李靜也來了，她和劉梅、韓柳園在一起看一本相冊，不時發出會心的笑聲。曾鳴走過去仔細一看，那不是自己的嗎？興奮異常，李靜終於可以瞭解自己的另一面了，曾鳴非常後悔此前沒有拍更多的照片。李靜的長髮不見了，剪了一頭運動員式的短髮，穿一身桃紅色的運動休閒服，顯得更加精神了。

曾鳴站在她們邊上，故作生氣狀，說：「好啊，未經主人允許，偷看他人隱私。」他裝作要過去搶相冊，李靜抬起右臂一擋，曾鳴沒有得逞，但與李靜的手臂有了那麼一下觸碰，曾鳴有如電擊。

「未鳴同志，你還不是大名人，有什麼隱私？」韓柳抬頭斜了曾鳴一眼，「好好在一邊待著，讓我們欣賞完您的光輝形象。」「小韓同志，你們就慢慢地看吧。我求之不得。」曾鳴心裏樂開了花。

後來，她們又開始找人打牌。輸的人添一件軍大衣，緊靠暖氣片溫上三分鐘，老二老大他們又輸了，兩人穿著兩件軍大衣熱得滿頭大汗，腦門亮閃閃的。終於，韓柳和李靜被逮住一回。她們想賴，老二不讓。後來又鬆口說，要不然找男生替也可以。韓柳如釋重負地說：「我找老大替。至於李靜，你們自己看著辦。」

男生都心領神會地看著曾鳴，這種好機會可是千載難逢啊。在一邊看書的曾鳴順水推舟地站起來說：「我剛從外面回來，還真有點冷，要不，我來取會兒暖？」李靜微笑不語。

曾鳴穿著軍大衣自覺地靠在暖氣片上，說：「這也叫懲罰，太輕了。」裝出很享受的樣子。

老二說：「要不，咱們引進新的懲罰機制，像上次對付隔壁的李大哥那樣，打來一盆冷水，赤足在水裏站三十秒？」

老大說：「老二，你的心冷得像我們家後山冬天的石頭，一點憐香惜玉之情都不講。」

老二說：「急啥呢，反正到時候有人替她們，李靜你說對不對？」李靜紅著臉微笑著。

韓柳說：「二哥的方法還真不錯，這樣吧，你先給我們示範一下，如何？」

曾鳴說：「對啊，上次那個壯觀的場面我錯過了，今天正好開開眼。」老二招架不住，只好舉手在空中作了一個暫停手勢。

又一個多小時在節日般的氛圍中不知不覺過去了，告別的時候到了。她們要走了，外面雪還在下，這回，自告奮勇送的人不多。雖然她們一再說「不用送不用送」，但曾鳴老七老二和老大等四名寢室活動「活躍分子」還是一如既往地送她們回校。能陪著李靜走上一段路，曾鳴覺得有莫大的欣慰。

一走到屋外，曾鳴感到凜冽的寒風撲面而來，大雪還在紛紛揚揚地下著，路上已經積了半尺厚的雪了，踩上去發出悅耳的「咔嚓」聲。雪花落在臉上，未幾化成水，讓人的精神為之一振。與雪中的清冽相比，屋內的空氣顯得混濁多了。

老二很有雅興，他說：「大雪紛紛下。」

老大笑答：「這個簡單，紛紛下大雪。」真是大俗大雅，眾人大笑。

曾鳴認真想了一會兒，對了上來：「大雪下紛紛，落地都是雪。」頗見巧思，眾人鼓掌。老七說：「還是我們的書生厲害。」

這時，韓柳悄悄地繞到老大的背後，猛地把一捧雪往他的後脖扔去。「呀，涼死我也。有人偷襲。」老大大呼小叫著，從地裏撈起一捧雪，向韓柳的方向還擊。這回，老大倒是頗有憐香惜玉之情，僅把雪扔向韓柳的後背，有厚厚的羽絨衣作屏障，其力近乎拍打而已。大家一看這架式，都忙開了，紛紛捏雪球擊打開了，曾鳴李靜均興致勃勃地加入其中。李靜跑得倒挺快，像小鹿一般機靈而輕盈。雪花飛舞中，曾鳴充耳都是李靜銀鈴般的聲音。

突然，李靜在襲擊老七得手後逃跑，老七捏著雪球追了過來。李靜一見大勢不好，趕緊躲在曾鳴背後。這就有點近乎老鷹捉小雞的味道了。李靜兩手輕扯著曾鳴的衣服，左右躲閃。曾鳴滿臉通紅，心跳加速。這是夢中才有的景象呀。曾鳴很認真地當起了李靜的「保護傘」，老七終究不得「復仇」，故意氣得像猩猩一樣手舞足蹈，不禁讓人開懷大笑。

就像一場大雪終究會有停止的一刻那樣，一場聚會也有落幕的時分。看到李靜她們魚貫而入，走進宿舍樓，背影越來越小，直至消失。曾鳴感到一陣陣的空虛：為何歡樂的時光總是轉瞬即逝？

有近一年的時間，曾鳴陷入對李靜的單相思中而不可自拔，他一直不敢向她表白，只好飽嚐思念之苦。他覺得李靜有時離自己是如此之近，有時又遙不可及。

他那一年的生活經常是這樣度過，上課，讀書，寫寫東西。夜裏入睡前照例是對李靜的長長的思念，翻來覆去就是那些細節。有時影響到夢中，最幸福的一次是李靜竟然吻了他一下，吻在他的額頭上。夜晚來臨的時候，曾鳴的思想變得十分大膽，彷彿黑夜的掩護讓他有了無窮的勇氣。夜裏，他經常決定第二天一定要向李靜表白他的愛慕之情，躺在床上為如何表達絞盡腦汁輾轉反側，有一次，迷迷糊糊地想了一夜，睜開眼往窗外一看，天都濛濛亮了，不知名的鳥兒叫得格外歡快。但每當太陽照常升起，他的勇氣在光天化日之下又消失得無影無蹤。那一段時間，失眠是家常便飯。

有一段時間，曾鳴給人做家教，騎著自行車在這個城市風裏來雪裏去，很累又很快活，累得晚上能睡好覺了。四月的時候，在一次聚會的閒談中，李靜說她也想嚐嚐做家教的味道。曾鳴有個研究生老鄉，在校園內搞了個家教聯繫中心，曾鳴通過這個老鄉很輕易就為李靜找到一份家教。能為李靜做點事情，曾鳴十分榮幸。

家教的那天，陪李靜和蘇嘉先去認門，當三個人騎著車前往目的地時，曾鳴十分快活，畢竟只有三個人，曾鳴覺得和李靜的距離拉近了。那個學生的家在一個偏僻的巷子裏，很不好找。門口又在修路，環境雜亂無章。

認完門後，和那個學生及其家人寒暄了一陣。學生是個小男孩，十歲左右，在讀三年級，數學成績不太理想，需要指導。當小男孩被他的母親推到李靜面前時，低著頭很不好意思地看著自己的腳。李靜走過去拍拍小男孩的腦袋：「看起來挺聰明的，一定是貪玩造成成績不理想吧？」他母親說：「可不是，在家裏坐不住，別家小孩一招呼，猴一樣地跑出去。」

曾鳴看著李靜的小手拍在小男孩的頭上，羨慕得不行，李靜的小手要能在自己腦袋上來那麼一下就好了。為了便於李靜順利教學，曾鳴把自己當作典型，講了一番自己小時候是如何調皮又是如何自覺地與板凳建立友誼的，當然，少不了吹噓一下後來自己的成績是如何提高的。「學習最重要的是興趣，」曾鳴很自信地說，「興趣是最好的老師，當你發現課本中自有吸引人的東西時，任何人或任何事都無法把你從書桌旁拉開。」

當曾鳴看到學生及其父母用欽佩的眼神看著自己時，他想：不能再吹了，否則會搶李靜的飯碗。於是，他又補充說明：「當然，興趣要靠一定時間的培養，我在語文方面比較擅長，小李老師對數學比較在行。」後來，李靜開始她的教學，有蘇嘉在一旁陪著，曾鳴也就放心地騎車先走了。

後來，在一次寢室聚會中，李靜告訴曾鳴教學進展得很順利，還說那學生一直惦記著曾鳴，說曾叔叔什麼時候再來。曾鳴心裏暗樂：中文系的學生別的本事沒有，就練了一張嘴。

又是一個星期三下午，是李靜去家教的日子。對這個日子，曾鳴記得清清楚楚。他當然不好再主動打電話提出送她去家教，星期三下午沒課，他留在寢室看書。翻開書之前，他看了一下手錶，計算著李靜什麼時候才能結束家教。

兩個小時過去了，家教的時間快結束了。這時，窗外突然電閃雷鳴，窗外的那株大柳樹被風颳得東倒西歪，不一會兒天降暴雨，下得又急又大，天空迅速由灰白進入墨黑，風聲雨聲，聲聲入耳，極其恐怖。

曾鳴開始為李靜擔心起來：雨後那裏的道路更加泥濘，天色又漸漸黑下來，李靜那麼小的人，能應付得了糟糕的天氣和道路嗎？可千萬別出什麼事啊。

曾鳴暗暗著急，思想激烈鬥爭了半小時，他想：顧不了許多，李靜的安全要緊。大雨稍稍減弱的間隙，他飛快地下樓打電話，撥通了她們寢室的電話，蘇嘉在屋。

曾鳴鼓足勇氣問：「我是曾鳴，李靜回學校了沒有？」

蘇嘉說：「還沒呢。」

曾鳴說：「要是回來了給我來個電話。」

蘇嘉一直沒回電話。

草草吃過晚飯，曾鳴拉著老吳的手說：「十萬火急，陪我到醫大一趟，李靜要是還沒回來，咱們就去她學生那裏找。」

兩人騎著車飛一般地衝向李靜她們的宿舍，又一陣小跑跑上四樓，當曾鳴敲打著她們寢室的門時，早已經氣喘吁吁。老吳更是一手掐腰，一手扶牆，讓自己平靜下來。

門開了，仍然只有蘇嘉一人。蘇嘉建議再等十分鐘。如果沒回來，大家再一起去找。

五分鐘之後，小臉紅撲撲的李靜回來了。原來，雨大，學生家長留她在家共進晚餐。

曾鳴故作輕鬆地說：「幸好沒事，要不我這個中介者的責任就大了。」這時，林雪回來了，拿著一架相機，這兩天她在迷攝影。一聽經過，她說：「曾兄弟，好心人，來，留個影，明天登報表揚去。」不由分說就把曾鳴和老吳咔嚓了進去。

曾鳴靈機一動：「大家來合個影。」

蘇嘉說：「對對對，這個主意不錯。」

於是，曾鳴差點擁有一張與李靜在一起的人數最少的照片。後來，她們又說照壞了。老吳猜那是一個藉口，可能是背景出了問題，當時房間雜亂無章，一定無意中把女孩們掛在牆上的一些內衣拍了進去。

曾鳴對此耿耿於懷：哪怕看一眼照片也行啊。

10 行雲流水般的大學生活

氣功

除了感情生活外，曾鳴在大學生活還有不少值得描寫的地方。曾鳴的大學生活雖然不如一些風頭浪尖人物那麼光彩奪目，但他像燕子壘窩那樣，一根草一根草地積累，回過頭來一看，倒也築成了自己一個別具特色的小天地，由於「撿草」的過程比較認真比較投入，翻看這些細節，深感彌足珍貴，令人記憶猶新。

曾鳴得了慢性結腸炎後，左腹長期的腫脹感讓人頗為煩惱；老吳胸膜炎雖然痊癒了，但身體仍感虛弱，需要隨時注意，鞏固治療成果。兩人在鍛煉身體方面達成一致意見，經常相約散步、爬山，對恢復健康有一定的幫助，惟一的遺憾就是速度太慢。

那時層出不窮的各種氣功給了他們希望，「不花錢不吃藥包治百病」的允諾迷惑了一大批人，由於他們所謂的理論中的釋道話語及易經思想，在大學校園裏也頗有市場。校園附近的禮堂裏不時舉辦氣功大師們的帶功報告，校園小徑上佈滿了有模有樣地練功的人群。有三個月之久，曾鳴對這些不屑一顧，譏為「封建迷信」。

後來，一半好奇，一半出於對治好結腸炎的願望，曾鳴拉上老吳，一起去聽了兩場帶功報告，也不知為何那段時間氣功大師產生得那麼多那麼快，曾鳴他們聽的就是一位新大師的報告，只見那大師講了幾段恐怕連他自己也稀裏糊塗的理論後，就帶領大家練功。

聽眾看來對大師都挺崇敬的，齊刷刷從座位上站起，跟著大師做動作，「閉上眼睛，想像一下心臟的位置，肝腸的位置……」大師一一點出人體內臟的位置，讓大家體驗一下一股真氣在體內循環的感覺，「感受一下，這些氣流過這些位置，你會感到一股暖流。讓這股暖流帶走身上的病氣，通過你們的雙臂、雙手，然後甩掉，久而久之，體內的病氣就會消失。」

大師還特意強調，如果某個部位有病，當「氣息」流過時，會感覺格外炎熱，可以讓氣多在此處停留一會兒，「強攻一下」，效果更加明顯。

一些人在台下叫喚：「沒感覺到氣息」。大師解釋說，這是悟性不夠，要多加練習。基本的練習法是先練腦。閉上眼，在腦門前想像紅色，好，有紅色了；再想像藍色，有了吧；再想像橙色，嗯，也有了吧。有空的時間不妨把七種基本色都想像一遍。報告在一片如釋重負般的呼氣聲中結束。

曾鳴對效果將信將疑。他們曾經在宿舍試過，當你想像手心發熱，手心真的有熱感。學心理學的朋友告訴他們這是心理暗示作用。為了治病，姑妄信之。那種功在地質宮廣場還設置了練習點，曾鳴去練習過幾次，似乎跟練太極拳似的亂舞一氣，出一些汗而已。

有一天，海報上說大師在做一場階段練習成果的總結會，這場弄巧成拙的總結會讓曾鳴歡快地與這些功說再見。

那天晚上的總結會上，有幾個練功者現身說法。一個老太太說自己的風濕病治好了；一個半身不遂的小夥子說練功使自己的雙腿能動了，他還示範了一下，他的雙腳真的輕微地動了幾下。

這時，一個中年婦女帶著她十歲左右的小孩上臺了，她說通過練習，已經使自己癡呆的兒子變聰明了。她的口才如此之好，又聲淚俱下，許多人深受感動。

曾鳴和老吳覺得這中年婦女的聲音如此熟悉。當年他們在操場集訓時，經常有一個神經有點問題的中年婦女來「攪局」，在操場中央跳「忠字舞」，唱「語錄歌」，作「形勢報告」，一些無聊的學生慫恿她，「講得好，再來一個！」她也就當仁不讓地再來一段。直至她年近六旬的父親——校某幢宿舍的看門人快步趕來，把她拖走，「我給你去買菜，你卻來這裏丟人現眼。」

那中年婦女的神經病大概是一陣一陣的，她父親一抓住她的胳膊，她一下子安靜下來，還朝看臺上的學生鞠了兩個躬，看起來是「謝幕」的意思。

據說，她曾經是知青演出隊的一員，愛情不順，受了刺激，神經不太正常。曾鳴和老吳從後排的座位站起來一看，果然是那個中年婦女，兩人面面相覷，而後快速離開會場。

多年之後，回首這一個月的練功經歷，老六的感受是，「像吃了一隻蒼蠅」。曾鳴的結腸炎是三年後在一家中西醫結合醫院住了一個月院治好的，老吳分到廣東工作，四季溫暖如春，氣候好飲食也好，身體棒得跟獵豹似的。

考試

大學四年，曾鳴一次獎學金也沒得。考試的時候，他經常是看看成績差不多及格了，立馬交卷走人，空出的時間，他寧願投入自由自在的閱讀當中。

他始終覺得，進大學了，一個人如果還圍著成績轉，實在是悲哀。僅以考試為例，許多人都把精力放在乾巴巴的課本上，恨不得把課本嚼爛，僅僅為了一個好分數。為了好分數，一些人的盤外招不少，或是千方百計圍著老師套題，以女同學為甚；個別同學考前把答案抄在書桌上，有的則抄在衣袖上；考試的過程中，有的人遞小紙條，有的人則東張西望，有的人則磨蹭著遲遲不交卷，乘老師最後收卷的混亂之際，站起來多抄前後同學的答案。這些做法，曾鳴均不屑一顧。

曾鳴還記得他和金莉是全班考試時最早交卷的人，如果曾鳴是第一個交卷的人，那麼，金莉就是第二個，反之亦然。曾鳴估計著分數夠了，也就是說有那麼七十來分，就可以交卷了，沒必要再動腦筋了。金莉更絕，她是覺得分數夠了，即便是會的題也不屑一答。多年以後，金莉不費吹灰之力考上曾鳴所在省份一所大學的博士生，兩人在一起交流考試經驗時，很為當年瀟灑的考試作風而自豪，更為大學期間沒有成為一名「考試人」而慶幸。

演員

有一次，對於絕大多數中文系一二年級的學生來說，他（她）們獲得了千載難逢的「觸電」機會，為後來拿過幾個大獎的電影《蔣築英》當群眾演員，無非是跑跑龍套而已，但許多人都像中了大獎一般興奮。

劇組之所以選中吉林大學作為背景，只是因為這所學校發展較慢，建築的陳舊程度與八十年代初的背景相差無幾。當時剛剛嶄露頭角的巍子扮演男一號，要學生協助拍攝的是「蔣築英」在上完課後給「學生」朗誦聞一多的那首著名的〈紅燭〉詩（「紅燭啊／既製著了，便燒著！／燒罷燒罷／燒破世人的夢，燒沸世人的血——／也救出他們的靈魂，／也搗破他們的監獄！」）。學生們被要求認真聽講，快下課時，有一位「學生」（戲中演員）站起來提問，好像問的是關於「科研與奉獻」什麼的，「蔣築英」朗誦詩作為解答。期間，有一部分學生往門外走去，有一部分學生圍著「蔣老師」聽其朗誦。

十來位女生為了在影片中留下美麗的形象，穿上她們最漂亮的衣裳，有的還去燙了頭髮。結果，拍攝時，那些穿著時髦的女孩被通知回去換舊衣服，燙了頭髮的則被取消了群眾演員資格。去換衣服的往門外走的時候一步三回頭，「導演，等我們回來再拍行嗎？」有人問。導演似是而非地點點頭。燙了頭髮的女孩們則淚光閃閃。

換衣服的女孩們幸運地趕上了拍攝。在她們離開的三十分鐘裏，曾嗚他們往門外「走」了不下四次，均被告知走得不對。她們回來，正好趕上走第五次。工作人員一再告知膠片很貴，請大家走得認真些。曾嗚一開始對拍電影也很好奇，走了四遍以後他覺得拍電影真是一項無聊透頂的工作。如果走一遍那倒是挺好玩，可是天啊，毫無創意地走四遍甚至六遍，那真是一件很恐怖的事。大多數的人不厭其煩，準備繼續走下去。

曾嗚認為這麼乾耗下去等於被謀財害命，他問身邊的老大，「想不想離開這裏？」老大早就想溜了，在桌子抽屜裏放了一本《笑傲江湖》看得斷斷續續，很不痛快。於是，他們在走第五遍的時候順水推舟地走出二樓階梯教室的大門，並歡快地下樓向大門跑去。

到了大門他們又大失所望，他們班的輔導員胡老師正穩穩坐在門口的一把椅子上，胡老師朝他們寬宏大量地一笑：「你們是第三批臨陣脫逃的，快回去吧，能在銀幕上露臉，多風光的事啊！」

兩人只好又縮了回來，可是，他們實在不想再上樓去接受折磨了。他們在樓裏轉悠了一圈，竟然找不到第二個能夠出去的大門！老大氣憤地說：「要是發生火災，咱們非燒死不可。」曾嗚不死心，還在尋找出去的可能。忽然，他發現了一扇窗，離地一米高。

「老大，從這視窗可以出去否？」曾嗚看到了一線希望。

「試試看。」老大說著就雙手扶著窗沿雙腳一蹬，上去了。他轉過身來，開心一笑：「勝利大逃亡！」說完又轉身「澎」地跳了下去。

曾鳴也上了窗臺，往下一看，不禁頭皮發麻，窗臺離地至少有四米，這一跳，可別摔胳膊斷腿啥的。

老大在底下招手：「沒事，這地挺軟的。」

為了不再走那些無聊的步子，曾鳴心一橫，跳下去了。胳膊腿都挺好的，就是胸口被震得有些發脹。後來，說及當年逃跑的經歷，曾鳴和老大認為自己至少在某些方面與眾不同！

鮮血

說說他們看到的一些鮮血吧。經濟管理學院的一個二年級的女孩，愛上了中文系四年級的一個帥哥，帥哥嫌那女孩長得過於平淡，有些猶豫不決。

一天，那女孩找到帥哥，你要不要我？

帥哥說，我還沒有考慮好。

女孩怨恨而堅決地說，你信不信我可以為你去死？

帥哥不知如何應答之時，女孩右手突然從口袋裏掏出一把鋒利的削紙刀，往自己左手腕割去，鮮紅的血一下子湧了出來。帥哥驚呆了！

據說女孩的勇敢打動了他，他接受了女孩的愛。

法學院三年級一個有點自閉的女孩被師大談了兩年的男友給甩了，神經有點不正常。

曾嗚他們經常發現這位叫許蘭的女孩守在收發室的電話旁，一聽到電話鈴響就接過來，不管不顧地衝電話機聊起來，搞得收發室的大爺很生氣（當年，打電話多是打到宿舍，再由收發室的工作人員向具體的寢室傳達，比如：曾嗚他們宿舍的門後的小喇叭偶爾會響起「二〇八，曾嗚長途」）。

許蘭把所有打進來的電話都想成是打給自己的，與男友在電話裏談情說愛的歷史讓她久久難以忘懷。

有一次，她跟另一個匆匆趕下來接電話的女孩小林吵了起來，她代小林接電話，把電話裏的人給嚇跑了。未能如願接到電話的小林和她吵了起來，最後，小林罵了一句：「你腦子有病！」女孩小林這句話一說完就後悔了。

神經已經不太正常的許蘭有點紅潤的臉「刷」地一下子蒼白如紙，瞪著眼睛像個死人似的靜靜地看著罵她的小林。小林嚇得汗毛直豎，「哇」地一聲哭叫著跑回寢室。

法學院的女孩許蘭不發作的時候除了憂鬱一些，與常人無異，還能寫一些傷感而精緻的詩歌，發表在她們班的黑板報上。

有人在走廊的黑板報上讀過她寫的一首詩，據說寫得文從字順，並不古怪，其中有一句「我願像一隻無名的鳥／展開美麗的翅膀／在黑土地的上空自由飛翔」。

一天夜裏，曾嗚被窗外一聲重物觸地的聲音驚醒。他以為是誰在砸開水瓶。過了有一刻鐘，收發室的老頭破鑼般的聲音充滿恐懼，聲音的內容是——「有人跳樓啦！」頓時整幢宿舍樓燈火通明，樓裏充滿了雜亂的腳步聲。

等曾鳴下樓時，那跳樓自殺的人已經被送到醫院去了，想自個兒幹掉自個兒的正是那個失戀的「渴望在空中飛翔」的法學院女孩許蘭，透過朦朧的燈光，曾鳴看到那暗紅的血。直到第二天早上曾鳴他們去上課時，雖然經過清潔工的努力，曾鳴他們還是可以分辨出一些斑駁的血跡。

許蘭落地的位置正對著二〇八室的窗口。那血跡在一週後的一場大雨的沖刷下才徹底消失。那女孩沒死成，只是摔斷了一條腿。

三樓本來是個死亡的高度，與二〇八室視窗平行的一些亂七八糟的電線挽救了她，她在那些電線上反彈了一下才落地。二樓是個有驚無險的高度，女孩的此舉依然沒能讓她心愛的男孩回心轉意。

11 表白之後一無所有

言歸正傳，大三下學期一開始，曾鳴下定決心，要排除萬難向李靜表白心中的愛慕之情。大學的時光快要溜走了，曾鳴有一種「來不及」的緊迫感。

五月的一天，老七激動地向大家宣佈說：「我們就要眼界大開了。經過周密的佈署，我們有望於星期天打進醫大實驗樓，見到我們仰慕已久的各種屍體了。」真是好消息，曾鳴他們為了這一天，等了有兩年多。

星期天上午，他們出發了。快進實驗樓時，蘇嘉她們出現了，李靜回家去了。曾鳴他們穿上從她們同班男同學借來的白大褂。蘇嘉交代說，碰到有人問，就說是新來實習的。

曾鳴他們如願以償地見到了泡在玻璃缸裏男男女女的肢體，最觸目驚心的是解剖臺上注入防腐劑的屍體顏色與醬牛肉差不多，在她們的指點下，他們小心翼翼地拿著台邊的刀子碰了碰屍體，跟碰剛剛解凍的肉似的，空氣中充斥著濃重的福馬林味。據她們說，解剖這些凍肉沒什麼感覺，比較有挑戰性的是解剖新運來的新鮮屍體，各個系搶著要。其他男生大笑，曾鳴沒笑，他顯得有些心事重重。解剖室顯得很昏暗，予人以隔世之感。待不到一刻鐘，大家就有離開的想法了。

曾鳴問：「你們經常在這上面割來割去嗎？」

蘇嘉說：「那當然，瞭解得越詳細越好，今後對付活人才能手到病除。」

曾鳴心想：李靜肯定也沒少與這些東西打交道。真可憐。他竭力不把她們與這些東西聯繫起來。走出解剖室，曾鳴堅信李靜她們更需要保護，他渴望見到李靜，他想告訴她，你應該和我在一起，讓我用文學的詩意為你驅逐現實的醜惡吧。

在參觀完屍體的兩星期內，曾鳴看到肉類就噁心，做了兩個星期的素食者。看到市民晾曬在路邊的大蔥，不禁聯想起浸泡在藥水裏的死嬰兒。沒有文學，生活會變得何等可怕！

最難忘的一刻即將來臨。曾鳴決定不計後果地向李靜表白，這種若有若無的情感折磨得他暈頭轉向。是五月底的一天吧，曾鳴約李靜去看場電影，這是有生以來他第一次單獨約女生看電影，他想：只要李靜說一句拒絕的話，他肯定沒勇氣堅持下去。

李靜在電話那頭輕柔地說：「有空啊，什麼片子呢？」曾鳴這輩子難以原諒自己的就是昏頭昏腦地只選擇時間，忘記看清片名了。事實也是如此，一部讓人毛骨悚然的《蝴蝶夢》，多陰森可怕的女管家；另一部讓人噁心的《蒼蠅》，畫面比屍體還噁心，兩部片子都不會給人帶來好心情。種種陰差陽錯證明，他與李靜確實沒有緣份。

曾鳴無論如何也忘不了那天晚上與李靜去看電影的情景。兩人相約在兩校之間的那條馬路上見面。黃昏時分，李靜來了，似懂非懂的樣子，穿著一套休閒服，曾鳴印象最深的就是她頭上戴的一個白色蝴蝶結以及手腕上兩隻淡紫色的布手鐲，她那天還化了淡妝，與平時的素面朝天相比，別提有多美了。

三十歲的曾鳴不禁感歎道：這個二十歲的鄉村少年真是個可憐的孩子，他真是什麼也不會。在往電影院走的時候，竟然說了不到三句話；看電影時，更是一句話也不會說了，眼睛呆呆地望著銀幕，一直在心裏埋怨片子之爛，卻不知道換個地方。

電影院是平時非常熟悉的所在，燈光一暗下來，現實遠去了，各種新奇的場景和人物出現了，人生變得豐富起來。曾鳴曾無數次光顧位於鳴放宮的這座電影院，但那次有李靜相伴的電影院無疑最光彩照人，以致多年後想起鳴放宮，其餘的場景均已淡忘，那晚的一切印象卻記憶猶新，沒齒難忘。

李靜坐在他左邊的位置上，曾鳴一個晚上一直用眼睛的餘光看著李靜的布手鐲和小手，心裏浸滿了幸福。兩人坐得如此之近，這是夢中才有的境界啊。為了維護自己的形象，他竟然在三小時內不上一趟廁所。傻乎乎的曾鳴把李靜當作一個神，只會傻乎乎地欣賞和心疼。回去的路上，兩人平靜地走著，平靜地道別。曾鳴覺得跟李靜在一起很夢幻很甜美，但卻沒有膽量把那些美好的感受表達出來。一個在感情經歷方面像一張白紙的人，沒有愛的能力，你能要求他怎麼樣？

曾鳴不知道，一切都已經結束了啊。一個如此膽怯的人是不配享有愛的，女孩從他身上得不到最起碼的安全感。三十歲的曾鳴欲哭無淚。

曾鳴還在作著無用功。又過了一週，曾鳴怯怯地打通了李靜的電話：「今晚有空麼？」

「今晚可能不行，約好了和蘇嘉打乒乓球。你有事嗎？」

「沒什麼大事。」

「那，改天再聯繫吧。」

「好吧，再見。」十分之笨，如果放在今天，曾鳴會聰明而坦然地說：「那我也參加你們的球賽吧。」想李靜不會拒絕，不必那麼開門見山，迂迴曲折一些，反而效果更好。可是當時的曾鳴哪裡會拐彎，他只是覺得很失望，有一種末日來臨的絕望感，他覺得李靜拒絕了他的邀請，他覺得近兩年的相思付諸東流了。

曾鳴只好作最後的掙扎。他給李靜寫了一封長長的信，算不上情書，在這篇萬字長信裏，他回顧了自己的歷史，談了自己的抱負，談了自己兩年來對她的思念，他始終不敢用「愛」等這些燙人的字，對這些字避之惟恐不及，彷彿說了會破壞這份純潔的感情似的。他還給她寄了一本勃朗甯夫人的愛情詩集，婉轉地表達愛慕之情。當時的他覺得這種做法應能感動她。

過了幾天，在教室下課的十分鐘裏，班長帶來了各人的信件。有一封是寫給曾鳴的。一看地址處寫著「內詳」，曾鳴又激動又恐懼：「該來的終於來了。」李靜娟秀的文字傳來一個讓曾鳴心灰意冷的消息。她在信中說她從小受到家人的照顧，工作後不可能遠行。她很感謝過去他對她的照顧，對這兩年來攪得曾鳴心神不寧，她表示抱歉。她希望今後大家還是朋友。

曾鳴望著窗外的藍天，平淡無奇的天在他看來都有些愁慘。榆樹上有小鳥在叫，它在哭泣麼？曾鳴覺得心裏有些東西在破碎。他甚至後悔寫了那樣一封長信，保持那種引而不發的狀態多好啊，至少還有夢呵。現在，一切都說破了。曾鳴無法再像過去那樣喜歡李靜了。

三十歲的曾鳴分析，李靜應能明白自己對他的珍惜之情，只是她在猶豫：一是自己無法遠行；二是曾鳴過於膽小。人生漫漫，沒有一顆勇者之心，如何讓人踏實？當時的曾鳴只知道一個勁兒地傷心，他難道就不會向她發誓說自己畢業後也留在東北麼？吉林大學是東北名校，在當地口碑很好，極易分到理想的單位。可是，一個二十歲的來自鄉村的木訥青年，你能指望他有什麼驚人之舉？這個好學而清秀的南方青年甚至連哭泣都不會，只會呆呆地想著我到底錯在哪裡？

後來，曾鳴又去鳴放宮看電影，一個人去的，而且去的時間很早，為的是佔到過去與李靜一起看電影時坐過的位置。一次次地想像那天晚上李靜恬淡而美麗的側面，那淡紫色的布手鐲，那纖纖素手！那如夢如幻的氛圍。而當他知道這一切已經像夢一樣消失時，他是那樣的惆悵！空氣中充滿了苦澀的味道。再後來，他就再也沒有去那座電影院了，那是憂傷之地，消磨意志之處，多去無益，甚至會讓人懷疑真的出現過與李靜單獨看電影的夜晚嗎？

不會再有那樣的時候了，曾鳴和老六在那次與李靜他們合完影後，並沒有馬上走。聊著聊著，曾鳴談起了馬爾克斯的《霍亂時期的愛情》，一個年輕時候錯過愛情的男子，與心愛的女子分手後徹底陷入絕望，他與無數的女子發生關係，但他在精神上始終眷戀著原有的戀人。當他年老時，才因為偶然的機會與年輕時的戀人得以相聚，兩個老態龍鍾的人再次相愛了。他們乘上了一艘船，船遲遲不能靠岸，因為岸上發生了瘟疫。老人決定不再靠岸了。就這樣一直開下去。就像他們的愛情，永不靠岸。真是適合產生愛情的年代錯過愛情，有了愛情卻生活在不適合的年代。

記得蘇嘉和李靜聽呆了。她們第一次聽說有這麼優秀的書。蘇嘉在聚會後寫信告訴曾鳴，一生中上過無數的課，這一課讓人終生難忘。李靜呢，這個理智的人啊！

12 為了告別的聚會

幸好大學的時光只剩下最後一年了，不會讓曾鳴感到長久的悲傷。從那以後，曾鳴也彷彿解脫了。開始會說各種各樣的髒話、尖酸刻薄的話，變得善於調侃了，不再對任何事都奉若神明。

書可有可無地讀，寫作完全陷入停頓。他覺得這些紙上的文字無法撫慰現實的創傷。他加入寢室其他同學堅持多年的熱鬧生活中去，與群眾打成一片，菸雖不敢抽，酒則何妨喝上一兩瓶。畢業時，原先只有半瓶啤酒量的他竟有三瓶的量了。想事情太累了，兩瓶啤酒下肚，意識開始朦朧，倒頭即可入睡。睡覺真好啊，可以忘記一切。曾鳴發現能夠舒舒服服順順利利睡上一覺真是太美了，第二天的心情會輕鬆許多。

曾鳴無法再安安靜靜地讀書了，書裏的愛情故事徒勞增加心中的憂愁，有時甚至覺得是對現實中自己的嘲諷。於是，曾鳴選擇了各種方式的逃避，喝酒是一途，與人打牌下棋是一途，後來的考研也是一途，讓各種枯燥的題把頭腦攪暈，把多餘的時間消耗掉，多好！

這些大多是白天幹的活。夜幕降臨，曾鳴則迷上了看錄影，花上兩塊錢，可以在校園附近任何一家錄影廳消磨掉一個晚上。錄影廳裏抽菸者甚眾，整個屋裏煙霧瀰漫；地上滿是橘子皮和瓜子殼；座椅破舊，布包的椅背被人用菸頭或指甲破壞得千瘡百孔。觀眾以學生居多，摻雜進一些形跡可疑的時髦男女，這些時髦男女常有一些親熱的舉動，人們也就經常走神，欣賞起螢幕下更為勾魂攝魄的免費演出！

片子多為港臺武打片、槍戰片以及香豔片，如，《縱橫四海》、《喋血雙雄》、《秋天的童話》、《阿郎的故事》、《聊齋雙豔》等等；還有一部分的歐美探索片，如《現代啟示錄》、《藍絲絨》和《九周半》之類。在一個時期內，對於港臺明星，曾嗚可以如數家珍。周潤發劉德華張國榮成龍洪金寶狄龍鄧光榮成奎安周星馳秦漢秦祥林鍾楚紅林青霞李美鳳周慧敏吳倩蓮馬龍・白蘭度史泰龍霍夫曼……多少明星陪伴曾嗚度過一個個失戀之夜。

曾嗚最喜歡的明星是劉德華，凡是他主演的片子曾嗚都看過，曾嗚甚至還從校園書報攤買來劉德華的明星貼紙，將大大小小的「劉德華」貼滿相冊及一些自購書籍的不起眼的角落。久而久之，曾嗚走路的時候甚至不知不覺地模仿起錄影片裏的劉德華來，認為帥氣得很！劉德華和吳倩蓮主演的《天若有情》曾嗚看了不下四遍，在BEYOND樂隊滄桑而傷感的歌聲中，曾嗚為男主角的死去而淚流滿面。吳倩蓮那時剛出道，演得很到位，曾嗚常癡癡地想：自己要有這麼一位死心塌地的女友該多好啊！

三十歲生日那天，曾嗚在一座南方城市的音像店裏買到一盤《天若有情》的碟片，回到家滿懷期待地觀看，結果差點笑破肚皮，那情節編得也太拙劣了。曾嗚感慨萬分：時間真是無情的東西，過去視若珍寶的東西如今一文不值。那麼，過去付出的那些感情呢？

另外一部給人留下深刻印象的片子是張國榮和鍾楚紅主演的《日落巴黎》，當時不少衝著兩人的大名而來的觀眾大失所望，因為《日落巴黎》是為了配合張國榮的新歌而拍攝的有情節的MTV，隔三岔五就來一首歌，一部片子看得七零八落。曾鳴卻看得津津有味。片子是在巴黎實地拍攝的，拍得美輪美奐。巴黎的景色太迷人了，更迷人的還有夢一般的鍾楚紅。張國榮唱的那些歌以憂傷的情歌為主，曾鳴覺得唱到自己的心裏去了。曾鳴認為這是一部為自己拍的電影。

在看錄影的時候，空虛感經常襲上曾鳴的心頭。大好的時光浪費在看這些片子上（有些片子確實不錯，但更多的是讓人一無所獲的爛片），實在是讓人產生一種雖生之日，猶死之年的無聊感。每每曾鳴從空氣渾濁的錄影廳裏走出來，呼吸著夜晚街上的新鮮空氣，曾鳴都暗暗發誓：下回再也不來了。過不了幾天，曾鳴又感到苦悶極了，結果又鑽進錄影廳。那些虛幻的故事甚至那些混濁的空氣和曖昧的氛圍讓曾鳴無法自拔。

曾鳴就像《百年孤獨》裏那個喜食泥土的女子一樣，在對一種常人看來無聊至極的事物中投入無限熱情，在旁人無法理解的活動中釋放自己使自己得到解脫。曾鳴簡直痛恨死自己了。

同屋的室友們後來也看起了錄影，不過，他們就在屋裏看。二〇八室有兩個校學生會幹部，他們利用職務之便輕而易舉地將學校的錄影機移到二〇八室，他們有個師兄在電影廠當編劇，又輕而易舉地弄到許多參考片。曾鳴還記得晚上十來個腦袋盯著眼前跳躍的光影看根據米蘭・昆德拉的小說《生命中不可承受之輕》改編的電影《布拉格之戀》的情形，那真像搞地下工作，個別暴露的鏡頭出現時，所有的人都緊張無比，時不時地盯著寢室的大門，準備有人衝進來時如何巧妙脫逃。好在萬事大吉，敲門進來的人百分之百是聞風而來「渾水摸魚」的。他們甚至星期天早上也敢在屋裏看錄影，久而久之，二〇八室一度成為一間遠近聞名的錄影廳，這裏的片子檔次更高。

同屋的人見錄影這麼受歡迎，大家不約而同地做起了發財夢。文科樓裏有一個對外開放的收費的錄影廳，由於放映的片子比較一般，光顧的人不多。老五忽發奇想：咱們師兄不是有路子嗎？去他那裏搞一些內部觀摩片來，保證賺錢。老五那時候因為家境貧寒，發家致富的心情十分迫切，恨不能一口吃成大胖子。他畢業後當過翻譯、跟人合夥開公司，全失敗，東奔西走的結果不僅讓他兩手空空，而且把身體都差點搞垮了，得過鼻炎、咽炎和腎炎，胃還不太好。痛定思痛，他後來選擇了當一名清心寡欲的學者，他成功地成為了一名大學教師，身體的毛病全消失了。身體微微有些發福的三十歲的人民教師老五坐在自家寬敞明亮的書房的背靠椅上，回首往事，會不會有一絲慚愧襲上心頭？但當時老五慫恿曾鳴時，兩眼放光，彷彿看見了成捆成捆的人民幣從天而降。曾鳴正無聊得緊，兩人一拍即合。

於是，聯繫場地，談場租，聯繫片子，張貼廣告，借了一部金斯基主演的《豹妹》和馬龍・白蘭度的《巴黎的最後探戈》，反響熱烈。一百五十個座位座無虛席。去掉各項開支，掙了五十二元。為了吸引觀眾，他們定的票價奇低，一人一元。又搞了兩場，效果依然很好。後來，那位師兄到北京考研去了，片源沒著落，生意一落千丈，因為曾鳴他們只能從街頭的音像店租到像黎明、鄭則仕主演的《乘龍快婿》一類的爛片。最後，老五和曾鳴無可奈何地結束發財夢。一結算，共掙了七十五元。

老五和曾鳴一商量，這錢也不能讓人成為大富翁，考慮到寢室裏的其他人曾經幫忙貼過廣告，在現場維持秩序，得了，一人五元吧，剩下的二十五元，買了十瓶啤酒和一大堆花生米。那天晚上，同屋一個人舉著一瓶啤酒，高叫「乾了它」！錢沒掙多少，但掙了一回醉，曾鳴喝著冰涼的啤酒，感到一絲莫名的欣慰。

後來，快畢業了。算著離校的日子，一週大家聚餐一次，一次由屋裏的一位同學做東。做東的人豪氣沖天，成為酒桌上的主人，接受大家的歌功頌德。該老十請客時，再有兩週他們就該捲起鋪蓋滾出這座校園了。接二連三的聚餐，讓所有的人都成為酒鬼。

與聯誼寢室當然還有過幾次聚會，但氣氛大不如前，老七與陳果兒、老二與林雪、老八與黃天怡、老大與韓柳，都有過一段若有若無的糾纏，最終都無疾而終。二〇八室甚至還很花心地與本校的其他兩個女寢建立聯誼寢室，但只活動過一兩次就宣告結束，因為本校不可能找出美女比例那麼高的寢室。

其實，曾鳴早已變得心如止水，他不會再如醉如癡地盼著兩個寢室相聚的日子，就算在了一起，他更像是在應付。在聚會上與李靜目光相遇了，也能變得坦然了。他們真的像是什麼事也沒有發生過的好朋友。只有曾鳴知道，他已經在一定意義上失去了過去的這個朋友。

天下沒有不散的筵席。曾鳴他們畢業的時候到了。李靜她們屬於五年制，還要待上一年。曾鳴實在不想就這樣離開這座城市。他選擇了考研。只用了兩個月時間向目標衝刺，竟然考上了。又可以待上三年，曾鳴覺得自己與這個城市緣分未盡。

同寢室除了老吳也考研外，外地人都要就此離開這座城市。經歷過那麼多事，有歡笑有淚水，在告別校園的時候，這些又都成為了大家一起相處過的證據，那是青春的證據，微苦而甘。

為了告別的聚會不可避免地來了，最後的晚餐兩個寢室是在學校附近的餐廳共用的。該放下的都放下吧，男男女女都喝了很多，一半以上的人都喝吐了，一半以上的人都欲哭無淚。三十歲的曾鳴翻開那次聚餐時拍攝的照片，但見杯盞狼藉，男男女女紅光滿面，目光迷離，個個心事重重。

飯後，大家相約就在小餐廳裏度過通宵。又像過去經常做的那樣，唱歌、跳舞、做遊戲，只是那味道全變了，快樂的歌聲也唱悲傷了。

李靜一如既往地靜坐一旁，曾鳴忽然對她又產生了無比的憐愛。這樣的一個小人兒，今後誰來守護她的生活。曾鳴走了過去，說：「你今後還打算考研麼？」

「我沒有那麼遠大的理想，要先工作。」

「會到哪裡工作呢？」

「在家鄉附近吧，」李靜微笑著說：「好好研究吧，到時候再給我們上一課！」

曾鳴的心裏一動：自己講述《霍亂時期的愛情》的那堂「課」在李靜的心上留下痕跡。

半夜的時候，許多人饑腸轆轆。翻遍了餐廳，可食之物不多。曾鳴不禁心生惻隱之心。他偷偷地溜了出去。走過了四、五條街道，終於在一個頑強地守夜的校園小店裏買到了速食麵、麵包。

當他像一個店小二樣出現在大家面前時，迎接他的是如雷的掌聲。陳果兒還為他獻上一曲：「到哪裡找這麼好的人」。曾鳴想，只要有李靜在，你們全體都會受到很好的照顧。

13 黑白顛倒的光影大餐

後來，外地人除了假老四和真老六，本地人除了劉老大和鄒老七繼續守在這座城市外，其他人都走了。雖然李靜她們還在這裏待了一年，但是聯誼活動大為減少，人走得差不多了。坐在一起只有回憶，悲傷多於歡樂。此外，都長大了，那些少年的浪漫情懷也隨著歲月的流逝漸漸消失。

三十歲的曾鳴回憶了一下，那兩年他和李靜竟然沒有見過一次面。那是一九九三至一九九四年。曾鳴的文章越發越多，除了寄些文章之外，信是沒寫了，面更是沒見了。曾鳴是那種很識趣的人，不愛死纏爛打。過去就過去了。畢竟有過那麼多美好的回憶，也就夠了。

曾鳴開始了嶄新的研究生生活，那是一段自由的日子，一段除了你的導師和看門的老頭可以管你之外，沒人可以管你的日子，是真正的大學生活。曾鳴和四位從外地考來的學生一個屋，大家當時都沒有女朋友，又都屬於某方面十分饑渴的年齡。除了有一位埋頭苦讀之外，其他四個步調十分一致：白天讀書，晚上看錄影。曾鳴重拾看錄影的傳統，固然有饑渴的一面，更多的「何以遣有生之涯，唯有錄影」的心理。以下說說曾鳴在讀研的頭一年裏瘋狂地看錄影的經歷吧。

無事生非

吉林大學第四宿舍四〇二室，一九九三年的時候，住著五位被慾望之火折磨得死去活來的男青年。來自河南、河北、山西、浙江和福建的五個小夥子就讀於歷史系和中文系的五個不同的專業，他們擁有共同的身份，那些年足以讓自己自豪讓他人羨慕的稱呼——研究生。他們外表懦弱，內心狂野；語言的巨人，行動的矮子。校園裏，面對如雲的美女，他們只會流著口水胡思亂想，卻不敢越雷池一步。慾望之火一旦點燃，任何消防器材也難以撲滅。大禹認為，治理水患，堵是萬萬不能的，疏則何事不能。五位小夥子殊途同歸，找到了令慾望之火慢慢冷卻的可持續發展的道路，那就是隔三岔五找帶「色」的錄影看。可是天知道，尋找之路是一條怎樣艱難而漫長的道路啊！

那是保守的九十年代初和保守的東北內陸城市，那是神聖而無聊還動輒獲咎的大學校園。校園裏錄影廳倒是星羅棋佈，各院系內部的放映室被一些頭腦靈活的學生掌握，對外開放，可惜多是放映奧斯卡名片，看得大家又悶又累，曾鳴也已經失去看探索片的熱情；要麼就是曾鳴看過的《亂世佳人》、《羅馬假日》、《魂斷藍橋》等，曾鳴還會為這些片子所感動麼？他甚至覺得虛假；要不就是香港武打片，如《警察的故事》、《跛豪》等，看多了也起膩。老一套，個人英雄主義，好人不斷受難，最終一雪前恥。倒是貴州文化音像出版社翻譯的一些片子讓人眼前一亮，如《致命的誘惑》等，通過兩性關係來探討人性，往往有一些春光乍洩的境頭滋潤幾個光棍乾涸的心田。可惜，片頭為逃避檢查制度所增加的陳腐說教及一到關鍵處就一閃而過的「刪除」讓人不勝其煩、意猶未盡。

在一次次失望之後，來自河北的大漢，身高一百八十公分的趙寧不禁仰天長嘯：「看來，對校園的錄影廳不必再抱什麼幻想了。」

浙江來的董立附和道：「老趙所言極是。小弟在絕望之餘對校園周圍的錄影廳展開一次地毯式搜查，收穫不少。東邊醫大附近經常播放一些港臺的三級片，西邊工大附近則播放歐美的豔情片，南邊菜市場附近則偶爾播放一些性教育片，北邊火車站一帶據說時不時地播些毛片，很毛很毛的片哦，不過，一要運氣好；二要膽子大，被員警撞上了可不是鬧著玩的。」

河南來的華平嚥了一下口水：「兄弟們，那還等啥呀。我看咱們今晚就行動吧。先從風險小的西邊開始吧，挨個收拾過去。」

福建來的曾鳴豪爽地說：「咱們輪流作東吧，今天就從我這裏開始。」

山西來的陳剛則退出了，他說：「今晚不行，外語還有不少單詞要背。」其實，來自山西長治郊區農村的他，父母靠種幾畝薄田供他以及兩個弟妹上學，日子不太容易。陳剛恨不得一元錢當十元使，又怎肯在這可有可無的事情上花錢呢？其餘四人想到看錄影是項長期的事業，耗資不小，也就不勉強陳剛了。

研究生？菸酒生！

走在這個城市寬闊的大街上，四個人的心情格外輕鬆。研究生的生活才叫人的生活，太自由了。比他們高一級的師兄們用一句十分精闢的話概括說：「除了你的導師和看門老頭管你外，其他人誰也管你不著。」是呵，大家分屬於不同的導師，在學問上各自為政，獨立作戰，沒有那麼多囉哩叭嗦的同學為一些蠅頭小利在身邊爭得雞飛狗跳的，生活開始變得安靜了、單純了、無拘無束了，同時，也有些百無聊賴了。

學無止境。思想的頭顱，在浩如煙海的書籍中越陷越深，越來越感到無知，終究會生發出一種無奈感和無力感，學問是做不完的，等你做出一些學問時，大概也已年近不惑。頭髮開始白了，腸胃開始痛了，腰開始痠了，還有關節炎、痔瘡，甚至肝炎、心肌炎等各種病都找上門來。

四位都是從事古代史及古代文學研究，要做出點學問尤其不容易，他們的導師，無一不是在寒窗苦讀十年後才在他們那個有限的領域裏取得一些發言權的，又無一不是面黃肌瘦、身患多種疾病的疲憊的中年人。四位二十多歲（董立二十九歲，其餘三位均為二十二歲）的年輕人在導師的身上看到了自己的未來，不由倒吸一口冷氣。

除曾鳴外，其他四位都是從外地的師範院校考進來的，他們無非是想來鍍鍍金，藉此改變當中學教師的命運。既然是鍍鍍金，自然也就不用動真格的。考考試，做一篇論文，通過答辯，換一張文憑，敲開好單位的大門，就這麼簡單。

曾鳴本來對搞點學問是有一些想法的。同屋五人就他一人根正苗紅，屬於本校畢業的正宗本科生，有點驕傲的本錢。有半年的時間，他買書、借書，讓古今中外的圖書氣勢洶洶地佔據了書桌和床鋪，大有一種學問家的派頭。

不久，他一位師兄的不幸遭遇給了他沉重的打擊。這位師兄念完碩士念博士，博士畢業後留校任教，正朝著講師、副教授、教授、博導一步步往前邁。一天，在講課時，突然就暈倒在講臺上。在醫院待了一週就與世長辭了。他得的是肝癌，已到晚期。據分析與腦力勞動過度及營養不良有關。他把那點可憐的工資都扔在書裏了，飲食方面簡直是應付了事。「寧可一月無肉，不可一日無書。」一日不讀書，則惶惶不可終日。

曾鳴倍感恐懼：學問原來是吃人的！他斷了做學問的念頭，開始隨波逐流，三天打魚兩天曬網。書還是要看的，不過每天由六小時改為兩小時，對研究中的問題，也不再追根問柢，非要在書海中「掘地三尺」不可。樹挪死，人挪活，換一種觀念生活，日子變得逍遙自在多了。研究生，「菸酒生」也，曾鳴菸是不抽的，但酒是喝的，面紅耳赤之際，覺得這種暈乎乎的生活還是蠻舒服的嘛！

來回奔跑

步行兩公里後，東邊醫大附近的放映廳遙遙在望了。四個人心旌開始搖盪。他們討論起想像中的色情鏡頭來。乳房多少是要露一點的，露後背怕是必不可少的。至於臀部，估計會一閃而過，要睜大眼睛嚴防死守；至於那關鍵部位，大半像絕症病人，「沒指望了」，不過，或許會閃電般掠過一些毛絨絨的影子吧。

放映廳到了。這裏過去曾經是熱鬧一時的電影放映禮堂。自從電影沒落以後，生意就江河日下了。老闆很聰明地及時轉向，將其改造為錄影放映廳，生意才又紅火起來。他將大廳隔作兩大間，一邊放武打片，一邊放豔情片。中間有兩道門，可以隨意出入。為了招徠顧客，老闆允許觀眾兩廳來回串著看。一個廳放三部片子，這意味著觀眾一個晚上至少有六次選擇的機會。

董立驕傲地說：「我踩的這個點不賴吧！」「你牛B！」趙寧樂呵呵地說，好像他擁有六個妃子似的。

董立和華平則像勤奮好學的學生一樣，不浪費無謂的時間，「嗖嗖」地一個溜進A廳，一個溜進B廳。曾嗚、趙寧進了A廳，趕緊分頭行動。

曾嗚掀開A廳的布簾，一股濃重而嗆鼻的熱流差點把他推了回來，我的天啊，我國的菸民隊伍怎麼如此壯大！幾乎每個有人的座位上方都升騰起一股白霧（在螢屏的襯托下，其實霧是黑的）。往前走，像是踩在鬆軟的地毯上，不用說，那是瓜子殼以及果皮。曾鳴繞過兩對抱在一起的狗男女之後，找到一個空座坐了下來。

媽的，是部鬼片。要是是港臺拍的與聊齋有關的鬼片那還有戲，可惜這是一部搞笑的殭屍片。「我是來幹什麼的，搞笑要你來搞。」

坐了十分鐘左右，曾鳴只好又從那兩對狗男女面前走過，男的手好像伸到女的上衣裏去了！曾鳴腦袋一激靈，心想：「這個鏡頭可比前面的有趣多了。」

剛走過門口，就看到趙寧那龐大的背影。曾鳴猛衝過去，用食指頂住他的腰部，說：「不許動，把錢都掏出來。」

趙寧哆嗦了一下，回頭一看是瘦得像落魄的郁達夫的曾鳴，不屑一顧地笑了：「就你，給你錢你敢拿麼？」

兩人爭先恐後擠進B廳，往螢屏一看，嘿，不錯。一個少婦啃著雞腿，在向對面的中年男子調情。也不知哪裡找的雞腿，太像男人的睾丸了。那少婦把雞腿仔仔細細地舔了一遍，邊舔邊向男子拋媚眼。男子還扭扭捏捏的，趙寧在底下小叫了一聲：「快上啊。」那男子終於如趙寧所願地靠近少婦，頭和手開始有所行動，兩人很快移至床上，但見兩人身子往床上一躺，然後，床頭的一朵玫瑰花花瓣散作幾片，然後蒙太奇起了作用，兩人又衣冠整齊地一起購物，急得趙寧直嚷嚷：「是不是播放器出什麼問題了？」曾鳴說：「不像啊，鏡頭轉換很自然，沒什麼蛛絲馬跡。可能是藝術手法吧。」「操他媽的藝術，」趙寧憤憤地說，「來點實實在在的生活吧。新（性）

生活。」

奇蹟沒有出現。這時，有人拍了拍曾鳴的肩頭，回頭一看，是華平。他壓低聲音神秘地說：「那邊好戲快上演了，字幕上打出了邱月清的名字。」趙寧也湊了過來：「好，但願是邱姐早期的作品。」三人迅速轉移到A廳。

在經過了半個多小時的焦急等待之後，邱月清終於出現了！一番搔首弄姿之後，終於脫起了衣服，有點下垂的乳房一閃而過，而且被打上馬賽克；毛絨絨的東西居然也如流星般劃過，而且迅速為馬賽克所遮蓋。邱月清總要走動的吧，她一走，總會抖露一些秘密吧。惱人的是，不管她走到哪裡，那馬賽克都如影隨形，且準確無比地罩住那些人們最想欣賞的部位。準確無比，沒有任何含糊之處，沒有任何商量的餘地。

趙寧絕望地把趴在前座的頭收起，而後扔向椅背，歎息道：「還讓不讓人活了？」曾鳴說：「不活了不活了，把我們的胃口吊起來，總得給點好果子吧。求你了！」讓人絕望的馬賽克。於是，這三人又轉移陣地了。

夜裏十二點鐘左右，終於放了一部任達華和邱淑貞主演的《赤裸的羔羊》，讓三人過了一把眼癮。任達華一開始就在辦公室把一個波霸給強暴了。邱淑貞為警方充當了誘餌的角色。耍盡風騷，讓任達華上了鉤，在保住貞操的同時用槍擊穿任的老二。可惜，真正的裸露鏡頭只出現在片頭的波霸身上，淑貞堅貞不屈，擺出了無數性感的造型，但關鍵部位仍被導演保護得嚴嚴實實。充其量，這部片子只能算作豔情片。四個人看完後，總算有了一點如願以償的意思。

董立說：「嗯，不虛此行。」
曾鳴說：「就是等待的時間漫長了些。」
華平說：「空氣好像渾濁了些。」
趙寧說：「她們只要肯脫衣服，哪怕屋裏著火我也絕不離開。」

一無所有

那是個保守的年頭。他們能看的最開放的也不過如此了。隨著對校園錄影廳一次次的失望後，四人把重點都放在了醫大附近的這個放映廳。他們明知道不可能收穫更多，但他們仍然在沒事幹的夜晚把時間都耗在這間煙霧騰騰的放映廳。在巨大的收穫可能出現之前，那些浮光掠影出現的乳房、腰肢和黑影仍對他們保持了足夠的誘惑。

他們一次次在洗完澡洗完頭髮之後，一頭扎進黑古隆冬的放映廳，出來後滿頭滿身的菸臭味，他們毫不在意。在四個月裏，他們大概看了有一百部片子吧，以至於他們都變成了獨具慧眼的「伯樂」，他們可以從許多方面看出一匹「馬」是不是好「馬」。

如錄影廣告裏出現的演員名字及片名（男的有任達華、曹查理、鄭浩南等；女的有邱淑貞、翁虹、葉玉卿、葉子媚、李麗珍等，這些知識他們都是從娛樂雜誌關於香港色情電影的發展史的文章上得知的，由華平負責把一些典型的片名和演員名字記錄在冊，有機會就按圖索驥。）默默無聞的片子則可以從片子的背景音樂、講述故事的方式中判斷出來（如果演員一上來就說個不停，你就趕緊閃吧，這準是鬧劇或生活劇；如果一開始就很注意渲染氣氛，請不要走開，好戲在後頭。）四人在這些方面給人一種成精之感，十年之後，他們竟然能夠準確而迅速地判斷一部片子是否夠味（除了色情以外，還包括藝術感），常讓一些素昧平生的人讚歎不已。他們則自豪地說：「也不打聽打聽，我們哪一個不是從成百上千的爛片裏打拼出來的。」

四個月之後，他們對醫大附近的這家放映廳也深感失望了：都是老一套，沒法再深入了。要不，上南邊菜市場那家碰碰運氣。據說那裏經常放一些性教育片。那麼，關鍵部位總會來一些特寫吧。

他們穿過嘈雜的菜市，對身邊的生食熟食置若罔聞，他們現在更關心自己的精神需求。進了放映廳，空氣倒是不那麼污濁。由於這裏都是木椅，不像沙發那樣吸味。因此，臭腳丫味混合著菜市場的爛菜味就顯得格外突出。幸好，曾鳴為大家準備了話梅糖，酸甜的味道有力地阻擋了怪味的入侵。

在很快地看完一部香港槍戰片和很慢地看完一部臺灣的言情片之後，終於迎來了性教育片。還是外國片。從一位外國中年婦女嘴裏不斷地吐出一些讓人心跳不已的詞。這些詞涉及的物要是同時呈現在螢幕上那該有多好啊。

然而，饒舌的外國女人說個沒完，除了她的大嘴一張一合以外，沒有多少實質性的內容。介紹生殖器官時總該讓人開開眼界了。男人的那玩藝兒出現了，是真東西，而且介紹得很詳細，可是，這東西我們太熟悉了。

輪到講解女陰了，畫面一出現，四個人幾乎要暈倒，沒有真東西，竟然是人工繪圖。老外竟然也如此保守。再等等，總有一些「傳教式」、「後庭花」、「老頭推車」等花樣的簡介吧。確實出現了部分傳統的花樣，但是，又是人工繪圖，還靜止不動。華平還想再看兩眼。其他三人不幹了，衝過去不由分說地把他架出去。

華平心有不甘，叫道：「忙啥呀，還沒生小孩呢！」

「這片子不是我們拍的！」

在看了八個月錄影之後，四個人第一次感到有些疲了。他們對社會上錄影廳的失望之情與日俱增。在這樣一個保守的年代，置身這樣一個保守的地方，註定了你的眼福只能如小溪般清淺。四個人決定痛改前非，向陳剛學習。

夜晚來臨，拎著一本錢穆的《中國近三百年學術史》或郭沫若的《十批判書》上那擁擠的教學樓添磚加瓦，這些書他們居然都看進去了。何以遣有生之涯，惟有閱讀令人心如止水的名著。

可惜，他們的這份鎮定被華平給破壞了。這小子不知用了什麼法子，竟然從其老師那裏搞來一本高羅佩的《中國古代房內考》，哇塞，是帶有插圖的那個版本。其師的香港之旅，看來收穫頗豐。

在華平提心吊膽的「小心點，別弄壞書」的叫喚中，趙寧、曾鳴手忙腳亂地把古代美色盡收眼底。古人的智慧是無窮的，那些玉製的性具是何等的精美和逼真；明清人的招式又體現了何等豐富的想像力！四個人又蠢蠢欲動了。

第二天，從學校著名的理化樓經過時，眼尖的董立顯然看到了什麼。他睜大眼睛，張大嘴巴，失聲喊道：「不會吧，太陽從西邊升起來了？」眾人隨他的目光所及朝牆壁上看去，驚呼：「太陽真的從西邊升起來了！」牆壁上貼了一張海報，告訴人們：晚上七點，理化樓七樓的放映廳將播放兩部片子，一部是《與瑪丹娜同床》，一部是《我為卿狂》。這後一部，可是香港著名脫星葉玉卿的成名作啊。真是踏破鐵鞋無覓處，得來全不費功夫。

曾鳴說：「人們總是嚮往生活在別處，其實，真正的風景往往就在你的身邊。」

趙寧說：「好臭的屁啊。快去買票，輪到你作東了。」儘管每張票比平常貴一倍，但曾鳴並沒有切膚之痛。買票的人說的對：「也不看看是什麼片子。」想像著能與瑪丹娜同床，偷看葉玉卿洗澡，五塊錢一張票確實不算貴了。

四個人於晚上六點三十分爬上位於理化樓七樓的放映廳，本以為能占個好座，沒想到，能容納三百人的放映廳早已人滿為患。好位子早被搶佔一空了。幸好他們來得早，在最後一排的角落裏找到了座子。

七點鐘開演時，仍有觀眾絡繹不絕地湧來，售票的學生竟然賣起了站票！真的是盛況空前啊。來了，瑪丹娜發出邀請了，她唱著狂熱的歌，跳著挑逗的舞，是的，觀眾們熱血沸騰了。瑪丹娜又唱了一首歌，仍然性感十足。當瑪丹娜唱第三首歌的時候，趙寧不幹了：「同床同床，光唱歌有什麼勁？」周圍的人顯然也有同感：「聽歌的話我們上這來幹嘛？」

瑪丹娜似乎聽到了大家的不滿，她不唱了。回到後臺與人聊天。她確實夠大膽，當著攝像機的面把上衣給脫了，露出堅挺的乳房。但也僅此而已。這個鏡頭僅持續了三秒鐘。看完之後大家才想起：這是全片最暴露的境頭。這只是一部紀錄片，講的是瑪丹娜幾次巡迴演唱的經過。這部片子讓人有上當受騙之感。

曾鳴期間去了兩趟廁所，呼吸了一次新鮮空氣。瑪丹娜除了她的叛逆之外，她的歌聲並不好聽，兩個小時啊，聽得腦袋快炸了。

對《我與卿狂》的期待成了四人留下來的惟一理由。沒能與瑪丹娜順利同床，趙寧由失望轉為氣惱：「這小婊子，把大爺給耍了。」董立說：「稍安勿躁，你的卿姐來了。」四個人朝螢幕瞪圓了雙眼：卿姐的肉真玉呀，那波，晃得真厲害呀！卿姐在片中演的是一個可憐的文秘人員，上司想盡辦法要占她的便宜。卿姐扭捏作態，逃過了一個又一個陷阱。對一個弱女子，四個小夥子本該有起碼的憐香惜玉之心，可被慾望之火燃燒得面紅耳赤的他們現在只有冷酷之心。他們希望卿姐變得笨一點，趕緊上當，趕緊把衣服脫了。

半小時之後，卿姐終於上當了。她脫了上衣和褲子，露出裏面的游泳衣。她來到游泳池邊，跳進水裏，這時，他的上司出現了，色瞇瞇地跳進水中，潛至卿姐的身邊，乘卿姐不備從後面強行脫起卿姐的游泳衣。「快脫呀。」放映廳裏喊聲震天。可是，下起了雪，螢屏上下起了雪花。

這場雪下了三分鐘，該死的雪。飄雪之後，卿姐穿著極為得體地在打字。

「重放重放！」趙寧帶頭喊起來。

「退票退票。」許多人跟著瞎嚷嚷。

放映廳的教工，一個瘦小的中年男人從幕後走了出來，說：「同學們請安靜，真不是不放，片子拿來的時候就有這些停頓。大家湊合看吧，大概的意思總是可以看出來吧。」

可是，除了雪花裏的東西之外，還有什麼看頭呢？許多敲起了椅子背。「咚咚咚」、「鎊鎊鎊」聲不絕於耳。放映被迫中斷。

那位可憐的教工又出來了。「同學們，要不換一部片子，還是葉玉卿主演的。這部片子保證沒雪花。行不？」還有更好的辦法麼？

於是，《哥哥的情人》來了。葉玉卿很快就出來了。還有梁朝偉、張艾嘉。可這是葉玉卿改邪歸正以後拍的片子，正經得不行，抒情得不得了。由於大夥共同期盼的鏡頭沒出現，張艾嘉顯得嘮叨了。

於是，觀眾再次忍無可忍了。「咚咚咚」、「澎澎澎」，可憐的教工再次走了出來，滿臉的悲戚。他衝大家抱一下拳，鞠了一個躬，說：「對不起了同學，這片子真不是我們拍的。」他委屈得幾乎要哭出來了。算了算了，還看下雪的《我為卿狂》吧。

回來的路上，曾鳴歎了一句：「真是賠了夫人又折兵。」

賠了夫人又折兵

一九九四年底的時候，社會上流行ＶＣＤ，真是鳥槍換炮。那圖像、音響，的確是錄影帶所無法匹敵的。而且，ＶＣＤ片的品種遠比錄影帶豐富。ＶＣＤ片以迅雷不及掩耳之勢取代了錄影帶，鑒於積重難返的習慣，人們仍然稱看碟為看錄影，為了有別於過去的錄影，人們在錄影前加上了「投影」及「超大螢幕」等蠱惑人心的字眼。

董立因為陷入與浙江家鄉女孩的糾葛中，無心再看錄影；而華平因為弟弟考上大學，家庭負擔驟然加重，他攬了幾份家教，騎著輛破自行車在城市裏東奔西跑。趙寧的父親和曾鳴的父親都是公司的經理級幹部，趙寧和曾鳴是大樹底下好乘涼，仍然堅持有空讀讀書，沒事看看錄影的老傳統。

他們在工大附近的一個錄影廳看了三個月錄影。這裏播放了不少歐美的豔情片。最經典的當屬《查泰萊夫人的情人》，錄影當然無法傳達出小說的那些刻畫入微的精神，但是，有西洋女人的乳房、屁股看，可以滿足了。一部片子，在他們的心目中已經沒有了藝術，有的只是他們渴望看到的一些身體器官、一些交媾的場面。在審美趣味方面，無疑是嚴重墮落了。

儘管如此，他們還是對錄影執迷不悟。因為他們有一個要求，依然得不到滿足。那就是女陰，現實中的這朵薔薇花，它到底有著怎樣的質地、構造以及芬芳。在他們看過的錄影中，所有的片子對它的交代都是含糊不清的，要麼是徹底的遺忘，要麼就毛草草地一筆帶過。應該有一部片子，為我們認真地描述一下這朵可愛的花。

捨不得孩子套不著狼。他們決定去最昂貴的錄影廳看一場史無前例的錄影。他們選中離校十公里的文化宮放映廳。大螢幕，通宵，可看五部片子，自由選片，關鍵是，「絕對讓你有意外的驚喜」。一頓精神大餐就要端上來了。一張票五十元。物有所值就一點也不貴。

他們還是一無所獲。圖像清晰得無可挑剔，感興趣的內容卻寥寥無幾。除了武打就是槍打，曾鳴快挑花了眼，最後就只憑放映員安排，他們把自己的口味告訴他：「片子越騷越好，師傅，你一定要憑良心幫我們挑幾部好片啊。」於是，有了《情人》，拍的是很好，看得也很震撼。當一切都已成往事，反而覺得那個法國女人與香港男人的瘋狂交合變得很無聊。片子拍得很藝術，那朵真實的花一直沒有正面開放。看完後，兩個人很睏，然而不想就這樣睡去，難道我們花鉅資就是為了在椅子上睡覺？那不是傻B是什麼。周圍的人相繼睡去。這個城市有太多秉燭夜遊的人了。

來了一部外國片，趙寧的英文相當牛B，他從片頭迅速滾動的字條中得知這是一部限制級的電影，十八歲以下者不宜。兩人於是強打起精神。看起這部名為《解體》的錄相來。解體解體，總有體可解的。解的卻是一個男人的體。好男人斷了手後，移植了一個殺人犯的手。這手不聽使喚，常幹壞事。殺人犯的頭被移植到另一個人身上。此人回來找自己的手。最終好男人殺死了殺人犯，他的手也就如人所願地聽好男人指揮了。看得人心驚肉跳，很過癮。睏意全消。可是，那朵花呢？它盛開在哪個神秘的角落？

工人開始掃地了。兩人推開門，來到了大街上，凌晨五點，天已大亮。街道寬闊，空氣新鮮，兩個研究生為了看到黃色錄影熬通宵。兩人突然感到一陣陣的空虛。這樣一次次地無功而返卻又一次次尋找，是不是很無聊呢？那一天凌晨，他們突然對看錄影深惡痛絕起來，他們決定像戒菸一樣把錄影給戒了。

善良的人

董立陷入與家鄉女孩的愛情糾葛當中。董立考上研究生前在一所鄉村中學當了六年的歷史教師。他個子不高，也不夠英俊，但他為人熱情，口才好，又很有正直感。在那危機四伏的鄉村，在他班上讀書最安全。一些小地痞來鬧事，董老師會帶領一班年輕教師拎木棍、提菜刀，把入侵者打得落花流水。

幸又不幸，一位學鋼琴的十七歲的小女孩由崇拜而喜歡上他，攆都攆不走。為了不傷害女孩的自尊心，老董與她保持著若即若離的關係。老董很有自知之明，一是自己年齡偏大，不能影響女孩的前途；二是自己終究要離開這個偏僻的鄉村，不能拈花惹草，因小失大。女孩把老董兄長的關懷都看成了是愛情，還發誓說：「生是你的人，死作你的鬼！」老董百口莫辯。女孩的父母警告老董：作為老師，你要自重。老董擔心與其父母說了真相，女孩會受不了。

考上研究生後，逃離了是非之地，老董算是喘了一口氣。那女孩考上了家鄉的一所中專，對老董癡心不改。老董想老夫少妻，終究不太現實。他去信要求結束這段若有若無的愛情。這封信讓他付出了狂奔五千公里的代價。女孩來信說，不回來當面說清楚，就死給他看。

老董只好請了假，乖乖地回到女孩的身邊。經過了一番耐心說教，女孩的思想想通了。她說，我們去照相館照幾張合影吧，留作紀念。在照像館，他們像即將領取結婚證的青年一樣，照了幾張婚紗照。女孩穿上了婚紗，老董也化了妝，西裝革履。曾鳴他們後來看到這些照片，女孩的表情很陶醉。然後，他們去湖上划船。

划到一處無人的地方，女孩大膽地說，你要了我吧。

老董說，不行，你以後會後悔。

女孩說，我不後悔。

老董說，我會後悔的。你是一個好女孩，你需要心安理得的生活。

老董後來說，他吻了那女孩。超過這一界限的行為會被老董認為是犯罪。女孩子後來飛到了美國。與老董斷了音訊。

大家都很佩服老董。二十九歲的男人，那是真渴啊。渴得不行的老董竟然放棄了解渴的機會。回到學校，老董才覺得自己真渴了，他又加入了看錄影的行列。趙寧和曾鳴是不看了。這時，掙了幾個錢的華平又抖起來了。他和老董又看了三個月的錄影。

從華平的嘴裏，不斷帶來好消息。他看到了真正的毛片。他說，看過一部關於服裝設計師的影片，設計師認為時裝的最高境界就是什麼都不穿，於是片子的高潮在結尾部分出現，在時裝表演會上，十來位貌若天仙的模特一絲不掛地走上舞臺，啥都看見了。

事與願違

陳剛病了。在屋裏架起電爐，熬起了中藥，屋子裏熱氣蒸騰，就像古代文化一樣醇香。陳剛是沒有心情欣賞這些的，他品嚐到的，更多是苦澀。

他得的是慢性前列腺炎。大家都把他得病的原因歸結為在學問中沉得太深，又沒有多少的娛樂來放鬆自己。就是說，他的弦繃得太緊。

一九九四年五一節的時候，曾鳴說，老陳無論如何該放鬆一下了。我請大家看錄影。那時的老陳病快快的。大家想通過一場刺激的錄影讓他精神起來，讓他明白，生活，除了學問，還有很多值得做的事情。

那次的經歷令四〇二室的五條漢子終生難忘。他們從校園西門出發，經過了醫大、工大、文化宮，甚至火車站，幾乎把半個城市都踩遍了。然而，他們沒有在任何一家錄影廳裏坐下來。在看錄影方面，這些人都成了精了。他們從片名、演員以及從喇叭裏傳來的聲音裏，可以判斷出一部片子的優劣。由於他們上的當如此之多，也由於他們的胃口如此挑剔，他們發現竟然沒有一家放映廳值得自己坐下來了。陳剛之外的其他四人深知一坐下來，會帶來怎樣一個無聊的夜晚。

陳剛有點不好意思了：「哥們兒，隨便挑一家看算了。」其他四人異口同聲地說：「那怎麼行？你好不容易出來一趟。怎麼能夠隨隨便便？」

在大街小巷裏風塵僕僕遊走了兩個多小時，五個人又垂頭喪氣地走在通往校園的路上。病中的陳剛身體尚虛，步伐遲緩，滿頭冷汗。好幾次，大家不得不停下來，陪陳剛歇歇腳，並且感到深深的愧疚：本想給老陳找點樂，沒想到卻讓他更加遭罪。

「出事了」

前面已經說過，在曾鳴、趙寧對錄影興味索然的時候，華平由於脫離大部隊，在家教的路上得以發現許多可以稱得上神秘的放映廳，這小子因此多次大飽眼福。可是，在一九九五年三月一個春寒料峭的夜晚，華平出事了。也就是說，被請到局子裏去了。

說起來，那個隱秘的放映廳離學校不遠。大概也就四公里。華平吃起了獨食，他後來說並無此意，主要是為大家的安全著想。

華平在這個城鄉接合部能容納一百多人的平房裏已連續看了兩場錄影了。這家開張不久的放映廳為了吸引觀眾，不惜鋌而走險。錄影片的內容越來越大膽。以至於在週五晚上在放完一個香港的三級片後對觀眾們說：明天再來，絕對讓你們噴鼻血。因為離學校近，觀眾百分之九十都是大學生。

在嚐了甜頭的學生的奔相走告之下，第二天晚上竟然來了兩百多人。座無虛席。過道、走廊裏也人滿為患。老闆喜笑顏開。

門口派了兩個夥計望風，很安全。晚上十一點剛過，螢屏上是令人瞠目結舌、令人血脈賁張的美國毛片。

據事後瞭解：事情先是壞在兩個夥計身上。這倆小子望風望得走神了。十八歲的他們也被片子吸引住了。看了一會兒片子，深覺望風工作的危險，一不小心，會出大事的。這就使得兩位工作時顯得很矛盾。一會兒撥起門簾（三月對東北來說，還是冬天。必須掛厚布簾，屋裏才會暖和），看看有無可疑情況；一會兒又鑽回去，偷偷過把眼癮。派出所的摩托車剛開過這間小屋，朝這間平淡無奇的小屋掠過一眼，看到兩個腦袋一閃，又縮了進去。警察小馬在車子開過二十米之後，又看到兩個腦袋一閃一縮。「有情況。」小馬帶著兩名聯防隊員殺了回來。

本來也沒有事。當他們撩起布簾時，螢屏上是《阿飛正傳》的鏡頭，中規中矩。小馬一看，都是學生，沒什麼問題。正要離開，可是，兩個商學院的傻B，喝了一些酒就不知天高地厚了。片子剛放了二十分鐘，男女演員正在表演「後庭花」，端好姿勢正準備深入，卻戛然而止。一看是警察，兩個傻B突然大叫一聲：「警察有什麼了不起。警察就可以侵犯人民的觀看權嗎？」小馬也火了：「今天我偏要好好侵犯一下。給我搜。」

兩個聯防隊員如狼似虎地撲向放映廳。小馬本來也沒有把握，但為了面子，總得賭一把。他成功了。聯防隊員果然搜到了四片黃色錄影，黃得一塌糊塗。「所有的人都跟我到局裏一趟吧。」在派出所，小馬讓老闆端來兩大臉盆冰得刺骨的水，讓商學院的兩個學生赤腳在水中站上一個鐘頭。要一個單足站立，兩手向後舉起，作飛翔狀，這是「開飛機」；另一個單足站立，左手抱在胸前，右手向後高高舉起，這是「老牛耕田」。其餘的人蹲在地上，寫保證書，簽名。第二天交一百元罰款。

華平說，在寫保證書的時候，他看到對面有一張熟悉的面孔。是的，那是可憐的陳剛！

六年以後，曾鳴與陳剛在江蘇的一個豪華KTV相遇。三十歲的陳剛一點也沒有結婚的念頭。在南邊一家經濟報當記者，富得流油，拈花惹草，樂不思蜀。幾瓶酒下肚，陳剛敞開心扉（老朋友了，這些話憋了這麼些年，像石頭一樣越憋越沉，是放下這些石頭的時候了！）

「還記得我的前列腺炎吧，完全是咎由自取。」陳剛說，「我在師範學院的時候愛上一個城裏女孩，愛得死去活來。女孩也很愛我。但女孩不願意等，她說，三年後我都老了。我說，現在我只能當老師，無法給你更多的幸福。女孩說，無所謂，平平淡淡才是真。我真後悔。在縣城當個老師有什麼不好？可是，我那該死的遠大理想。我考上了研究生。第二年女孩就嫁人了。寫了無數哀求的信，流過無數傷心的淚，無濟於事。

「你們很傻。還有一種方式可以滿足欲望，那就是自摸。那種感覺無比美妙，不亞於與異性性交。我在自摸中完成一次次與女友的神交，快樂而悲哀。也許是我對女友的思念過於強烈了。我自摸的次數太頻繁了。然後關鍵部位就壞了，火燒火燎，醫生一看我蒼白的臉色就知道病因。看錄影的錢是省了，可是，全買中藥了。

「後來，我也看上了錄影。怕你們笑話，都是單獨行動。圖像刺激後無比激動，之後就是空虛。風一吹，心情也就平靜下來。還有一點，女孩的印象漸漸淡忘，錄影看多了，一想到女孩脫掉衣服後也不過如此，也就不再有那種揪心的感覺了。」

在江蘇的這個豪華KTV，陳剛與曾鳴一起高歌了一曲——〈一場遊戲一場夢〉。

14 相思成疾的日子

病因

一九九四年七月一日，一成不變的暑假如期來臨。即將進入二年級的研究生曾嗚沒有像往常那樣，買一張火車票，急匆匆地跨越萬水千山，在度過沉悶而疲憊的三天四夜後，回到家鄉，與親人團聚，享受一年中難得的天倫之樂。過去，對家庭溫暖而歡樂氛圍的嚮往，一直是支撐著他孤身一人在外求學的重要的甚至可以說是惟一的動力。因此，只要假期來臨，他買起返家的車票來總是那麼義無反顧。然而，在學問的泥沼裏摸爬滾打了一年的他，卻不假思索地放棄了回家的機會。

曾嗚想利用這個漫長的假期對糾纏自己長達三年的慢性結腸炎來一次徹徹底底的的告別。一年來，曾嗚學習刻苦，循規蹈矩，深受師友的好評。但他隱隱約約對自己的導師——一位著名的文字學專家懷有一絲內疚之情：他向導師隱瞞了病情。

周柏堅是一位做學問和作人同樣認真的人，他對曾鳴的才華和稟性頗為欣賞，悟性高，又坐得穩冷板凳，這樣的年輕人如今不多見了。周柏堅惟一擔心的是曾鳴的身體，文字學是一門高深的學問，涉及的學科極其繁多，非在其中心無旁騖地沉潛十年左右，是不能發出自己獨特的聲音的。當周柏堅認定曾鳴是一株好苗子時，不能不為潛伏在苗子身上的「病蟲害」而擔心，周圍不少同行英年早逝的事實看得他膽戰心驚，他自然不願心愛的弟子重蹈覆轍。

曾鳴面色紅潤，步伐矯健，在籃球場上生龍活虎，看不出有任何患病的跡象，只是他天生的瘦弱的身體讓人有些生疑。面試時，周柏堅出其不意地問了一句題外話：「你的身體怎麼樣？」曾鳴毫不猶豫地說：「很健康。我高中時還在校運會上得過三千米跑的亞軍呢！對了，成績是十一分三十一秒。」搞考證的最敏感的就是資料，當周柏堅聽到曾鳴迅速地拋出一個確定無疑的數字時，他的心裏篤定而欣慰：豎子可教也！

曾鳴並沒有意識到他是在撒謊。慢性結腸炎像一隻隱藏在身體內的小動物，時不時來點小動作提醒它的存在。但曾鳴對這隻「小動物」一直抱著滿不在乎的態度，他固執地不把慢性結腸炎當作病。與那些肝炎、肺炎或心肌炎等能給予身體以猛烈乃至致命打擊的惡症比起來，慢性結腸炎實在顯得有些微不足道。它的明顯症狀表現在左下腹有疼漲感和下墜感，飯後即需大便，有時出現便稀。不過，新陳代謝之後，人就感到輕鬆了，左下腹的不適感會暫時消失，直到下一次新陳代謝的來臨。慢性結腸炎給曾鳴的感覺就是比別人多拉幾次大便而已，這一動作在冬天會稍嫌麻煩些，其他日子則無大礙。除此之外，慢性結腸炎沒有帶來更多的麻煩，曾鳴的胃口很好，能吃能喝，其他器官皆運轉自如。讀本科的時候，一個寢室的其他同學大多有過或長或短的住院史，曾鳴則是惟一的一個沒有住過院的學生。

慢性結腸炎這隻「小動物」到身體內安營紮寨，到底起源於哪一天，已經無從查考了。曾鳴只是清晰地記得一九九一年一月下旬的一天，在幫因心肌炎住進醫院的吳桐送完午飯，忽然覺得左下腹有脹痛和下墜之感，便意強烈，到了廁所蹲下，卻又折騰不出多少排瀉物。曾鳴隨手給自己掛了一個號，於是完成了由病號護理員到病號的角色轉換，一位臉色與外面的冰雪一樣寒冷的中年女醫生隨隨便便地問了幾句後就「宣判」了：「慢性結腸炎。」

曾鳴吃了一驚：「什麼原因造成？」

女醫生不耐煩地說：「精神鬱悶啦、營養不良啦，免疫力下降啦……多種因素綜合所致。」曾鳴有些蒙：「怎麼治才好？」女醫生說：「吃些消炎藥。保持心情愉快，早睡早起，不暴飲暴食，經常鍛煉身體。」女醫生最後一句話讓曾鳴十分絕望：「這種慢性病是很難根治的。」

這是校醫院，學校經濟緊張，學生們吃不到什麼像樣的藥，毫無疑問，曾鳴領到的只是尋常至極的黃連素等一類的廉價藥。這只能治標不治本。曾鳴很渴望像老吳那樣臥床多日，徹底根治病魔。可醫生說，他的病只是早期，還不嚴重。另外，校醫院沒有專門的肛腸科，要治只能到校外去治。曾鳴嫌麻煩，也就對慢性結腸炎聽之任之了。不就是多脫幾次褲子麼？

關於「結腸」，《現代漢語詞典》是這樣解釋的：「大腸的中段，也是主要部分。與盲腸相連的一段向上行叫升結腸，然後在腹腔內橫行的叫橫結腸，向下行的叫降結腸，最後在左髂骨附近形成『乙』字形叫乙狀結腸。」據醫書介紹：結腸最容易發生炎症的是乙狀結腸。這段曲裏拐彎的腸子容易出事故而傳統藥物又難以到達，故治癒率低。曾鳴還在一本醫學小冊子上找到自己得病的原因，那本小冊子是這樣說的：「傳統醫學認為『思傷脾』，學生及其他腦力勞動者長期處於緊張狀態，加上過度思慮，飲食無節制，導致脾胃虛弱，腸胃不好，消化功能吸收差，營養跟不上，精力不充沛。」

一定是這該死的「思慮過度」種下了慢性結腸炎的因子。一九九一年一月，曾鳴是大學二年級的學生了。不能轉系的鬱悶和對李靜漫長的單相思，使得失眠對他來說成為家常便飯，真應了「相思成疾」這句話啊！

於是，「思慮過度」的曾鳴開始受到報復了，結果就是持續了三年的「排泄過度」。一年假期回家時，父母發現兒子老往廁所裏跑，逼他說出個中原因，從而逼他高度重視自己的病情。曾鳴認為父母有些小題大作。但為了安慰二位長者，免得他們也「思慮過度」，曾鳴跟隨他們看了好幾位醫生，都是當地有名的醫生，吃過不少亂七八糟的藥。什麼黃連素啊，補脾益腸丸啊，什麼中西藥合劑啊……不一而足，又莫衷一是，均是治標不治本，白花了不少冤枉錢。

後來，他們又把注意力轉到「神秘文化」上，他們竟然花了近一百元錢買了一副「神功元氣袋」，此袋形似腰帶，裏面裝滿許多中藥，據說此袋貼在肚臍上，袋中的藥氣會源源不斷地流進體內，從而達到驅病強身的目的。此袋曾在神州大地上風行一時。此袋據說對腸胃炎的療效尤著。曾鳴認為父母完全是「病急亂投醫」，可是，曾鳴是孝敬父母的人，他不願讓他們失望。於是，在一個時期內，他的肚臍上一直貼著這麼一個袋子。那個時期內，曾鳴老有一種重返童年的滑稽感，因為那個元氣袋太像孩提時戴過的肚兜了。

效果如何呢？袋內隱隱約約傳來的中藥香倒是給人輕微的安慰之感——藥物在起作用嘛！還有就是冬天的時候，肚臍上覆蓋的這個袋子發揮了類似小棉被的作用，給人暖乎乎的感覺。那麼，「新陳代謝」的次數是否因之而減少了呢？一次也沒有少！偶爾還給「新陳代謝」帶來一定難度，因為下蹲時得提防袋子的滑落！

回到學校後，曾鳴又對「小動物」聽之任之了。有時，他會對現代醫學產生深刻的不信任之感。我們的醫學在對付一些細水長流的慢性病時，確實有束手無策的時候。一些似是而非的保健品的大行其道，是有一定的群眾心理基礎的。

對李靜一如既往的思念無疑使他在疾病的沼澤裏越陷越深。

尋找

在古文字神秘的世界摸爬滾打了一年之後，曾鳴漸漸對這門既古老又年輕的學問日久生情，他從那些枯燥的文字中品嚐到了一些滋味。他做好了打持久戰的準備，他準備在這門學問裏扎根，並力爭有新發現。而前提是，必須把困擾多年的「慢性結腸炎」給根除了，與此同時，把多年來對李靜的單相思也一併根除了。

曾鳴真是位惜時如金的好青年，為了不因住院耽誤正常的學習，他把「除病行動」安排在了暑假。

這一計畫得到了父母的支持，他們很快了寄來了住院所需的三千元錢。為什麼需要這麼多錢？這與曾鳴的事先調查有關。

也許是長春過於漫長的冬天和過於單調的飲食的關係，腸胃炎一類消化道疾病在本地極常見。這從當地大報小報上鋪天蓋地的各種治療腸胃炎的廣告上可見一斑。大家都把自己的療效吹得神乎其神，而且都不忘在療效的一側拉上幾位莫須有的患者現身說法，那些患者自述的話往往十分肉麻，那些醫生在他（她）們的描述中簡直個個都是華佗再世！曾鳴對這類十分誇張的廣告嗤之以鼻，直到有一天他在一家晚報「社會新聞」版報屁股的位置發現了一則菜票大小的廣告。

「本院治療慢性結腸炎有特效，中西藥結合，內病外治，徹底清除炎症。無效退款。」

它措辭的誠懇令曾鳴的心裏一動。而這所醫院的軍醫性質又平添了幾分可信度。曾鳴決定上這家醫院去一趟。

他根據廣告提示的路線，轉了一趟公交車，很輕易地找到了位於郊區的這家醫院。這是一家帶有療養性質的醫院，治療慢性結腸炎的只是它的一個科室，但這個科室規模不小：兩排平房，十來間病房，近三十張床位。病房與大醫院相比，顯得簡陋了些，但十分整潔。院內綠樹成蔭，花香飄溢，十分安靜。病人不多，只有五六位，醫生和護士話語親切。曾鳴有點喜歡這裏了。

曾鳴見到了李醫生和張護士，她們都是年過半百的老太太了。一高一矮，一胖一瘦。高而瘦的就是李醫生了，臉龐瘦削，言語自信，年輕時候一定是位冰美人；矮而胖的是張護士，一雙小眼睛格外引人注目，說話時只注意自己的鼻子，給人一種自言自語的感覺，縮手縮腳，一副老怕做錯事的樣子。

「你們這邊怎麼治慢性結腸炎？」曾鳴開門見山地問。

「中西藥結合，內病外治，」李醫生慢條斯理地說，「結腸裏面經常充滿糞便，常規的打針吃藥效果不明顯，因為藥物很難到達患處，而且雜物太多，有限的藥物很難在患處停留。我們的做法是，先灌腸清空穢物，再往患處推進配好的藥液，讓身體直接而完全地吸收藥物，達到理想的治療效果。」

曾鳴聽得有些糊塗，他說：「能不能講得清楚點？」

李醫生微微一笑：「你是大學生吧。學生總是特別認真。說得形象點，我們的治療法不妨稱之為『內病外治』，比如說你手背發炎了，潰爛了，塗上藥水或藥膏，傷口就會慢慢消炎，癒合。結腸炎也是一樣，結腸表面發炎了，潰爛了，如果能浸泡在藥水裏，是不難消炎、癒合的。我們的原理就是把結腸炎這種隱藏在體內的病用外科的方法來治。」

曾鳴在心裏承認李醫生的話頗有道理。清空結腸，推進藥劑，讓患處長時間接受藥液的「修理」，確實會收到立竿見影的效果。曾鳴彷彿看到了一條健康的結腸，一條光鮮的沒有瑕疵的結腸，一條性情溫順不再時不時跟自己耍小脾氣的結腸。

曾鳴跟隨李醫生到病房看了看。幾位病人躺在床上，面色紅潤，神情舒展。李醫生問其中一位理平頭的小青年：「今天感覺怎麼樣？」

「舒坦極了，我感覺自己就像沒有結腸一樣，」小青年開心地扮了一個鬼臉，又埋頭看手中的《故事林》。

「當身體的某一部分向你提醒它的存在時，這一部分一定是出現問題了；當身體的各部分都讓你忘記它們的存在時，你一定是健康的。這小夥子下週可以出院了。」李醫生轉過身來對曾鳴說。曾鳴聽得呆了，他覺得李醫生一定學過哲學。

曾鳴戒備之心徹底解除。他把這家醫院看作是自己的福地。他決定在這裏住院。讓結腸不再提醒自己的存在的日子早日到來。

李醫生建議他先做一下檢查。「說得也是，過去的醫生僅憑症狀來斷定，還沒有真正深入其中實地考察呢。」曾鳴笑道。一年來考證學方面的訓練，令曾鳴對「證據」非常看重。

在兩位女同胞的注視下，曾鳴臉色通紅，遲遲不願脫下褲子。李醫生微微一笑：「小夥子，這有什麼可害羞的。我們的年紀大得可以當你的媽了。」張護士在一旁打趣說：「我們一年不知要看多少個屁股，早就熟視無睹了。」說完後，她覺得自己說得很妙，於是「吃吃」地笑了兩聲。

好吧，為了健康的結腸。曾鳴緩緩地脫下褲子，之後趴在病床上。李醫生拿過一個直徑一釐米多的類似木棍的玩藝兒就要往曾鳴的肛門裏塞，曾鳴看得毛骨悚然，連忙伸手制止，問：「這是什麼兵器？」

「腸鏡啊。它的頂端有個探頭，可以觀察結腸內部的情況。」李醫生一臉平靜地說。

這份罪可遭大了。隨著「木棍」的「得寸進尺」，曾鳴被撐得滿頭大汗，感覺腹內一片狼藉。他有氣無力地想：有什麼可別有病啊。李醫生讓他側過頭注視著一邊的類似電視螢幕的東西，指著上面模模糊糊的一些圖案說：「你看到了沒有，你的問題出在乙狀結腸上，這裏有一大塊面積的結腸表面發炎了，長滿了水泡，周圍還有一圈充血。情況不算太嚴重。還沒有潰爛。估計有一個月就能消掉炎症。你別低着頭，你看這裏，顏色是不是比別處深？」

曾鳴撐得難受，毛毛草草地看了兩眼，求饒似的說：「是是是，醫生你快放我下來吧。」

當曾鳴從病床上下來穿好褲子後，不禁有劫後餘生之感。話雖如此，他還是決定前來住院。苦盡甘來嘛，為了將來小腹一勞永逸的舒坦，暫時受點痛苦也是應該的。

治療

過了幾天，曾鳴收到了父母寄來的治病的錢。父親在電話中囑咐：「好好治病，錢不是問題，不夠儘管說。」父親這人脾氣有些暴躁，但在錢上一向很大方。這筆錢不多不少，曾鳴認為自己要認真治病，對得起這份來之不易的錢。

曾鳴帶著牙刷牙膏毛巾洗臉盆鐵飯盆及幾件換洗衣服住進了醫院。院方又給他發了一個臉盆和熱水瓶，這兩樣東西的用處，我們將在下文予以介紹。兩人一間病房。曾鳴被安排和一個當地糧油公司的部門經理住在同一間，劉經理四十來歲，長得文質彬彬，很有儒商的風度。他微胖身材，個子中等，話不多，舉手投足很沉穩。他家在長春，白天來治療，晚上則回家睡。

治療開始了。早上九點整，七位病人排隊到李醫生那裏接受灌腸。熱火朝天的場面出現了。在治療室和廁所之間，人們行色匆匆，像完成一項神秘的任務。其實就是在李醫生那裏，由張護士協助，往病人的肛門裏灌些生理鹽水，然後由病人到廁所排出穢物，如是者三，直至結腸內空空如也。曾鳴混跡於灌腸大軍內，哭笑不得。在這樣的境況裏，人的尊嚴蕩然無存，就是一個生理意義上的人，拖著純粹的肉體在奔波。

這裏還是分男女廁所的，各有三個蹲位。這天的病人有三男四女。曾鳴正在最靠裏的一間努力「代謝」時，突然聽見門外闖進一個人。劉經理驚訝地「咦」了一聲。那個人發出女聲說：「兄弟，讓大姐方便方便。那邊廁所滿了。」喔，原來是那個年過半百的王姨，此人典型的東北老娘們，大大咧咧的，嗓門特粗，長得肥嘟嘟的，頭髮燙得跟雞窩似的，曾鳴進院時見過一面，印象惡劣。

王姨就蹲在隔壁間的廁所裏，而且發出低沉的吼聲！曾鳴不禁渾身起了一層雞皮疙瘩。可是，你能有什麼辦法，廁所在這裏的含義已經發生了微妙的改變！它成了人短暫的逗留之地，人確實是匆匆又匆匆的過客。在這種匆匆忙忙又目的特殊的場合，男女之別也確實沒有多少必要。只是打破男女之別由女子主動完成，讓人不能不對此女起一種嫌惡之感。

灌了三次腸之後，結腸內基本上空無一物。這時，你必須謹遵醫囑，回到病房，往院方發的臉盆裏倒進些熱水，用冷水兌成溫水，然後，你又得脫下褲子蹲伏在水中，讓柔滑的溫水泡開你緊繃的肛門，為接下來的推射藥物作準備。兩個男人面對面蹲伏在水中，那情景真有些驚心動魄！好在大家都是病人，都為一個美好的目標而奮鬥，也就處之泰然了。別看他們姿式不好，但這短短的十五分鐘「水療」，卻是難得的享受：屁股和肛門什麼時候能夠單獨受到如此隆重而周到的對待？

「水療」之後，兩人去廁所倒水，之後再回到病房，耐心等待真正治療的到來。此前所做的全是鋪墊，是烘托，是為了真正的主角閃亮登場。李醫生和張護士端著一個平底盤出現了。甘蔗一般粗的針筒！手指一般粗的塑膠針頭！脫褲子，側身，手指粗的針頭緩緩推進肛門，甘蔗粗針筒裏六釐米長的暗綠色的藥液慢慢在縮短。張護士在一邊帶著讚美的口氣說：「這些藥液可好了，有多種中藥，還有先鋒等西藥，中西合璧，所向披靡！小夥子，一個月之後，你的腸子就會棒得跟牛皮似的。」

那些藥液帶著張護士的美好願望，在他們的結腸內發生作用了。曾鳴不得不承認，「內病外治」有一定道理，他的結腸感到前所未有的輕鬆。他彷彿看到，結腸表面的那些水泡在藥液的「安撫」下，正在慢慢地萎縮，就像一朵鮮花在冷風的吹拂下慢慢乾枯一樣。

接下來是長達兩個半小時的靜養，必須側身或仰面躺在床上，讓藥液靜靜地在腸內「工作」。此時到處亂跑的話，藥液很可能從哪裡進去又從哪裡出來，那真是竹籃子打水一場空了。劉經理的臥姿是坐北朝南，曾鳴的臥姿是坐南朝北。從曾鳴的角度往外看，可以看見窗外有限的一些風景：三棵柳樹，一片天空，偶爾有幾隻小鳥在啁啾。曾鳴頗有興致地欣賞了一會兒別無選擇的風景，感到有些單調，於是從床頭取出一本唐蘭寫的《中國文字學》看起來，這是一本介紹文字發展的通論性著作，說理暢達，文字生動，倒也挺適合臥讀。曾鳴本想和對面的劉經理聊幾句的，但是一看他雙手放在被單裏，正在閉目養神，也就放棄了交談的願望。

曾鳴過去不把慢性結腸當作病，看來是有一定道理的。因為此病治療起來並不痛苦，反而充滿了遊戲的意味。如果就是這樣，除了麻煩，沒有病痛，還能安安靜靜地讀書，曾鳴想：這病養得還有幾分愜意呢？假如沒有後來發生的一系列讓人不愉快的事件，曾鳴真想為這次住院經過寫一首讚美詩呢。兩個半小時轉瞬即逝。當曾鳴轉過身準備下床時，正與已經睜開眼睛的劉經理打了一個照面。

劉經理朝他笑笑，說：「你還挺用功啊。不累嗎？」

曾鳴笑道：「習慣了就好。」

劉經理說：「你有沒有發現我的臉色很紅潤？」

曾鳴仔細看了一下說：「嘿，真的紅光滿面啊。」

劉經理得意地說：「我剛才在練氣功，叫培元一字功。這功可神了。」劉經理滔滔不絕地說開了，如何想像一股真氣在身體內流動，如何想像真氣從頭頂貫入，又從腳底排出，什麼心底無私，什麼小周天，……曾鳴聽得雲裏霧裏，心想：這功有這麼神，你還住個什麼院？

劉經理彷彿看透曾鳴的心思說：「我呢，就是應酬多，喝酒把腸子燒壞了。再說了，一喝起酒來，耽誤了練功，所以到了這裏。這功本身不壞，你有興趣我可以教你。」曾鳴有些好奇，跟他學了一個簡單的運氣法，練了有半個月，除了心情平靜之外，似乎對身體觸動不大，曾鳴也就放棄了。

午飯時間到了，劉經理被單位來車接走了。曾鳴孤身一人到外面找飯吃。這個科室與醫院有合有分。治療費在醫院交，後勤則由科室自理。醫院不包飯。科室的人想吃飯，可以自己煮，也可以到院門口的一個「夫妻」小店訂做。曾鳴第一餐飯是在那家夫妻小店吃的。說是店，其實連個像樣的屋子都沒有，就在邊上搭一個棚子，擺著灶具和幾張活動桌椅，就是「飯店」了，也難怪，這店主要是為結腸科開的，為裏面的病人做包飯。丈夫姓崔，三十五歲左右，長得瘦而高，戴一副眼鏡，「妻子」皮膚白皙，身材苗條，曾鳴一直想不清楚這兩個知識份子模樣的人怎麼會流落到此。據小崔說：單位倒閉了，所以出來自謀出路。而據醫院的張護士說，兩人在過浪漫的生活，男的愛上第三者，男的老婆不肯離婚，男的就和第三者從家鄉私奔到此。曾鳴覺得這對臨時組合很可憐。

曾鳴要了一碗肉絲麵。路邊的這個「飯店」實在不是一個就餐的合適場所。環境太雜。對面是兩攤賣西瓜和一攤賣多種水果的，左邊則是三四攤賣青菜的，吆喝聲此起彼伏，發黃的菜葉子和西瓜皮不時可見。最讓人反胃的那些到處飛舞的蒼蠅。幾隻蒼蠅還在曾鳴的飯碗上飛飛停停。曾鳴一改邊吃飯邊發呆的習慣，專心致志且加快速度食不知味地消滅掉碗中的麵條。曾鳴付完錢往回走，不經意一回頭，看到噁心的一幕：小崔把自己剛吃完的碗在一桶渾濁的水裏涮了涮，用一塊擦鍋的抹布抹了抹碗，就堆放在先前已經洗好的一堆碗上！曾鳴覺得肚子裏的麵條在跳舞，他想：這裏的飯無論如何不能再吃了。

他往學校打了一個電話，希望老周來一趟，帶上鐵絲爐、菜刀、菜板和飯盆。下午四點鐘，正當曾鳴躺在床上接受一天中的第二次「中西合璧」的藥液的「修理」時，老周來了。這位來自曾鳴家鄉鄰縣的生物學專業的研二學生為人詼諧，學習刻苦，他暑假也不回家，正準備考博士呢。老周不僅帶來了曾鳴交代的一切，還帶來了蘋果一斤，蘿蔔乾一包，香腸四根，還有大米五斤——「其他都是有備而來，只有這大米是『臨場發揮』，進來的路口有一家食雜店，正好有賣！」

「你是要測驗我的做菜水平，晚上留在這兒吃飯吧。我露一手給你看看！」曾鳴打趣道。

「改天再來領教。實驗室養的那些細菌最近有點營養不良，長勢不容樂觀。我得早點回去看看。」老周鄭重地說。

老周來去匆匆，像一陣清風飄走了，但他留下了一種衛生的生活。這天晚上，曾鳴運用過去在家時有限的幾次做飯經驗，用鐵絲爐為自己熬了一盆香噴噴的稀飯。看著在慢慢變得通紅的鐵絲的烘烤下，靜止的大米悄悄地開始膨脹，翻滾，並散發一陣陣的香氣，曾鳴的心情別提有多愜意。這沁人心脾的香氣讓人想起了家鄉的田野，家鄉的稻浪，這香氣讓病房裏淤積了一天的怪異之氣一掃而空，冷冰冰的病房頓時成為洋溢著家庭溫馨的所在，令人倍感欣慰，彷彿一天的磨難有了回報似的。稀飯即將煮好之時，曾鳴將切成薄片香腸放進飯盆裏，頃刻之間，房間裏瀰漫著清淡的肉香。最後，佐以酸脆的蘿蔔乾，曾鳴吃到了一頓葷素俱備爽滑可口的晚餐。

浮世繪

第二天早上，劉經理來了，發現了鐵絲爐和大米，他還特意彎下腰，揭開米袋看了兩眼。他搖搖頭說：「你這大米不行，太普通了，還得用水淘洗，我明天給你拎一袋免淘洗的優質大米來。」

果然，過了一天，劉經理拎來一袋重達二十斤的大米來，袋子是透明的，可以看見袋中的大米晶瑩剔透，像珍珠般光潔。

「我們的大米名字就叫珍珠米，用來出口創匯的，在日本、韓國備受歡迎。當然，他們工作緊張，免淘洗也是打動他們的重要因素之一。」劉經理非常自信地說。

曾鳴表示感謝，並著重指出，他們的產品為節水工作也起到了積極的作用。曾鳴覺得劉經理這個人挺有意思的，一點商人的俗氣都沒有。又或許，這也是一種同病相憐。

白天在臥床靜養的時候，李醫生和張護士會輪流來查房。李醫生說話比較嚴肅，多是說些與病情有關的話，或是為病人打氣。

「你看這裏給你們配的藥液，多濃啊。市區有些類似的醫院，藥液稀得可照見人影。我們這邊病人少有少的好處，每個病人都能得到很好的照顧。那些醫院雖然門庭若市，但攤到每個病人身上的時間很少，他們只能灌兩次腸。你們在這裏待滿一個月，頂多一個半個月，回去以後注意忌口，我保證你們再次見到我的機會幾乎為零。」

曾鳴聽了李醫生的這些話，有一種非常幸運的感覺。幸好選擇了這裏，否則投錯門，白遭罪暫且不說，還得搭上許多冤枉錢。

張護士來的時候，空氣裏充滿了快樂的因子。她對自己的護士身份耿耿於懷，老在尋找升格為醫生的機會。「小曾，我給你說，在這十多年裏，我琢磨出一種針灸治療青春痘的好方法，就是在後脖頸扎針，只要連續扎它一個月，準保臉上的青春痘跑得光光的。我家隔壁老王家的兩閨女，滿臉的青春痘都被我扎沒了。小曾，你幫我宣傳宣傳，看看你周圍有哪位女同學需要扎針，介紹給我治，我保證針到痘除，看在你的份上，我給她打八折。」

曾鳴乍聽之下，極想把自己班上一位背影美女，正面在某種程度上也算美女——如果臉上去掉那些密密麻麻紅光閃閃的青春痘的話。曾鳴過去在班上看到這張臉時，常不禁為她感到悲哀。如果抹去那些青春痘，那張臉就是一張準美女的臉。曾鳴正在想著改天是否要與那位為青春痘所苦的女同學聯繫一下。這時，張護士出人意料的眼淚使曾鳴改變了主意。因為，張護士又提出了一個新的要求。

張護士希望曾鳴當一回「紅娘」——幫她年紀輕輕就守寡的女兒物色一個新丈夫。「說來話長，我那女兒真命苦。夫妻恩愛了不到十年就陰陽永隔。他們倆是大學同班同學，畢業後分到同一個單位。三年後生了一個兒子。在兒子長到四歲的時候，我女婿卻不幸在一次車禍中喪生。

四年了，我女兒一直一個人拖著兒子過，很困難，一直找不到合適的。你看你周圍有沒有合適的老師，年紀四十五歲左右，未婚或離異的都可以。我女兒喜歡文靜的人。對了，我女兒才三十二歲，還很年輕，長得還算端莊。我不能眼睜睜地看著她這麼年輕就一直不幸下去。」張護士說著說著眼淚就流了出來，她趕忙用手去抹，她的右手背變得濕漉漉的。這時，李醫生在走廊上叫她，張護士趕忙走了出去。

過了一刻鐘，李醫生一個人走了進來。她對曾鳴說：「她的話別全信，她有點悲傷過度，腦子這裏出現了某種程度的妄想，她會針灸？我還會彈鋼琴呢！你好好養病，別受影響。要不是她是院長的一位遠親，我們早讓她走人了。」

這兩位醫療工作者還蠻有意思的，曾鳴想，唉，我還以為我們病人不幸呢，其實人人都有一本難念的經！

在上下午臥養的時間裏，曾鳴都選擇了看書，看累了就睡，睡醒了接著看，這樣做，固然有打發時光的意思在裏頭，但更重要的還是「惜時如金」的思想在起作用，他不想光陰虛度。這從他選擇的書大多為專業書上可以看出來。令曾鳴感到喜悅的是，這種心無雜念的讀書方式效果頗佳，因為干擾少（過去在寢室讀書總有人進進出出），又別無選擇（人能自由活動時，總想做點什麼），曾鳴讀書的速度很快，基本上兩天可以讀完一本十五萬字左右的專業書。

那一段時間，他真像一位外國人（好像是義大利人卡爾維諾吧）所說的「吃紙的耗子」——還是一隻不受外界干擾的鎮定自若地吃紙的耗子。由於長久地採用左臥的姿式，以致出院以後，在學校的澡堂沖淋時，曾鳴從鏡子前驚訝地發現：左背一條狹長的地帶上，佈滿了一粒粒類似青春痘的紅點！到校醫院一查，才知道這是褥瘡——長時間壓迫血管所致。這是那次住院生活留給他的惟一可視的印記。那些褥瘡在藥膏的攻擊下漸漸消失，但有個別分子特別頑固，時不時地「死而復生」，在提醒著時光流逝的徒勞。在離開學校五年後的一個夏天，有幾個似曾相識的「紅點」又突然出現，令曾鳴又喜又惱。它們就像那次住院經歷，曾鳴有意徹底地把它忘掉，但總在某個失魂落魄的時刻，它又會像一個不速之客從記憶深處固執地浮了上來。也因此，對於徹底忘記過去的說法，曾鳴總是持懷疑態度。過去是無法真正忘記的，所謂的忘記，只是另一種意義上的掩耳盜鈴。

散步

開頭的幾天，晚飯後曾鳴都要外出走走。一天下來，他的身體一直處於緊張狀態，有必要讓它鬆弛一下。在夏天，七點不是一個黑暗的時間，而是一個由灰白向漆黑過渡的階段。曾鳴總在這樣的時刻出現在醫院的花園裏。前面已經說過，這是一所近乎療養性質的醫院。花木繁盛的花園是必不可少的。曾鳴會看到一個寬闊（相對於這個狹小的空間而言）的門球場，一些老人把一個木球乾脆利索地擊進小門，都會發出和木球相撞一般的壓抑而蒼老的叫聲，他們邁著碎步奔跑的歡快的樣子令他們產生一種返老還童的幻覺，這種感覺無疑令他們非常受用，他們擊打木球顯得更加有力，更加孤注一擲。但是，黑夜即將來臨了，就像他們人生的冬季就要來臨，再奮不顧身也給人一種徒勞之感。曾鳴轉身離開，他的目光接著掠過一些綠色植物和一些花朵，在夕陽下，它們全都失去鮮豔的色彩，顯得黯淡無光，黃昏真是可怕的時刻！

曾鳴終於在一個人頭密佈的地方停了下來，那是一個象棋攤，每天總有兩個老人在殺個你死我活。而周圍的七八個看客，更像是他們的士兵或軍師，或出謀劃策，或慫恿鼓勁，一時間，棋子敲打棋盤「啪啪」聲與人的喉嚨發出的五花八門的聲音混合在一起，倒也是不錯的協奏曲。那兩位老人的脾氣真好，置身於周圍人群如蒼蠅一樣的「嗡嗡」聲，竟然不為所動，自顧自地把仗打下去，真是兩位鎮定自若的將軍啊。但不久，其中的一位就失了風度，他的「車」一不小心落進對方的「馬」腳，對方的手迅速把「車」捏起，「車」的主人不幹了，立即去搶「車」，嘴裏叫著：「悔一步。」另一個說：「落子無悔。」

「扯淡，昨天我讓你悔了三次。」

「那是昨天，今天說好了不悔的。」

「我操，三十年的朋友，悔一步棋都不行。」

「朋友歸朋友，象棋盤上無父子。」

「操，不下了。」悔棋的老人一掀棋盤，氣呼呼地走了。他的座位很快被人占去，又一場沒有硝煙的戰爭即將打響。

望著離去的老人那顫巍巍的背影，曾鳴深為老人感到悲哀，都這麼一把年紀了，還這麼看不開，真是白活了。要是我能健康地活到他這麼老，所有的棋子被吃掉我都不會皺一下眉頭的。

剛開始的時候，曾鳴的散步範圍僅限於醫院之內，蜻蜓點水式地巡視了一下風景即回到病房，繼續讀他帶來的書。他可不想因為遊逛而耽誤了寶貴的時間，是的，一離開書本，他會感到坐立不安，有一種虛度光陰的恐懼。後來發生的一件事情使千篇一律的住院日子發生了變化，曾鳴有節奏的日子被打破了。

我們前面已經談到，曾鳴製作一日三餐所用的工具是那個鐵絲爐，問題就出在鐵絲爐上。那個鐵絲爐也真是簡陋至極：一個圓形的酷似盤狀的蚊香的底座，槽內嵌入鐵絲，功率達到一千瓦。底座上架上一個鐵飯盤，即可以煮稀飯了。眾所周知，飯盆上必須加蓋，這樣才能保證有足夠的壓力使盆內的稀飯迅速而完全地熟。煮熟一盆飯也實在不是一件輕鬆的事。因為盆內的蒸氣在煮熟期間總要急不可耐地把蓋子頂起三四回，這就要求操作者眼疾手快，在蒸氣將蓋子頂起、盆內的白湯即將溢出的剎那，揭起蓋子，你可以看到米粒們在沸騰的水裏歡快地翻滾著。蓋子一揭開，升湧上來的蒸氣連同白沫又會降落下去，這時，往裡加點冷水，過不了多久，蓋子又將再次被頂起，你又得及時地將蓋子揭起。幹這事得有耐心。

那一天，為了調劑一下自己的閱讀口味，曾鳴沒有像往常一樣，一邊等待盆內的水沸騰，一邊捧著一本文字學方面的書啃讀。他錯誤地選擇了一本小說，而且是卡爾維諾的那本魅力無窮的《我們的祖先》，而且是其中那篇最令人心醉神迷的《樹上的男爵》，曾鳴無法自拔地跟隨那位富有反叛精神的小男爵在各種各樣的樹枝間跳躍，經歷妙不可言的樹上生活。看來作者是不準備讓男爵下樹了，因為下樹之時也就是故事結束之時。而曾鳴除了在享受引人入勝的傳奇般的故事的同時，還杞人憂天般地為作者擔憂，怕他一不小心寫漏了，讓男爵雙足著地。當讀到那位無惡不作的強盜在小男爵的幫助下，讀了許多浪漫主義的小說，以致變得溫柔而多情，而且徹底改變了世界觀，對過去的「輝煌業績」不以為然，決定以平靜地讀書代替過去轟轟烈烈的殺人劫貨的生活。當讀到這位聞名遐邇的強盜被吊死前，還為一部浪漫主義小說的結尾而牽腸掛肚時，曾鳴不禁捧腹大笑！幾乎就在同時，曾鳴聽到了「砰」的一聲巨響，就像二踢腳的鞭炮升空時發出的第一次爆炸聲，緊接著，曾鳴聽到了鐵器觸地的短促而響亮的「丁噹」聲。

他趕緊放下手中的小說，注視著此前一直提醒自己要留意的正在工作中的飯盆，而現在自己遭遇了與書中的強盜類似的命運，因為過於沉迷書本而得到懲罰，強盜為書丟了小命，而曾鳴呢，卻丟掉了當天的晚飯以及鐵絲爐。曾鳴拔掉電插頭，驚魂未定地看著眼前突然間變得無比陌生的情景。但見地面一片狼藉，飯盆徹底翻了個個兒，而且略微有些變形，盆內尚未熟透的米粒四處飛濺，就像一隻隻白色的蒼蠅黏在地板上，牆壁上，床沿上……鐵絲爐倒是頗為堅挺，除了鐵絲斷了之外，其餘部分完好無損。

當曾鳴用堅硬的書脊挪開鐵絲爐，看到了觸目驚心的一幕：地板上竟然被砸出了一個雞蛋般大的坑！據分析：這一事故的產生與曾鳴沒有及時揭開升湧的蓋子有關。米湯溢出了飯盆，順理成章地澆在了燒得通紅的鐵絲上，造成了短路，引發了小規模的爆炸！幸好病房的門是關著的，爆炸聲受到了阻擋，沒有大範圍傳播。

當天晚上，曾鳴心情沮喪地收拾著殘局。飯盆洗一洗仍然可以使用。只是那鐵絲爐，卻完完全全報廢了。過去也發生過鐵絲斷落而不能導熱的情況，但只要將鐵絲接好，不一會兒就會看到紅紅火火的場面。可這次，鐵絲徹底廢掉了，曾鳴接好斷落的鐵絲，小心翼翼地試著再次通電，可鐵絲仍然「板著面孔」，一副不為所動的樣子，它的熱情沒有像往常一樣一觸電就燃燒，而是冷得像他媽的名副其實的鐵絲！沒有熱量，再熬一盆新粥顯然不太現實。曾鳴往襯衫的口袋裏塞進一些錢，關上門，走出醫院，來到了人聲鼎沸的大街上。

上街

過了十來天半封閉的生活，重新面對熱火朝天的街道，曾鳴多少感到有些陌生。在日常生活中，曾鳴也很少逛街，除了一些目的明確的採購行為，如買書，買換季的衣褲等，曾鳴基本上不與校園之外的世界打交道。行走在「車如流水馬如龍」的街道上，曾鳴常有一種迷失感，一種自己無力把握任何事物的感覺。只有待在校園裏，待在那些豐富多彩的圖書世界裏，曾鳴才會感到無比鎮定。上街還容易引發思鄉之情，毫無疑問，這街道上飄逸的一些似曾相識的味道——比如飯菜的香味，似曾相識的風景——比如樹梢間金黃的落日，似曾相識的面孔——比如佈滿皺紋，面帶愁苦，衣服樸素的下班的中年婦女，容易讓人想起自己的母親……那麼，抑制思鄉之情的最好辦法是「躲進小樓成一統」，不見可引發聯想的人與物。

然而，這一天傍晚，曾鳴不得不面對街道，面對一些似曾相識的令人傷感的風景了。他不得不解決肚子問題啊。曾鳴對自己腰包是乾癟還是充足非常清楚，他在那些像模像樣的酒家前一晃而過，最後在一家「北方人菜館」前停住了，他推開門了，走了進去，什麼都講究一個「門當戶對」，在這樣的地方，曾鳴不會感到拘謹，就跟在自己家用餐一樣隨便。曾鳴點了一份紅燒牛肉和一份番茄蛋湯。菜和湯很快做好了，這裏的客人不多。米飯也端上來了。東北大米確實很香，像麵條一樣有股勁道，咬嚼起來頗有餘味。紅燒牛肉真香啊，這些切塊的牛肉事先都在高壓鍋裏燉過，咬起來極爽口，而不像一些生炒牛肉，總是韌得咬不動。咬一口澆過汁的紅燒牛肉，真是非常過癮，滿嘴的香。

記得大學一年級的時候，父親送曾鳴來長春，為了讓兒子儘快適應當地的食物，兩人午飯和晚飯都是在形形色色的小飯館吃的。雖然兩人嘗試過五花八門的菜，但給人印象最深的還是這道「紅燒牛肉」。說來奇怪，這道菜不同的菜館幾乎都是同一個做法。兩人也就樂得每到一個菜館就點這道菜。

很明顯的，曾鳴是下意識點的這道菜，但嚼著嚼著，他就品嚐出別一樣的滋味來。那就是孤獨。只是在閒下來的時候，腦子不再為一些書本所佔據的時候，曾鳴才會感到一些孤獨，特別是病中這份難以排遣的孤獨。

東北人豪爽，在菜量上也體現出來，比如一份紅燒牛肉，滿滿的一大盤，番茄蛋湯，更是一大碗。這些菜和湯，曾鳴只吃了一半就飽了，望著剩菜剩湯，他想要是父親在身邊就好了！這裏的人有一點不好，就是認死理。曾鳴一個人去菜館時，曾小心翼翼地問菜館的老闆，能不能按應有的菜的分量的一半來做，當然，自己也只需付一半的錢。但無一例外地遭到反對。所以，曾鳴很少一個人到菜館點菜吃。今天，曾鳴顯然是破例了。他覺得自己過了幾天「嘴裏能淡出鳥來」的日子，胃口應該是很大的。沒想到，與東北人的「豪爽」相比，自己這個南方胃依然偏小。

因為鐵絲爐壞了，剩下的紅燒牛肉打包已經失去意義，曾鳴只好將它們「孝敬」給菜館的服務員了。肚子撐得厲害，曾鳴這會兒可不想馬上回醫院繼續扮演「吃紙張的耗子」，他想散散步，「消消食」，順便看看沿途的風景。

其實，路邊不可能指望出現什麼賞心悅目的風景。這是郊外，道路坑窪不平，曾鳴注視著從眼前經過的馬車，趕車人的身子一會兒上躥，一會兒下落，像隻蹦蹦跳跳的青蛙。有一個臨時菜市場，人來人往挺熱鬧。可是，這些能算得上風景麼？忽然，不遠處傳來一陣強烈的音樂聲，挺紅火的調子。走近了，才看見一幫穿紅戴綠描眉畫眼的老頭兒老太太在扭秧歌。曾鳴努力要從中找到一張年輕一些、漂亮一些的女子的臉蛋，但對於這幫自娛自樂的人來說，這一要求未免太高。曾鳴很佩服這幫老人的勇氣，要長相沒長相，要舞姿沒舞姿，卻能夠旁若無人地伸胳膊踢腿扭屁股折騰得挺快活。人生要是能這麼簡簡單單地出汗倒也不錯。可惜曾鳴還沒有到達簡單生活的年齡，他在一旁冷冷地看了十來分鐘，繼續往前走。

於是看到了一家錄影廳，裏面的聲音通過戶外的喇叭傳了出來，間接地招徠顧客。一部武打片，一部聊齋豔情片。曾鳴不知為何就進了錄影廳，反正只需兩元錢。他想調劑一下自己的精神生活。他的精神生活裏除了書本還是書本，是否有必要讓它的內容顯得豐富多彩一些呢？

先看的是聊齋豔情片，是香港人拍的，有幾個鏡頭拍得倒是挺唯美的，可惜這樣的鏡頭有如曇花一現。武打片尚未上演，曾鳴即有離開之意。一是因為屋裏的高溫，二是混濁的空氣。三四台電扇高速運轉，也很難讓室溫真正地降下來，曾鳴的額頭及背上，汗水直冒；觀眾之中，有吸菸的，有吐痰的，還有放屁的……合成一種怪味。當劇情還算吸引人的時候，高溫和怪味因為注意力減弱可以不介意，而當劇情味同嚼蠟時，所有的不適接踵而至。看了半部聊齋，曾鳴從錄影廳逃之夭夭了。

有時候，曾鳴的一些做法實在有些出人意外，比如一個文質彬彬、潔身自好的人會鑽進鬧烘烘、臭烘烘的錄影廳裏，或許，這一切只是因為孤獨？或許吧，在這個火熱的年代，要做一名專心讀書的書生實在不是一件易事，外界的種種誘惑自不必說，要擺平自己內心的種種不安分就很困難。畢竟還是一個年方二十三四的年輕人，要過一種古僧般的生活，似乎有點勉為其難。整天「啃紙」，委實也有些枯燥。

回到病房，曾鳴在衛生間沖了一個涼水澡，隨著肥皂泡的生而復滅，他身上沾染的菸火之氣漸漸淡淡去，他又顯得乾淨無比，就好像他剛才的上街只是一個夢，他似乎一直在病房裏，「上街」只是出於一種想像。一通涼水沖下來，曾鳴內心的浮躁之氣一時消失殆盡，他又顯得心平氣和了。他一股作氣看了三個小時的書，終於磕磕碰碰把那本《中國文字學》拿下了。

要說不孤獨是不可能的。曾鳴忙著看書，劉經理忙著練功，兩人的交流僅限於等待推射藥液之前的十來分鐘。兩人交流著諸如「大便是否成形」、「左腹腫脹感有無減弱」之類很實際的問題，病房生活的枯燥可見一斑。老吳忙工作，老周忙實驗，來了一兩次就不再露面，這都情有可原。而一直留在學校讀書的老董，也只是來過一次。這就太說不過去了。兩人過去可是無話不談的好朋友啊。老董遇到什麼困難，曾鳴都願意為他答疑釋惑。從學校到醫院乘車得一個半小時，來一趟的確不容易，可我們不是好朋友麼？

每到下午四點左右，曾鳴都會感到一種深深的寂寞：白天將逝未逝，夜晚將至未至。長到二十三四的年齡，連一場像樣的戀愛也沒談過，一個知心的戀人也沒有。曾鳴過去曾到醫院看望一位為「護美」而被小流氓刺傷的朋友，床邊他那位小鳥依人的女孩削蘋果的姿式著實迷人，切一片就用小手捏住餵給他吃，真讓人羨慕啊。當時還想：有這樣的女孩作伴，這院可以當家來住！假如李靜能夠來探望自己就好了，這真有點癡人說夢的味道。可不能再胡思亂想了，自己住院的一半目的，不就是為了徹底告別單相思？當然，沒有女友，有一個朋友來聊聊天多好啊！

多年以後，經歷了一些世事。曾鳴覺得當年自己的要求有些不合實際。那只是病中之人對世界的一種乞求。健康之人很難感應到這種呼喚。他或許覺得前去探望是對你的干擾呢？再說了，曾鳴所得又確實是不急之病。這麼想來，曾鳴有些後悔病癒之後對老董的疏遠了。多年後，當曾鳴聽說老董在一次運動中差點弄斷了左手，骨頭裏打了幾個釘子固定住，拆線後有條血管沒接好，老滲血，又割開重弄，左手蔫得像煮熟的茄子。自己在南方聽說後也只是感到微微的驚訝，過後不也是連一個安慰的電話也沒有打過去？

來了一個小夥伴

曾鳴在外面舒舒服服地享受了三天美食，「飯來張口」的日子委實過癮，可惜代價太高了。偶一為之還可以，天天到飯館吃難免囊中羞澀。正在發愁之際，老吳送來了一樣新炊具，把曾鳴從尷尬的境況中擺脫出來。

老吳一度到電視臺實習，扛著一台攝像機到社會上晃悠，嚇得大夥一愣一愣的，混吃混喝還順手捎點小禮品是家常便飯。聽說老同學的炊具壞了，借給一家新開張的電器城拍片的機會，拎上了一個新炊具。老吳忙得很，搭台裏的車來到醫院，扔下新炊具，打了一聲招呼就溜了。

曾鳴打開紙盒，取出裏面的炊具。據說這是最新推出的一款炊具，美其名曰「電瓷鍋」，外形像一個大瓷碗。瓷鍋內面白淨而光滑，裏頭隱藏著線路，通上電，就可發揮作用了。前提必須是濕煮，即鍋裏得保證有水。瓷鍋最大的好處是不沾鍋，清洗起來極為省事。

這鍋看起來如此得賞心悅目，曾鳴不禁手癢，當晚燉了一個番茄牛肉湯，蒸了半鍋飯，瓷鍋做出來的飯菜格外清香。至此，曾鳴總算過上了衛生而安全的飲食生活。一個人吃飯比較無聊，很快地，這一過於平靜的局面也有了改變。

小東是由他的母親陪著到醫院的，住上了劉經理出院後空出的那張床。這是與曾鳴「同居」過的第二個病友了。小東是其中年齡最小的一位，他才十三歲，正在讀初一。小傢伙長得很秀氣，有著女孩子一般的靦腆，目光裏有著少年特有的清純，真正的一張白紙。他的個頭在同齡人裏算高的了，有一米六三，與曾鳴比肩而立的話，腦袋齊著曾鳴的耳根。這麼小的小孩也得了結腸炎？小東母親說，我們那一帶水不好，很渾濁，得腸胃病的人特多。

小東來自長春郊區一個貧窮的村子，父親是高中畢業生，對兒子管教較嚴，小東是個挺懂事挺乖的孩子。他母親本來想陪兒子多住幾天的，一看曾鳴是個大學生，人挺文靜，就商量著能否讓他多照應小東。

曾鳴不假思索地答應了：「一個人吃飯也挺無聊的，就讓小東和我搭夥吧。」

小東母親喜不自禁：「那敢情好，伙食費一人一半。小東年紀小，曾同學受累了。」

曾鳴說：「到了這裏，都是病友嘛。」

小東母親當天下午就回去了。

小東的到來，打破了病房一如既往的沈默。他像隻剛剛出門的山雀，新鮮的世界讓他不知所措，他只好用不知疲倦的叫聲表達內心的激動。跟曾大哥在一起，他有問不完的話，彷彿曾大哥能解答所有的問題似的。什麼電腦真的比人腦還厲害嗎，什麼雞蛋真的能在桌子上直立嗎，什麼人真的能隔著瓶子取出裏面的藥片嗎……面對許多問題，曾鳴只好苦笑。

「這些問題，」曾鳴說，「我們老師也不一定知道。」

「那好吧。問一些簡單的。曾哥，你說大學好玩嗎？」
「也好玩，也不好玩。」
「哪些好玩？哪些不好玩？」
「好玩的是可以看好多書，認識好多人；不好玩的是要上一些無聊的課，要考試。」
「最有趣的事是什麼？」
「這個嘛，少兒不宜。」
「這裏沒別人，你就悄悄說嘛。」
「嘿嘿，就是趴在窗臺上看南來北往的花蝴蝶。」
「什麼是花蝴蝶？」
「女生啊！」
「大學真好！」
「研究生更好玩。」
「為什麼？」
「自由自在。除了你的老師和看門的老頭外，誰也管不了你。」
「哎呀。那可老有意思了。」
當天晚上，他們一起做晚飯。曾鳴切肉，小東洗菜；曾鳴切菜的時候，小東就去淘米。看得出來，小東在忙著這些「家務」時，顯得很興奮。小傢伙把這些雜活當作遊戲，還油然而生一種長大成人的成就感。飯菜做好了，兩人手捧飯碗，圍著一大盆豆角燉豬肉吃得滿頭大汗。

「真香！」小東說。

「比家裏的菜還香？」曾鳴故意逗他。

「香多了。這菜可是咱們自己做的。」小東說。

「做菜好玩吧？」

「好玩。就是自由發揮，亂燉一氣！」

「哈哈。」

飯後小東還幫忙著洗飯盆、切菜板什麼的，一點也不嬌氣，真是豎子可教。收拾停當了，兩人去散步。小東在老人們的象棋攤前久久不願離開，偶爾還給老人支招，引得老人側目而視。

「你會下象棋嗎？」曾鳴問。

「跟我爸學了一點。」小東答。

「我圍棋比較牛，象棋一般。不過，咱們可以下下。」曾鳴說。

「那太好了。我正愁晚上怎麼熬呢。」小東笑著說。

曾鳴到附近的小賣鋪買了一副象棋，兩人就在病房裏手談開來。象棋面前人人平等，這個道理曾鳴明白。可是，當他一而再再而三地輸給比自己小十歲的小東時，曾鳴臉上有點掛不住了。終於，曾鳴逮住小東一個漏招，贏了他一盤。小東不服氣，要求再戰。曾鳴卻說什麼也不肯再下了。

「明天再下吧，我還得讀一會兒書。」曾鳴推託道。

「那你借我一本書看吧？」小東說。

找了老半天，曾鳴也沒有找到一本合適十三歲小孩看的書。曾鳴只好把《讀者文摘》雜誌遞給他。奇怪的是，小東跟拾到寶似的，看得津津有味。

「你們平時讀什麼課外書？」

「除了課本還是課本。老師不讓讀，怕我們分散精力。」

「唉，可憐的孩子啊。」

「誰說不是呢。」

到了睡覺時間，曾鳴不久便睡著了。過了不久，忽然聽到對面的床上傳來一陣低低的哭泣聲。曾鳴趕緊打開燈，只見小東臉衝牆壁，眼睛紅紅的，淚水流得滿臉都是。

「你怎麼啦？哪兒不舒服？」曾鳴有些著急。

「我想家了。」小東說，又抽泣了幾聲。

小孩畢竟是小孩。曾鳴了想，說：

「你比我勇敢，我讀高一時才離家住校，第一天也哭過。哭吧哭吧。明天就不許哭了。我們男的總有一天要離開家門的。」

小東反倒不哭了，擦乾了眼淚，有些羞澀地說：「曾哥，打攪你睡覺了。我不哭了。」

「這就對了，像個小男子漢。」曾鳴寬慰地笑了。

等到曾鳴再次躺在床上時，病房內一片寧靜。窗外有風吹樹梢的聲音和蟋蟀的叫聲。曾鳴很快睡著了，而且一覺睡到天亮。

與人吵了一架

王姨對曾鳴的印象不佳。這個大學生缺乏對長輩應有的尊敬和熱情，見了人總是一副愛理不理的樣子，有點自以為是。曾鳴來之前，王姨在病人裏的地位挺高，當然，你也可以說她是自視甚高。因為在所有有孩子的病人（有限的五六位）中，她是惟一一位有大學生孩子的母親。在與這些母親的閒聊中，她難免有些得意。她熱衷講述兒子在大學裏的種種趣聞，彷彿她每天都在大學裏出沒似的。

「那校園可大了，一個上午也走不完！」

「學校裏的樹真多，跟個大花園似的！」

「那姑娘一個比一個水靈，看得我眼睛都花了！」每天空閒的時候，她的身邊總是圍著幾位熱心的聽眾。

曾鳴出現後，王姨隱隱感到自己的地位受到了威脅。當曾鳴路過病人休息區時，那些聽眾會把目光轉向他。這可是個活生生的大學生啊！而且還是研究生！他們過得究竟是一種怎樣的生活呢？曾鳴不願與她們多糾纏，只是淡淡地說：「學生麼，生活都是千篇一律的。讀不完的書，考不完的試。」

「你讀了多少本書？」其中一位問。

「平均兩天一本吧。」曾鳴說。

「我的媽呀，那你可老有學問了。」那位驚歎道。

「學校裏談戀愛的人多嗎？」

「還行吧。」

「老師不管吧？」

「睜一隻眼閉一隻眼吧。」

「呀，真想上上大學。」

王姨無疑被冷落在一旁。她的間接經歷遠不如曾鳴的直接經歷來得生動有趣。她有些不甘心。

「小曾學生，你們同學住院的人多嗎？」王姨狡黠地問。

「幾乎每個人都有住過。」曾鳴實話實說。

「看來你們學校硬體不行啊，」王姨說，「我兒子在學校裏就沒住過院，壯得跟頭牛似的。」

「你兒子上的什麼學校？」曾鳴有些好奇。

「體育學院。」王姨驕傲地說。

「各校情況不一樣。他們是專門練身體的。」曾鳴說。

「身體健康比什麼都強啊！」王姨心滿意足地說。她認為自己終於擊中研究生曾鳴的要害了。曾鳴後來漸漸明白王姨的用心，覺得這人挺可笑的。這有什麼好比的？各有各的道嘛。

兩人最終還是發生了一次衝突。

那天晚上，曾鳴在翻閱泰戈爾的《新月集》時，忽然發現了一張書籤。這是李靜在他畢業時出於同學情誼送的禮物。書籤上寫著友誼天長地久之類的話。曾鳴早忘了這檔事，可是，這張書籤的意外出現，那一段傷感的日子再次浮現。曾鳴反覆讀著那幾行字，不禁浮想聯翩。她回到離家不遠的一個城市工作一年多了，身邊該有男友了吧？過去的記憶如浮雲一絲一縷地重現，曾鳴呼吸急促，渾身燥熱。他睜開眼睛望著黑暗中的天花板，難以入眠。

走廊裏的燈還亮著，透過天窗照進病房。要在平時，這點橘黃的燈光曾鳴是不以為然的，他能不受打擾地睡得很好。可是，今晚不行了，那點燈光看起來如此刺眼，如此炎熱，曾鳴把失眠的責任歸罪於這深夜不眠的燈光。他推開門，來到走廊，「啪」的一聲把燈關了。

曾鳴再次躺在床上時，感覺到因黑暗帶來的清涼。他那發熱的頭腦也漸漸冷卻下來，人也漸漸地有了一些倦意。就在他即將入睡的時候，走廊的燈又亮了。那燈光像一隻有力的手，不由分說地把他從睡眠的邊緣拉了過來。他沒有馬上去關燈，他聽到有人去上廁所。他想起來了，那燈泡確實安在離廁所不遠的地方。「撒吧撒吧。」曾鳴心想。他聽到走廊裏響起了一陣拖鞋打地的「踢踢答答」聲，根據那聲音，他判斷出這是王姨。每天早上，她是第一個起床的，大概六點左右，走廊、廁所、水房，紛紛響起她那標誌性的腳步聲，彷彿在向人們顯示她是多麼勤快的人似的。大家早上睡意未消，被她這麼一攪，總是很懊惱，但考慮到她那張利嘴，都敢怒不敢言。忍忍吧，你總不能不讓她撒尿吧。按說，她撒完尿總該把燈隨手關上吧。可是，曾鳴等到那「踢答」聲消失了，那燈光依舊明亮。

「這算什麼事啊？」曾鳴嘀咕了一聲，翻身下床去關燈。

過了不到十五分鐘，那燈又亮了。這回並沒聽見王姨進出廁所的聲音。她有意在作對。曾鳴也動了氣，再次把燈關上。這回，王姨氣咻咻地從房間裏走出來：「曾同學，你這不是要害我嗎？」

「我害你？你用完廁所就該關燈。要不我們怎麼睡覺？」

「可我晚上還要起來上廁所，這走廊黑燈瞎火的，我摔倒了怎麼辦？」

「廁所裏的小燈一晚上都亮著嘛。你的房間離廁所不過五米遠。」

「我老了嘛，頭暈眼花。」

「五十剛過，恐怕不能算老嗎？」

王姨答不上來，氣鼓鼓地回去了。

這一次，那燈當晚沒再亮過。曾鳴終於睡得安安穩穩了。

沒想到這事還沒有完。第二天一上班，王姨就向李醫生和張護士訴苦：「昨天走廊黑咕隆咚的，害我摔了一跤。現在的有些年輕人，心也太狠了點。」

曾鳴正在房裏看書，聽到這話有點受不了。他衝到王姨面前說：「咱們講話要講良心，沒人讓你不開燈，但你開完燈你得關燈，這是規矩對不對？」

「什麼狗屁規矩，什麼規矩也得讓著老年人。」王姨有些強詞奪理。

「你還年輕，不要倚老賣老。」曾鳴一字一頓地說。

「我就倚老賣老怎麼了？什麼研究生，狗屁！一點禮貌都不懂。」

「請注意你的用詞。你要噴糞最好撿塊菜地！」

王姨一時不知如何回答，只好撒潑了，雙手向天飛舞著，嘴裏亂嚷：「研究生有什麼了不起，還不是和我們一樣的病人？」

曾鳴沒想到她會這樣說，聯想起她過去的指桑罵槐，一下子明白過來了。她是有意在等待這樣的一個機會，等待一個文憑比她兒子高的人出醜！曾鳴認為自己畢竟年輕，涵養不夠，人們設了一個套，自己輕易就鑽了進去。

「是啊，我們都是病人，而且都病得不輕啊。」曾鳴說完這句話，轉身回屋了。在眾人面前多停留一秒鐘，自己的恥辱就會多增加一分。

王姨認為這一架是自己獲勝了。她帶著勝利者的神氣依舊「踢踢答答」地走來走去，在清晨提前「喚醒」大家，在晚上讓燈光通宵亮著。曾鳴只好自認倒楣。他找來幾張報紙，在小東的幫助下把天窗糊得嚴嚴實實的。惹不起咱們還躲不起麼？

曾鳴後悔不該與人吵架，不管自己有沒有理都不要和人吵架。和人吵了架了，那人的形象就在你心裏紮了根了。王姨那肥胖的身影老在曾鳴眼前晃動，不管她身在何處。她和別人低低的聊天聲在你耳中顯得特別響亮，你會覺得她似乎正在說你，那種情形甭提有多鬧心了。千萬不要和人吵架，尤其不要與身邊的人吵架。

王姨在一個星期後出院，住院部像過節一樣熱鬧。不停有人來病房看曾鳴，紛紛說：「小夥子，有你的。這個母夜叉可把我們折磨壞了。」曾鳴面無表情地說：「都是病人，不容易。」話雖如此。這一天晚上，曾鳴和小東做了一頓入院來最豐盛的晚餐：番茄燉雞蛋和小雞燉蘑菇。兩人吃得極其快活。那煩人的「踢答」聲終於從耳邊消失了。

在街頭遊遊蕩蕩

根據病情的輕重情況，醫生為病人設定了治療時間，一個療程為一個月、一個半月和兩個月不等。有的病人只需一個月就能治好，為了保險起見，多住上半個月一個月也是有的。當然，這要視病人的心情和經濟情況而定。據檢查，曾鳴的病情不算嚴重，住一個月足夠了。小東病情稍重一些，醫生建議住一個半月，小東家不太富裕，他家人只打算讓他住一個月。

在曾鳴還差一個星期就要出院的時候，發生了一件人們意想不到的事。李醫生要回家休息了。這位口才很好把病人說得心服口服的人竟然不是醫生，而是一位護士。這裏的華醫生因為哮喘病住了兩個月院，臨時讓李護士行使醫生的權利。難怪這幾天張護士顯得格外精神，逢人就說：「華醫生快回來了，她的醫療水平才真正叫高，基本上可以達到根治。」說得大家人心慌慌的，懷疑此前的醫療效果會大打折扣。

李醫生倒是很鎮定。她說：「我在醫院二十多年了，這一套內病外治的方法可以倒背如流。華醫生身體不好，具體實施還不都是靠我？」她在內心裏對自己的地位非常清楚，華醫生一回來，自己只能選擇離開。她私底下遊說曾嗚：「你們朋友中間誰得結腸炎了，可以和我聯繫。可以住到我家裏去，我可以更加專心地給他們治療。」曾嗚心一軟，後來真的介紹了老吳的一位電視臺的記者朋友去她家治療，據說恢復得很好。

華醫生來了，也是一位中年女子，微胖，戴一副眼鏡，笑容慈祥，就是走路有些搖搖晃晃的，有些大病初癒的疲倦。剩下的一週治療曾嗚是在一種半信半疑中度過的。信是信她的醫生身份，疑是疑她的身體狀況。一個自己都照料不好的人，還能照顧得好別人嗎？

經過一番檢查，曾嗚終於可以出院了。太陽很好，空氣很好，曾嗚對這所醫院惟一的牽掛就是小東了，夜裏沒人陪他下棋聊天了，而且，沒人為他做飯了。小東只好向門口的小崔預訂不太衛生的速食了。曾嗚把那副象棋和幾本《讀者文摘》都留給了小東。

臨別時，小東眼睛有些濕潤：「曾哥，有空來看我啊！」孩子畢竟是孩子，曾嗚心想，對醫院是不能說再見的。曾哥會在心裏記著你的。曾嗚揮揮手，快步離開醫院，離開這個病菌過於豐富的所在。至於二十天之後，他將重返這所醫院，則是他做夢也沒有想到的。

學校已經搬到了新校區。住宿條件大為改善，原來五人一間改為兩人一間，一人一張書桌，寬敞得讓人不敢相信。這才有點像做學問的地方。樓是新蓋的，它的廁所當然也是新的。對於結腸炎初癒的病人來說，新廁所的最大好處是可以仔細觀察大便的形狀和顏色。這項觀察是醫生囑咐的。據說，敢於正視大便是一個人心理是否堅強的重要指標之一。德國人敢，日本人就不敢。德國人犯了錯敢認錯，日本人則相反。這只是傳說，有待考證。

比住進嶄新的宿舍更令人高興的，是曾鳴的大便半個月來情況良好，像條健康的大便，成形，杏黃。可惜這一狀況沒有持續多久。

一天晚上，兩位在北京工作的同學出差路過長春，留守在長春的同學們湊份子為兩人接風洗塵。免不了要喝酒，曾鳴忘了醫生不能暴飲暴食的囑咐，情不自禁地喝了兩大杯啤酒，他也確實有「借他人之酒杯，澆自己之塊壘」的意思，這一個月的住院生活，過得太封閉太寡味了。

第二天他才感到了後悔，他在新廁所裏發現健康的大便不見了，取而代之的是一灘稀屎！花了三千塊錢，最後還是打了水漂！曾鳴有些痛不欲生，他狠狠地打了自己一記耳光：你這經不起誘惑的嘴巴啊！

曾鳴不甘心，又觀察了兩天，結果大便仍是「扶不起的阿斗」。第三天下午，曾鳴又走上了治療之路。他的心情為何如此急切？他想的是離出院的日子不久，早點去此前的療效或許多少能夠延續下來。

那天下午三點，曾鳴一手拎著一個大臉盆，一手拎著書本等雜物走在長春秋意漸深的大街上。後來，他又上了公交車，那個用來坐浴的紅色大臉盆在車上格外醒目。曾鳴一想到它的用途，就像被別人看到了私處一樣滿臉通紅。

他最初的目的地不是郊區的那家醫院，而是位於市區的李醫生的家。他想起了她的熱情和誠懇，同時也相信換一個地方或許效果更好。他根本就沒想到此前大部分時間是李醫生主持治療的。他對李醫生的家庭治療頗為迷信，在那樣一個人情味十足的地方，這病一定能夠治得更徹底。

根據李醫生留下的位址，曾鳴按圖索驥找到了她的家。李醫生開門一看是曾鳴，表情異常冷漠。

「你不是出院了嗎？」

「出現了一些反覆，想在你這裏再鞏固一下。」

「你來晚了，已經有兩個病人了。我這裏太小，容不下。」

「我就在這過道擠一擠吧。」

「你還是另找地方吧。這裏沒有住的地方，你每天跑來跑去多不方便啊。」

曾鳴聽著李醫生的話，身體在漸漸地變冷。人啊人，怎麼說變就變呢？後來才知道，李醫生只接有錢有車的病人。一個窮學生，只能給她添亂。

「我東西都帶來了。你讓我怎麼辦？」

「你還是回原醫院吧。」

還有更好的辦法嗎？曾鳴只好折回原醫院，住在原病房，可惜小東一週前已經出院了。九月份了，氣候開始變涼，住院的人變少了。曾鳴白天晚上都是一個人住一間，安靜，孤獨，憂傷。

張護士白天時候偶爾會過來聊聊天：「李醫生跟華醫生沒法比，她就靠她那張嘴，實際的本事還是華醫生強。那藥液要熬到幾分熟，可是大有講究的。華醫生說了，李醫生過去熬得太熟了，不少營養都跑掉了。」

曾鳴只好苦笑。買的不如賣的精，那麼專業的問題，外行人如何研究得明白？

這一次，曾鳴住了半個月。

出院的那天，華醫生說：「慢性結腸炎很難根治。關鍵是忌口和保持精神愉快，對了，要多參加體育鍛煉，不能熬夜，最好少看書。」

華醫生，看書可是我的日常工作啊。看來，曾鳴只好帶著一根脆弱的腸子生活了。

小東來電話了！

二〇〇二年四月四日凌晨四點左右，曾鳴在睡夢中被一連串尖銳的「嘀嘀」聲驚醒，他在朦朧中意識到有人發來短訊。這麼晚了，誰這麼不懂事啊？他拿過床頭的手機看了一下，視頻顯示有兩條短信，曾鳴一一打開之後發現，兩條短訊的內容是一模一樣的：

「曾鳴哥，我是呂曉冬，如果你還記得我，請給我回電話。」

對方給出的號碼是一個極其陌生的外地長途。

對「呂曉冬」這個名字，曾鳴沒有任何印象，甚至分辨不出此人是男是女。曾鳴決定不打電話也不回短訊。他的兩個理由是：一是「不與陌生人說話」，最近的報紙上屢屢報導，有一些居心不良者靠發短訊騙人資訊費，你漫不經心地回了陌生人的一個短訊，對方可能做手腳從中漁利。曾鳴接受了報紙的告誡，不要接收陌生人的短訊；二是回了短訊，不管對方認識與否，總免不了一番應答，情緒上會有一些波動，可能反應還挺強烈。那麼，剩下的三個多小時，曾鳴就甭想在床上舒舒服服地享受睡眠之樂了。

曾鳴果斷地關掉手機，十五分鐘之後，順利地重歸夢鄉。

上午七點半，曾鳴準時起床了。他在客廳吃完早點後，習慣性地打開手機。他又想起了凌晨的那兩條短訊。這裏說明一下，他這人不愛主動與人交往，但他總盼望著生活中有什麼奇蹟發生，打破千篇一律的平淡日子。短訊顯示的外地長途區號是「〇四一一」，這好像是大連市的區號，曾鳴不禁想起在那裏有兩三位自己的大學同學。而他對這個區號似曾相識，完全是因為大學本科的同學在中國人網站的校友錄進行了班級註冊，大連的幾位同學光顧的熱情最高，他們隔一段時間就會把自己的聯繫電話貼上去，希望外地的朋友能經常打電話去安慰他們。這是幾位對校園生活十分眷戀的人。

會不會是外地的同學到大連，幾個人歡聚一堂喝得興高采烈忘乎所以地騷擾各地的同學，特別是搞些充滿神秘色彩的惡作劇？他們完全有可能這麼做，你們知道，他們都是鬼點子特多的中文系的畢業生啊！現在是早上八點，曾鳴十點鐘才要去談一樁業務。現在陽光明媚，「酒足飯飽」，曾鳴心情不錯。那幫小子現在一定長臥不醒，讓我的「嘀嘀」聲把你們從床上拎起來吧。

曾鳴先試著發一條短訊：

「我是曾鳴，你找我有事嗎？」

對方很快回了一條短訊：

「哈哈，想你了唄，你還記得我嗎？」

莫非是個女的？曾鳴愈發好奇，又發了一條：

「一時想不起來，能否給點提示？」

對方倒也回得乾脆：「好，兩個字：腸炎！」

如同醉漢被潑了一盆冷水一般，曾鳴一下子清醒過來。原來是同居一室達半個月之久的病友「小東」啊。當時只是「小東」、「小東」地叫著，根本不知道他的大名原來是「呂曉冬」。一轉眼，七八年過去了，當年讀初一的「小東」該長成壯小伙了吧。

曾鳴趕緊打開昨天的那條資訊，把外地長途號隨手抄在一個紙藥盒上，然後，對著號碼，他撥通了對方的電話。

「真的是你嗎？調皮的小東。」曾鳴激動地說。

「是我呀，曾大哥，這幾年我找你找得好苦啊。」呂曉冬的聲音也很激動。

是啊，出院時兩人曾經互留地址（小東留的是他爸的名字和家庭住址），但曾鳴先是由舊校區轉到新校區，此後又是離開東北回到南方。而這些變動，曾鳴並沒有寫信告訴小東。與小東對曾鳴這位「精神導師」念念不忘的是，曾鳴則如前文所述，他把住院看作是一件羞於啟齒的不光彩的事，巴不得儘早徹底地忘記這段經歷，哪怕為此必須捨棄其中隱藏的些微美好的回憶，也在所不惜。

「曾大哥，這些年我一直在找你，試圖與你聯繫。我忘不了當年你在病房裏對我的諄諄教誨。你是我當時見過的最有學問的人，你的一言一行對我啟發很大。當我後來遇到一些挫折時，總是最早想到你，想聽聽你對那些問題有何看法。」呂曉冬百感交集。

呂曉冬二十一歲了，高考落榜後報名參了軍，現在空軍某部司令部任文秘，也算小有出息了。

「你現在長高了吧。」

「嗯吶，一米七六。」

「呵呵，比我還高兩公分呢！」

曾鳴問：「你是怎麼找到我的？」

「一言難盡啊，」呂曉冬說，「我給你寫過六七封信，都被退了回來，說是『查無此人』。我就想，那我就考上曾大哥的那所大學，就能找到他啦，可惜沒有考上。對了，我去參軍前還特意去你們學校一趟，當然一無所獲啦。你們的校園老大了。不過，在你生活過的地方走一圈，就當我們見過面啦。我媽說，這一輩子怕是聯繫不上你曾大哥了。後來，網路起來了，我看到了希望，我對我媽說，曾哥學問那麼大，總有一天名字會在網上出現，我總能找到他的！」

呂曉冬此前一直是在部隊的辦公室上的網，因為用的是「二〇〇〇」撥號方式，網速奇慢。他也只是辦公時用。昨天，部隊放假，他與一位戰友外出，在一家網吧玩。因為是寬帶網，網速奇快無比。呂曉冬興致高漲，用「狗狗」搜索「曾鳴」，很快就在校友錄上找到「曾鳴」以及他留的最新位址和電話。那一刻，呂曉冬流淚了。

曾鳴頗為感動，他從來沒想到自己在別人的心目中有這麼重要。那時只是為了賣弄學問的胡言亂語竟然像小樹一樣在一個少年的心中紮了根，這是他始料未及的。呂曉冬一直感到有些遺憾：如果能夠早日與曾鳴聯繫上，他一定會考上大學的。因為曾鳴的話他聽得進去。曾鳴如果定期為他指點指點，他在學習上應該會穩步向前的。

「我寫了一本關於大學生活的小說，改天我給你寄去。」曾鳴說。

「曾鳴大哥都成了作家啦，我一定好好拜讀。」呂曉冬說。

「就算補課吧。你可以從紙上體驗一下大學生活。」曾鳴說。

「說來不怕你笑話，我高中時也寫過一些準小說一樣的文章。」呂曉冬說。

曾鳴心想：這就難怪了，只有情感豐富的人才會這麼念舊，這麼無悔追蹤。

兩人再次互留位址、電話和電子信箱。曾鳴想：從今往後，這兩位病友再也不會八年才通一次話了。曾鳴真想有空去一趟大連，看看那座美麗的城市，看看八年的光陰會把一個初中生塑造成何等模樣。

掛下電話，曾鳴收拾起散亂的紙、筆和記事簿。這時，他又看到了那個第一次記錄呂曉冬電話號碼的紙藥盒，竟然是「補脾益腸丸」的外包裝（那是曾鳴的岳母為了補脾偶爾服用的）。記得當年出院後，為了鞏固療效，醫生建議他堅持服用「補脾益腸丸」達三個月之久。

忘記一件事是困難的。

曾鳴有點想念那家古裏古怪的醫院。

15 愛情終究是一場難圓的夢

劉冰

大四的時候，失望之極的曾鳴單相思過一個與李靜長相酷似的小女孩，那更是如霧如紗一般縹緲的情愫了。

一天上午，曾鳴到同班一女生寢室送畢業紀念冊。那是當年極流行的一種冊子，一人一頁，留言者必須貼上一張照片，寫上幾句表揚的話。每個寢室一到畢業時都會集中一大堆類似的紀念冊，這好像成了離開校園前必經的一個程式，這個程式一走完，大家就可以心滿意足心安理得地各奔前程了。所以，每一位畢業生在這個階段都成為令人驚歎的「寫手」，也就不足為奇了。經常有人，比如老五，一個上午埋在一大堆紀念冊當中，像書法家一般筆走龍蛇，解決掉一本又一本紀念冊，剛開始時的時候，老五還頗有耐心地針對紀念冊的不同主人字斟句酌，寫些掏心窩的話，快到中午時，老五饑腸轆轆，終於失去了耐性，於是，扯過紀念冊，每一本都是千篇一律的

「朋友，鵬程千萬里去吧！」倒也不失其一貫的爽快作風。

曾鳴把紀念冊往女寢當中的桌子一放，一看桌上堆著二十幾本其他同學的紀念冊，不禁來了興致，他找了一把椅子坐了下來，翻開一本本的紀念冊，看看其他人的「似水流年」。過了一刻鐘的樣子，對面上鋪的床簾掀開了，露出了一張陌生而熟悉的臉，這是一張稚氣未脫但又飽含韻味的臉，這張臉既不屬於曾鳴同班的任何一個同學，但又顯得如此熟悉——她與李靜長得頗有幾分神似，恬淡的笑容，嬌羞的舉止，苗條的身材。曾鳴抬頭一看，不禁看呆了，莫非她是李靜的妹妹！上鋪的女孩對屋裏突然出現一個男孩顯然沒有思想準備，因為她頭髮還未梳理，顯得有些零亂，但也因此顯得有幾分天然美。看過鍾楚紅主演的電影《秋天的童話》的人，當可欣賞這種美，阿紅在片中有意無意讓一綹頭髮飄在眼前，平添一份朦朧美。那女孩的目光一和曾鳴接觸，不禁有幾分害羞，雙頰微微有些發紅。她又把床簾拉上，一刻鐘後，掀開床簾下了床，從上鋪踏木階下床，身手敏捷得像一隻小鹿。她衝曾鳴若有若無地點了點頭，推開門出去了。

曾鳴的心裏卻鬧翻天了：她是誰？從前怎麼沒見過？哪裡人？怎麼會與李靜如此神似？女寢的楊大姐正在桌子的左側「寫作」——在紀念冊上留言，邊寫邊像傻大姐似的「呵呵」笑。

曾鳴小心翼翼地問：「老楊，你們屋誰家裏來親戚了？」

楊大姐抬頭說：「再過一個月大家都要溜之大吉了，誰家親戚會這麼不知趣。」

曾鳴吞吞吐吐地說：「剛才那個小女孩是你的妹妹？」

楊大姐笑著說：「你太抬舉我了，曾鳴。就我這樣，能有這麼漂亮的妹妹？」

曾鳴笑說：「老楊，你不要這麼謙虛嘛，你好歹也是系二十大美女之一啊。」

楊大姐咧著嘴大笑，硬要把眼角的幾條皺紋笑出來才肯罷休，然後一臉嚴肅地說：「你就別恭維我了。司馬昭之心，路人皆知。你還不是想認識我們屋的小美女嘛。行，不過，你待會兒得馬上在我的紀念冊上留言，找最動聽的話填滿一頁。」

曾鳴很輕鬆地說：「小意思。作為團委書記，你的豐功偉績本來就如長江之水，滔滔不絕。」

據楊大姐介紹：小美女名叫劉冰，芳齡十八，是大專班文秘專業一年級的學生，撫順人。屋裏兩個長春的同學，長期不在屋裏住，於是，系裏就把床位讓給劉冰住。小姑娘挺懂事的，主動打開水掃地什麼的，與大家相處融洽。

「怎麼啦，曾鳴對小姑娘有興趣？」楊大姐在介紹完之後，不忘拿曾鳴開涮。

「哪能呢。我這麼大歲數，怎麼敢惹小姑娘？我只是好奇，她長得很像我的一個同學。」

「還不承認，心裏沒鬼你臉紅幹嘛？賈寶玉初識林黛玉，心裏想的也是這位妹妹好像在哪裡見過。」楊大姐有些不依不饒。

「說不過你，有好風景，誰不想多看一眼呢。來來來，把本子拿來，讓我表揚書記兩句吧。」曾鳴打個馬虎眼，轉移了話題。

離畢業只剩一個月了，寢室裏一片末日來臨的景象。抽菸的、喝酒的、下棋的、打牌的，幹什麼的都有，狹小的空間裏煙霧繚繞，笑罵聲不絕於耳。要畢業了，同學們都有些自暴自棄的味道，不願錯過最後的狂歡。

曾鳴已經考上研究生，還要在校園裏待上三年，因此顯得有些神閒氣定。他抱著幾本書準備上圖書館看書去。圖書館裏有一間龐大的自習室，室裏擺放著一張張床鋪那麼大的書桌，一桌可圍坐六個人。

是下午三點鐘吧，曾鳴來得正是時候，很輕易地找了一個座位。這個座位上已經有兩個人在埋頭讀書了，還有兩個座位雖然暫時沒人，但桌上各放了一本書，表明此座已經為人所占。是啊，現在對於非畢業生來說，緊張的期末考試即將來臨，「臨時抱佛腳者」甚眾，不提前占個座位，只有到馬路上讀書的份了。

曾鳴取過那本新借來的書——《當代美國短篇小說集》，這是蘇童最為推崇的一本書。曾鳴翻到一九二頁，卡森•麥卡勒斯寫的《傷心咖啡館之歌》，這書寫得非常出色，對愛情的刻劃非常到位，特別是營造的氛圍，莽莽蒼蒼，跌宕起伏，看得人心驚肉跳，心曠神怡。小說中有怪人，有三角戀愛，有決鬥，令人目不暇接。當那個委瑣的李蒙表哥在決鬥的最後剎那間，背叛了對他一往情深的愛密麗亞，生生地使歡樂興旺的咖啡館頓時化作了傷心之所。讀到最後，曾鳴不禁百感交集：有時候，人的心靈是不能溝通的。感情的波瀾起伏是一種痛苦的經驗，只能給人帶來不幸。聯繫到自己的單相思經歷，又何嘗不是這樣？曾鳴認為，自己和李靜就像兩條平行的鐵軌，永無相交的時候。所有的人為溝通的努力，只是自己一廂情願罷了。說不定，李靜心中早有她所中意的人了。

欣賞完咖啡館裏的「傷心之歌」，曾鳴感到有些倦意，於是，抬起頭，扭了扭脖子，這時，奇蹟出現了。他竟然看到「小李靜」劉冰就坐在他的斜對面，剛才用書占座位的人原來是她呀。她邊上還有一個長相一般的女孩，可能是一個班的，因為兩人看的都是《秘書管理》。畢竟還是小姑娘，兩人邊看書邊咬耳朵，交流一些小秘密。

就像在陰沈的雲層裏看到一絲陽光，曾鳴的心裏變得亮堂堂的。劉冰屬於那種很耐看的女孩，越看越有味道。她紮了一個馬尾辮，那桃紅色的蝴蝶結十分搶眼。她身穿一襲白色的連衣裙，給人一種十分清爽的感覺。她的睫毛長而黑，眼睛大而靈活，又因為她年紀尚小，那眼神中透出一種好奇。她那鴨蛋般的臉形、眉飛色舞的神氣、肩膀抖動的樣子以及銀鈴般的笑聲，簡直與李靜如出一轍。曾鳴看得心醉神迷，他不能想像，這世間怎會有如此神似的人。曾鳴把劉冰當成了李靜來欣賞，由於劉冰不知道內情，曾鳴得以從容而細緻地欣賞劉冰的一舉手，一皺眉，一扭腰，一個年輕的李靜在他面前如鮮花怒放，距離如此之近，曾鳴看得心滿意足。

期間，劉冰似乎感受到了曾鳴的凝視，她以為曾鳴不滿於她和同學講悄悄話，便拉了拉同學的衣袖，兩個人於是安靜地看起書來。真是小孩子啊，曾鳴暗想。

夕陽西下，她們收拾好書本，起身出去了。曾鳴在座位上有意磨蹭了一會兒，才站了起來。他從斜對面拉過小姑娘占座用的那本書，一看是一本《青少年修養》，在書的右下角，寫著一個龍飛鳳舞的「冰」字。曾鳴不禁笑了。

當天晚上，寢室的老七做東，大家一起聚餐，醉得找不到北。曾鳴也就沒去上自習。

第二天下午，曾鳴又來到圖書館的那間自習室。他來到昨天下午自習的那張桌子前，不禁大喜過望，他又看到了那本寫有龍飛鳳舞的「冰」的《青少年修養》！但他很快又感到失望，因為那張桌子除了那兩個空座外，都坐滿了人。曾鳴只好在另一張桌子找了個位子，這張桌子在那張桌子的南面，可以看到劉冰的背影和側面。

不久，劉冰和她的同學來了，在座位上坐下。雖然無法正面看到劉冰，但曾鳴並不感到遺憾，因為從背面和側面看，可以更放鬆。在劉冰的優美身影的照耀下，曾鳴又度過了一個充實的下午。

當曾鳴在自習室第三次見到劉冰時，曾鳴在喜悅之餘，感到了淡淡的憂傷，他又想起了李靜，劉冰的存在，讓他無比真切地念及李靜，念及他和李靜的關係，就像他和現在的劉冰，近在咫尺，卻遙不可及。在那個寂靜的下午，曾鳴從側面把劉冰看了個夠，彷彿了結一樁什麼心願似的，他長長地呼出一口氣，然後提前離開自習室。眼前的劉冰多存在一刻，曾鳴心中的憂傷就多一份，還是眼不見為淨吧。

曾鳴再也沒有去過那間自習室。美麗的女孩，快樂而自在地成長吧。

過了一年，聽說劉冰名花有主，曾鳴心裏酸酸的，當他聽完劉冰的戀愛故事後，又感到豁然開朗了。經管院三年級的男生小張迷上了劉冰，但由於小張貌不驚人才華也有限，劉冰對他不冷不熱，兩人若即若離地相處了半年。

一天傍晚，兩人又到地質宮廣場散步。不知不覺就走到了一片蕭瑟的樹林的邊緣，這時，兩人聽到背後傳來一個聲音：「別動，把錢掏出來！」小張一回頭，看見四個流裏流氣的小青年。小張剛想發火，突然發現一把水果刀頂在了腰部。「學生哥，老實點。」一個小青年說。另外三個小青年圍著劉冰看，目光淫邪。其中一個說：「小姑娘身上帶錢了嗎？讓我搜搜。」小張急了，說：「錢可以給你們，別動我女朋友。」

「啪」，小張的臉上挨了一巴掌，是一個剃板寸頭的青年打的，「老子想幹嘛就幹嘛，還要聽你的話不成。」眼看著板寸的手向劉冰的胸前移去。小張突然忘乎所以地衝了過去，「啪」的擋開板寸的手。板寸惱羞成怒：「哥幾個，收拾他。」小張不懼，瘋了一樣和四人打了起來，小張身上挨了不少拳頭，但他也給了板寸一個耳光。

這時，板寸取過水果刀，乘混亂之際往小張腰部捅了過去，不一會兒，血滲透出來，染紅襯衫，而小張仍紅著眼要跟他們拼。四個小青年一看，也有些慌了，板寸悻悻地說：「撤吧，再打要出人命，這小子，命都不要了。」四個人溜得無影無蹤。躲在十米外一棵樹後驚魂未定的劉冰走了過來，扶起小張，又心疼又敬佩。

劉冰在醫院裏照顧了小張一個月，端飯送水，忙得不亦樂乎。小張出院了，劉冰也鐵了心跟小張相處。劉冰那麼美麗的人，確實值得為她挨上一刀的！

何琳

瘋狂看錄影是研一時幹的事，接下來的兩年，大家大部分時間是標準的準學者，泡古籍室，做讀書筆記，做卡片，把圖書館的資料變成自己的，最後再折騰出一本新書。有的人畢業後論文真就印成書，大部分人的論文則變成數量極其有限的「油印書」，放在一個少人記起的角落，就像他們平淡的人生一樣，少人關注。要說有什麼異於常人之處，頂多可以在後輩面前誇一句「我比你多讀幾本書」，可是，在這惟利是圖的年代，書又不能當飯吃，能掙錢才算有本事。「多讀了幾本書」之類的話說多了，徒然招來「迂腐」的嘲諷。

在讀書的日子裏，曾鳴真的做到了心如止水了嗎？好像沒有，他在失望之餘又單相思過一位女孩。說說與這位女孩同車旅行的事吧。

研一那年寒假回家，與建陽的老周約好火車站見面。到了火車站，忽然看到老周的身邊多了一個人，是一個穿紅色風衣、牛仔褲、剪運動髮的女孩，皮膚黑了一些，但圓臉上的五官配合得挺好，頗有幾分神采，兩眼頗有神。這是何琳，老周介紹說她是他們系一位教師的女兒，今年讀大一，這位教師是福州人，在長春求學並留校後就很少回家鄉了，這次假期讓從來沒有到過福州的女兒回去與她的爺爺奶奶一起過年。女兒第一次出遠門，當爹的不放心，於是請研二的學生老周路上多照應一下。

何琳話不多，但兩隻烏黑的眼睛會說話。她會全神貫注地聽你說話，表現出十分好奇的樣子。到了火車上，何琳是一位忠實的聽眾，而曾鳴和老周則是表演慾極強的演說家。老周賣弄他養細菌的經驗以及混沌學理論，曾鳴則大吹特吹俄狄浦斯王的戀母情結以及凱魯亞克的《在路上》，兩人道聽塗說的理論以及一知半解的課堂知識對大一的學生倒是很管用，兩人不時能從何琳眼中讀出崇拜的意味來。

夜深了，老周終於疲憊不堪地睡著了。而坐在曾鳴對面的何琳似乎不適應在硬座上入睡。於是表示願意聽聽曾鳴再講講故事。

曾鳴喝了一口茶，振作一下精神，就講起了讀過的小說的故事梗概來，比如沈從文的《邊城》，比如巴金的《憩園》，當然談得最多的還是《圍城》，關於方鴻漸等人從上海到湖南的苦旅曾鳴講得最多，她也聽得最入迷，畢竟，他們眼下正在進行的旅行，從心理疲累的角度看，並不比方鴻漸他們輕鬆多少。

忽然，賣弄完一句書裏的格言之後，曾鳴有些想入非非起來。那句格言的大意是：如果一對男女經過長途旅行而不互相感到厭倦的，可以結為夫妻。話一說出口，他就感到有些不好意思了，這好像有些暗示意味了。她好像也感覺到什麼，於是兩人都沈默了，就一起額頭貼著玻璃看窗外。

夜深了，窗外的樹木和山丘在列車燈光的照射下灰濛濛的，顯得十分孤單。夜裏的植物，沒法不予人孤單之感啊。有時能看到月亮，月光下的植物，孤單之外，增添了幾分淒涼。火車車輪在鐵軌上滾動的步伐急促而單調。

看著樹梢在月光中晃動，曾鳴心生一計，他說，我給你講一個牙齒藍不藍的故事吧。這是曾鳴宿舍的保留節日，在夜深人靜的時候，這個與醫院有關的恐怖故事總是讓他們當中的膽小鬼夜裏不敢一個人上廁所。這個故事果然在何琳身上起作用了，故事快結束時，曾鳴抖出包袱，讓那位熱衷啃屍體的醫生以自己的嘴巴顫抖地說，你看我的牙齒藍不藍？

這時，火車正駛進一個山洞，恐怖效果發揮得淋漓盡致，令曾鳴感到意外的是，何琳竟然嚇得雙手捂住了眼睛，這是真實的恐懼，毫無誇張的色彩。她捂了有兩分鐘，曾鳴不知如何是好，嘴裏喃喃自語，對不起，別怕，這是故事，是假的。來來來，喝一口水，壓壓驚。何琳這才把手放下，曾鳴看到她眼中竟然有淚！臉上是受了委屈的那種表情。

曾鳴心裏像是有什麼東西掠過，他覺得這個膽小的女孩子真是挺有意思的，挺惹人憐愛的。這一路的旅程讓他滿腔柔情。她喝了一口曾鳴遞過去的礦泉水，情緒穩定下來，看得出來她有些睏意了，於是曾鳴不再饒舌了，輕輕說了一句，明天見。

曾鳴於是閉上眼假寐，過了一會兒，又偷偷把眼張開一條縫，看見她後仰著頭，安詳地睡著了。她的眼睫毛又長又黑，圓臉的線條流暢，五官端莊，十分迷人。曾鳴漸漸感到了睏意，於是，真的睡著了。

曾鳴再次醒來時，天已濛濛亮了，是那種涼爽的青灰色。何琳已經洗好了臉，正在梳頭髮，她側著頭，一手輕按一手輕梳的樣子很有韻味。曾鳴衝她笑笑，從架子上拿過毛巾等物走到車廂連接處的洗漱處。洗漱完畢，見頭髮有些亂，於是沾了些水抹在頭髮上，用手指梳了梳，而後回到座位上。

剛坐下，何琳看了看曾鳴的頭髮，「噗嗤」一聲笑了，曾鳴說，我臉上有笑話嗎？她說，你的頭髮像沒有和開的麵。然後，她從自己的包裹取出咖啡色的木梳，遞了過來，說，和一和吧。

曾鳴簡直有點受寵若驚地接過梳子，在用梳子梳頭時，他的頭髮像有一種過電的感覺，他有點胡思亂想：通過梳子，我和何琳的距離拉近了。這還是上大學以來第一次有女孩單獨向曾鳴表示親昵之情。

經過一夜的酣睡，老周精神十足，又開始興致勃勃地談起他心愛的細菌。這時，曾鳴和何琳達成默契似的，不說一句話，只當聽眾。這使得兩人很容易中途不時從老周的獨白中脫身，裝作看看窗外，裝作不經意目光相遇。何琳始終面帶微笑，很大方地接受曾鳴的眼神。曾鳴有一種微醉之感。

然後，到了鷹潭，這個方鴻漸等人光顧過的城市。但他們沒有餘暇停留，他們甚至沒有出站，他們買的是通票，就在站臺上等一趟最快向福州出發的火車。

曾鳴記得清晨三點鐘鷹潭車站灰白色的站臺，灰白色的霧，鐵軌的鐵腥氣，以及初次相遇的女孩兩手插在口袋裏，靜靜地向遠處眺望的坦然自若的表情。曾鳴的耳邊不禁響起多年前聽到的一首歌：

長長的站臺　漫長的等待
長長的列車　載走我短暫的愛
喧囂的站臺　寂寞的等待
只有出發的愛　沒有我歸來的愛
哦，孤獨的站臺
哦，寂寞的等待
我的心在等待　永遠在等待
我的心在等待　永遠在等待
我的心在等待　永遠在等待
我的心　在等待　在等待

曾鳴莫名地感傷起來，這站臺，就是一個分水嶺，它意味著他與何琳分手的時刻即將來臨，再過四個小時，這次長達三天四夜的旅行就將結束，曾鳴將在邵武車站下車，而何琳，則將繼續前行，她的旅行都在白天，我們可以放心了。

後來，他們又上了車；後來，邵武車站快到了，曾鳴第一次產生了對火車的依賴之情，他第一次希望旅程能夠延長，能夠送令自己心動的女孩安全抵達目的地。但他只是一個研一的學生，此前沒談過戀愛，只會徒勞無功的單相思，他根本不知道怎樣表達自己的心願，也不敢。

於是，曾鳴與何琳在邵武車站告別。他可以在她的眼中讀到一絲眷戀嗎？那個借自己木梳的女孩。他不得而知。反正曾鳴不像過去那樣像兔子一樣衝到出站口，而是目送載著何琳的那列火車漸行漸遠，才像疲憊的老馬那樣慢悠悠地走向出站口。

回到家後，曾鳴的父親異想天開地決定回老家莆田過年，而曾鳴的母親反對，她的理由是兒子經過長途跋涉，已經筋疲力盡。按照過去的經驗，母親認為曾鳴一定會站在她這一邊，因為他對火車的恐懼是有目共睹的。但是，曾鳴讓母親失望了，他說，回就回吧，老家的年過起來比較熱鬧。

於是，兩天之後，曾鳴又登上了火車。他們將在福州下車，然後轉乘汽車到達莆田。想必你們猜到了曾鳴不辭辛勞的原因了吧。

當早上七點三十分，他們到達福州，已經登上汽車，正準備前往莆田時，曾鳴的心情非常激動。汽車要在福州市區徘徊半個小時左右，此時正是人群來來往往比較活躍的時間。曾鳴把額頭靠在車窗玻璃上，全神貫注地看著路上的行人，他在搜尋何琳那熟悉的身影，他真是異想天開啊，偌大的一個城市，真會出現電影裏司空見慣的邂逅的場面嗎？

汽車緩緩地駛出何琳落腳的這個城市，除了看到一張張陌生又冷漠的面孔外，他沒有收穫到臆想中的果實。那一年，曾鳴二十二歲。

曾鳴想為這個真實的故事加上一個真實的結局，真實的東西總是比較殘酷的，他要說的這個結局也不例外。

曾鳴繼續在學校裏待了一年，在校園裏沒有再遇上何琳。她是理科生，他是文科生，活動區域一南一北，難得相遇也是正常的事。她曾經在福建同鄉會上出現過一次（她當時主動要求參加的），後來就再也沒來了。通過老周，曾鳴完全可以打聽到她的住處，但是又有什麼意思呢？他又將說些什麼呢？

研三下學期的一天晚上，曾鳴到數學樓的公用教室晚自習，在三樓隨便一間教室的第四排找了一個座位。讀了一個多小時的錢穆的《論語新解》後，曾鳴把目光從書本移開，然後看看黑板，看看教室，看看大門，當然，也看看有沒有好看的「風景」，忽然，他的眼前一亮，發現左邊第二排的一個剪運動頭的女孩如此面熟，他不禁多看了幾眼，激動地確認她就是何琳！那個令他不再懼怕火車的女孩。曾鳴認為必須和她說上幾句話。

當她從座位上站起來向室外走去時，曾鳴也跟著站起來，並走了出去。於是，在三樓的走廊裏，曾鳴追上了她，在她身後輕輕叫了一聲，何琳！她回過頭來，有些茫然地看著他。

他提醒她，你還記得我嗎？那年一起乘車。

她很平靜地說，是你，怎麼跑到數學樓來了？

曾鳴說，我們搬宿舍了，怎麼樣，福州好玩嗎？

她仍然平靜地說，就那樣吧。

曾鳴覺得談話進行得很艱難，已經兩年過去了，她已經是一名老練的大三學生了，不復是當年那個會被鬼故事嚇哭的大一的學生了。為什麼人要長大呢？

她沒有一點重逢的喜悅，曾鳴也就覺得這話說不下去了。於是，曾鳴找了一個藉口，又回到教室。後來，何琳也回來了，不過只待了近一刻鐘，她向同桌的一個男孩解釋著什麼，然後兩人一起走出教室，她甚至都沒有跟曾鳴再打招呼。

曾鳴的心裏難受極了，真恨自己不在宿舍打牌卻來這裏用功。後來，聽老周說，何琳談了一個家庭背景挺好的男友，準備一起出國留學。唉，為什麼好女孩都要往外跑呢？

人是種奇怪的動物，在一個空間裏可以成為朋友，在另一個空間裏卻註定只能成為路人。不過，曾鳴還是要感謝何琳，感謝火車，讓他有過一段美好的幻想的時光。

錯過

研二的時候，突然想起要問一問李靜的下落。一打聽，才知道李靜畢業後分到了四平，離家兩小時的火車。李靜離開了這個城市，曾鳴沒有痛惜之感，反而有一種如釋重負之感。是啊，對長春這座城市，曾鳴終於可以做到了無牽掛了。

研究生剩下的日子過得飛快，曾鳴忙著讀書、寫論文，忙著跟人下圍棋（他曾經最痛恨的遊戲，玩物喪志者的遊戲，可是，它又是最消耗時間也因此是最容易打發時間的遊戲，曾鳴常和山東來的一個叫張土的人一下就是一個下午。）李靜的影子漸漸從腦海裏消失了。

後來，到了一九九六年六月，曾鳴的求學歲月將告結束。這一回，他覺得自己不得不走了。論文答辯通過了，碩士文憑拿到手了，他覺得自己漫長的學習時代該結束了，與這座城市的緣分也到頭了。

六月底的一天傍晚，在寢室清理舊物的時候，他突然發現了那張照片，就是他住進中文系新宿舍的第一天所看到的那張照片，他又看到了左一。他的心疼了起來，鼻子一酸，眼淚慢慢地流了出來。李靜的微笑，讓人心醉又讓人心碎。

當年本科畢業時，屋裏一片狼藉。沒人顧到這個鏡框，這張照片。曾鳴悄悄地把照片收了起來。

曾鳴決定去四平看看李靜，他知道，自己這一次離開東北，不知何時才能回來。他要在走之前，再看一眼現在的李靜，然後，把她的印象永遠印在腦海裏。

他並沒有給她打招呼，他根據她們仍在讀研的陳果兒要到李靜工作單位的位址。他沒敢通知李靜，又是兩年過去了。他不願意再次被拒絕。他乘火車來到了四平。

他在一條巷子裏很輕易找到了李靜工作的那個醫院。問過門衛，知道李靜工作的那個科室在三樓。馬上就要見到李靜了，曾鳴的心不禁忐忑不安起來。她長得怎麼樣了？有沒有男朋友了？

他敲開了那個科室的門。李靜不在。一個年齡與她相仿的女醫生接待了他，方醫生告訴他，李靜請公休假回家。方醫生工作後與李靜住一個屋。後來，方醫生要留他吃午飯。曾鳴沒心情，拒絕了。

方醫生就說要用自行車送他到汽車站，曾鳴表示感謝。方醫生要帶他，曾鳴笑著說，還是我帶你吧。於是，曾鳴載著小方往汽車站駛去。路上，曾鳴甚至沒想到要問一下李靜有朋友了沒有？他彷彿還自私地願意李靜就永遠地停留在十九歲。

在拐彎處，車晃了一下，小方輕輕扶了一下曾鳴的腰，曾鳴感慨萬分：要是今天載的是李靜就好了。

兩人註定無緣。曾鳴的四平之旅可以說仍然以失敗告終。或許，這是所有單相思者的宿命。只是自己固執地付出，從不在乎對方的應答。

「再也沒有比孤獨的無依無靠的呼喊聲更令人感到戰慄了，在雨中空曠的黑夜裡。」余華在一部小說裏寫的這句話也可以移用到單相思者身上，可憐的無人應答的呼喊者啊。

16 找到了結婚的對象

七八年過去了，曾鳴和許多室友一樣，娶妻生子。李靜她們也無例外。聯誼寢室沒有產生一對夫妻，這是讓人感到很可惜的。

老吳後來還經常去陳果兒她們寢室玩。陳果兒在讀研究生。寢室裏有五個人，除了陳果兒一個舊人外，其他都是新來的。老吳竟然迷上了小孫。小孫開始時不同意來往，架不住老吳三天兩頭糾纏，終於同意交往。老吳說，關鍵的突破是有一次老吳強行抓住了小孫的雙手，小孫就老實了。老吳後來與小孫結婚了，一個安徽人，一個江蘇人，在東北認識，最後一起去了廣州。在那裏扎根，生了一個可愛的男孩。

一次電話閒談中，知道曾鳴的經歷，老吳罵他，沒出息，手都沒碰過。如果碰了手，兄弟你就有了哥哥這個待遇了。

曾鳴想老吳的話是對的。如果再回到那個看電影的晚上，曾鳴會大大方方地去上廁所，然後回來對李靜說，我從後面看了一下，觀眾人數與時俱減，咱們是不是也走呢？李靜一定會同意。然後他們會走過校園的白樺林，曾鳴將勇敢地握住李靜的手，告訴她，她的布手鐲是那麼美麗，她的小手是那麼可愛。然後，在樹林深處，他會抱住她，給她一個長吻。曾鳴相信，當時的李靜一定會答應嫁給他，不論天涯海角。

曾鳴還記得在一次聚會上，小孫聲情並茂地唱了一首羅大佑的〈鄉愁四韻〉後，老吳激動得不行，回來的路上對曾鳴說，我一定要娶小孫當妻子。在老吳堅持不懈的努力下，有情人終成眷屬。

不過，假如真的回到過去，也是什麼也改變不了的樣子，那只是一個經歷過許多事的三十歲男人才有的膽量。

讓我們翻開曾鳴的大學影集，我們會看到一個靦腆的南方少年，長著一張娃娃臉，面色白晰，神情憂鬱，和陌生的女性一講話就會臉紅。穿著極其樸素，與其說他經濟拮据，買不起新衣服，不如說他根本不會買新衣服來打扮自己。

在影集中最常見的曾鳴的軍裝照、中山裝照和夾克衫照（那年頭最普通最缺乏想像力的灰色夾克），偶爾會看到一兩張西裝照，照片上穿西裝的曾鳴一定顯得十分拘謹，帶著幾分羞澀（他是那種一穿好衣服就害羞的人，因為好衣服讓他覺得在人群中太突出了，感到渾身不自在，這是來自鄉村的少年自卑心理的表現）。這樣一個男孩如果與一個城市來的女孩站在一起，恐怕會襯得那個女孩也自慚形穢起來，特別是對那些一進校園就忙不迭地追逐時髦的女孩來說，那種不般配的感覺會更加強烈吧。李靜雖然不是一個愛趕時髦的女孩，但對於兩人的「落差」問題一定有過考慮吧。

林小雨對曾鳴第一次約會時的著裝記憶猶新，「整個一老土！」曾鳴穿著新買的一件夾克衫，選擇的款式沿襲了大學時代的傳統，再加上一條鬆鬆垮垮的牛仔褲，在挑剔的城市女孩看來，曾鳴太像一個剛進城的民工了。

曾鳴在著裝上的一窮二白激發了後來成為妻子的林小雨的購買慾望，這位在穿著上極其講究的本地女子按照自己的審美標準，為曾鳴購買了許多名牌服裝，讓曾鳴從頭到腳煥然一新，裝扮得像一個城市白領。

她打扮曾鳴的願望在婚後達到了高潮，隔三岔五就買回一大堆新衣服，曾鳴一輩子都穿不完（如果以過去穿壞了一件再買的標準看）。在與曾鳴談戀愛的時候倒是比較收斂，在逢年過節（情人節也算）以及曾鳴生日的時候，送給曾鳴的禮物一定是服裝。

曾鳴是經人介紹才認識後來的妻子林小雨的，她是當地一所中專的英語老師，介紹人說，小雨美麗而溫柔，連校長都感歎，我們的小雨將來是要嫁外國人的。正因為高不成低不就，小美人小雨一直拖到二十六歲仍然名花無主，待字閨中。曾鳴在他人的幫助下與小雨見了一面，驚為天人，一連七天，滿腦袋都是小雨的影子，小雨長得嬌美而有韻味。曾鳴甚至對一位要好的同事說，這樣的女子哪怕是離過婚的我也要！曾鳴是被小雨的美貌沖昏了頭。

其時，曾鳴在那家生活雜誌社當了兩年多的記者，一個羞於啟齒的人為工作所迫變得口若懸河起來，這也是被逼無奈，採訪工作，記者得主動出擊，沒話找話說，否則怎麼完成任務。新聞與寫小說是兩碼事，寫小說可以虛構，可以關起門來編故事，面對著發光的電腦屏幕自說自話。

新聞靠事實說話，有一說一，有二說二，素材的取得，大多得靠面對面的採訪，有時偷懶可以通過電話，可最終都得靠說。曾鳴在工作的兩年內所說的話，比他此前所有說過的話的總和還要多，重要的是，他不僅能說，還學會了察顏觀色，變得會說了。

他不太喜歡這個過於實際的工作，可是，他喜歡舞文弄墨，家庭又需要這份待遇優厚的工作，在這個城市裏，他還能找到什麼更好的工作嗎？曾鳴被小雨迷得神魂顛倒，放下一切架子展開了淩厲的攻勢。為了方便與小雨聯絡，他買了一部手機，那是一九九七年，一部普通的手機花了他四七五〇元，夜晚來臨時就鑽進被窩與小雨打電話（他的住處無法裝電話），最瘋狂的時候平均一個月打掉八百多元的電話費，差不多一個月的獎金，好在他還有兩千多元工資；每天往她家送鮮花，一送就是一百多元（天堂鳥一枝二十元，曾鳴一買就是兩枝），上一週的花尚未枯萎新一撥的花又來了，後來她嫂子笑著說，家裏可以開個花店了；找各種藉口請小雨吃海鮮喝咖啡看電影聽音樂會，只要能討小雨歡心，再多的錢曾鳴也在所不惜。

小雨一直沒答應，曾鳴的外地人的身份成了最大的障礙，在這個常人看來開放至極的沿海城市，本地人仍然極其看重本地人和外地人之分，儘管這塊土地上的好職業已被外地人瓜分得一乾二淨，但本地的女子還是願意嫁本地男子，哪怕本地男子一點出息也沒有。

曾鳴後來把兩年來練的口才派上用場。他給猶豫不決的小雨分析道，男人，要麼長得好（身高長相），要麼有錢，要麼職業好，要麼文憑高。而一個男人如果能夠占其中的一兩項，就可堪稱優秀；而我，曾鳴，可以說四項都占了。小雨靜靜地聽著，沒說行，也沒說不行，但曾鳴知道小雨都聽進去了。

兩人的關係就這樣持續了兩年，曾鳴又痛苦又快樂。快樂的是始終有一線渺茫的希望，痛苦的是希望始終沒有變成現實。後來，曾鳴使出了最後一招殺手鐧，一天晚上，他把小雨約到單位附近的「尚品咖啡屋」，在昏暗的燭光旁，曾鳴故作憂傷地說，我受不了這種若有若無情感的折磨，我準備到廣州工作，到一個陌生的地方，徹底忘記你，這樣我的心情才會好受。我已經寫好了辭職報告。曾鳴從西裝的左側口袋裏取出事先寫好的辭職報告遞了過去，小雨接過報告看了不到兩行就把報告撕了，說，我不同意。

兩人呆呆地坐了一個多小時。

在送小雨回家的路上，拐進一條僻靜的巷子時，小雨突然貼了過來，踮起腳在曾鳴的左臉上吻了一下。曾鳴的血一下子沖到腦袋上。又走了十來米，曾鳴壯著膽子摟過小雨，在她的嘴唇上一陣狂吻，她的嘴又軟又甜，小雨沒有拒絕。

後來，小雨不讓曾鳴送花了，她紅著臉說，錢要花在有用的地方；後來，他們不去昂貴的餐廳了，要麼就去街邊攤，要麼小雨乾脆把曾鳴帶回自己家和家人一起吃。後來，兩人就結婚了，小雨說，你這人就一張嘴好，大學生都會被你拐賣了。曾鳴說，那也要分人，長得不漂亮我還懶得動嘴呢！

很多年輕的朋友一定都看過《圍城》吧，每個男人生命中都會遇見兩種女人。唐曉芙和孫柔嘉，理想中的唐曉芙漸行漸遠，永遠是心口的痛；現實的孫柔嘉卻總是與人相遇，與你糾纏著過一個又喜又憂的人生。楊絳當時很深刻地指出，她曾建議讓方鴻漸與唐曉芙結合在一起，讓一個男人與自己心愛的女子經歷合而又分由愛生憎的過程，那「圍城」的意思將會發揮得更加徹底。好一個殘忍的建議。曾鳴後來就鑽進了這樣一座「新圍城」，「唐曉芙」漸漸地變成了「孫柔嘉」，好在曾鳴不像方鴻漸那般剛烈，能退則退，日子倒也風平浪靜地過下去。我們都是凡人，那就安於過一種平凡的日子吧。

17 盼來了一座「圍城」

嚮往

曾鳴在大學讀書時最大願望就是能夠擁有一間屬於自己的房間，房間不必太大，但必須只歸自己一個人使用。大學時代，曾鳴對十來個人同居一室互相騷擾的日子深惡痛絕，就是說，在那樣一個人聲鼎沸的環境裏，你什麼事也幹不成。哪怕你在深夜裏啃口麵包都會被人發覺，而被人指責為「有福不同享，半夜吃獨食」。這不是說笑，這是發生在曾鳴同一寢室的某一位室友身上的真實故事。至於你被迫吸菸，被迫享受噪音，被迫觀看拱豬之類五花八門的遊戲，更是家常便飯。惟一的好處大概就是以集體的名義與醫大的一個女生寢室建立了聯誼寢室，這是群居生活的惟一亮點。

曾鳴是一個喜靜之人，喜歡讀書和發呆，是那種滿足於與個人內心進行交流的人。可以想像，他對一個人獨居一室的生活有多麼神往。可是，曾鳴除了在童年時曾經享受過難得的獨居之樂外，自打上了學當上寄宿生起的那一天，便再也沒有享受過獨居之樂了。高中時八個人住一間，大學本科時十個人住一間，到了研究生的時間情況有所好轉，剛開始時是五個人一間，後來是三個人一間。

到漂城生活雜誌社報到的時候，曾鳴無比渴望能夠一個人一間。現實的情況讓人失望不已：一套兩房一廳，曾鳴和另一位上白班的同事共居一室，而那個單間則留給了一位上夜班的同事。曾鳴一度萌發上夜班的念頭。

與林小雨談了半年戀愛，曾鳴一直是在那間兩人一室談的。夜裏打電話時，為了不影響同屋的人休息，曾鳴經常用被子將自己蒙起來，聊勝於無，以致最後都是因為他受不了被裏混濁的空氣而中斷通話。與林小雨在屋裏親吻時，曾鳴還得時刻留心大門鑰匙轉動的聲音，以免出現意外情況，可想而知，那是一段提心吊膽的日子，就連熱烈的親吻最後也變得索然無味。曾鳴也考慮去別處租一間房子，但總覺得不如住單位的房子方便、安全及省錢。特別是錢，這一點在跟林小雨的關係有了穩定的發展後顯得愈發重要了。

後來，單位的一些人分到房子，另一幢宿舍樓就空了出來。上夜班的那位同事先住進新宿舍，那是兩室一廳的房子，一個人住一間，互相干擾處甚少。曾鳴和同屋也跟著沾光，於是由同屋住進空出的單間，而曾鳴終於得以獨居一室。曾鳴立即把這一好消息通知林小雨，並讓她過兩天有空來坐坐。

曾鳴花了一個下午把眼下這間終於歸自己使用的房間好好打掃了一番。陽臺上堆滿了更早一些的同事留下的花盆，這些花盆裏盛著乾硬而缺乏營養的泥土，有些盆裏還殘留著枯死得形同樹雕的花木。過去兩人同居一室時，兩人根本沒有心思顧及清掃陽臺，颳風時曾鳴靠窗的桌子上經常蒙上一層塵土，他一直以為是風把屋外的塵土颳進來的呢。打掃陽臺的時候，曾鳴才恍然大悟，原來那些塵土的發源地竟是那些形狀古怪的花盆。

曾鳴把過去那位不知名的同事兼懶惰的園藝愛好者的「殘羹剩飯」統統搬運到樓下，共計有臉盆大的花盆六個，大碗大的花盆五個，還有歪歪扭扭的木製花架三個。鑒於要走六層樓共八十多級才到樓下，所以我們對曾鳴汗流浹背滿臉通紅像剛打過一場完整的籃球比賽似的辛苦勁兒，就不必感到太驚訝。

後來，曾鳴還一鼓作氣清理了邊邊角角的蜘蛛網，把地板打掃並擦拭乾淨，在抹去書桌上的最後一片塵土後，曾鳴有了一種如釋重負之感。他聞到了從窗外吹來的無比清爽的風，這是對他一個下午勞動的酬報。

奇怪的是，曾鳴並不感到累，他很快活地做著清潔工作。他覺得這是一種付出，不光是為自己，而且是為心愛的人在付出。能為心愛的人做上一些力所能及的事，又有什麼可抱怨的呢？

過去與人合住時，大家都沒有鎖小門的習慣，以致小門的插銷早已失靈了。曾鳴下樓去買一個新插銷，買完之後，又在小市場花了十元錢買了一盆米蘭，米蘭花細而香，而且香得清幽，有了它，這個房間才會生動起來。

曾鳴洗完澡，望著整潔的屋子，聞著淡淡的花香，心中猶如百花盛開。這可是自己讀書以來第一次擁有一間獨立的房子啊。曾鳴想當然地認為，這樣整潔的房間用來當新婚的房子都夠了。曾鳴恨不能林小雨當天晚上就趕來參觀他的新房，可她卻說晚上與學生約好了去家訪。

當天晚上，曾鳴就待在煥然一新的房間裏哪兒也沒去。這要擱在往日，他早就或逛書店，或上棋社找人手談去了，反正儘量推遲回去的時間，屋裏有人，而且是個厚道的小夥子，但你總是會感到有些彆扭。現在好了，十五平方米的房間都是我的了，把小門一關，曾鳴有了一種「躲進小樓成一統」的感覺。為了驅除房間陳腐的氣息，曾鳴把那盆米蘭擺在屋裏，窗外的空氣飄來，攪得整個房間都飄著淡淡的花香，令人極為愜意。

曾鳴坐在書桌前的靠背椅上，舒舒服服地伸了個懶腰，身心體驗到一種前所未有的放鬆。他從書架上取出那本閱讀時總是半途而廢的《追憶逝水年華》，過去讀不到十頁就昏昏欲睡，而今天，他竟然非常順利地讀了五十多頁，而且感到意猶未盡。一個人能夠從容地撫摸過去的美好時光，真是一件無比幸福的事。曾鳴渴望早點成立一個家，讓自己在這座城市真正紮下根來，他可以從容地做些理想的事業。而這事業，就是文學創作。以目前這種浮躁的心態，根本無法靜下心來寫作。他一直在默默地等待著，從不放棄閱讀，以期有朝一日整個身心有了安穩之感，就可以放開手腳大幹一番了。在他的眼中，家與事業幾乎是連在一起的，當時的他，根本沒有想到家還有對事業產生損耗的一面，以致他真正實現心中的理想，要等到多年之後。

第二天晚飯後，林小雨如約而來。她對他的新居表示了有限的好奇心。當曾鳴半真半假地說，「這樣的房子可以當結婚用的新房了吧？」

林小雨噗哧一聲笑了：「你也太容易知足了吧。廚房、衛生間以及客廳還是公用的呢。」

曾鳴頗感失望，自己還是太天真了。現在不像大學時候談戀愛，有間自己的房子就像擁有了天堂。無論如何，必須得有一套真正屬於自己的房子。曾鳴昨天擁有房間時的喜悅之情一下子消失得無影無蹤，哎，到達婚姻的殿堂，面前還有許多路要走。

好在不愉快轉瞬即逝，佳人就在眼前，不是可以親熱一番嗎？林小雨是個道德感很強的人，沒有舉行婚禮之前，絕不允許曾鳴突破最後一道防線。於是，兩人在一起，除了聊天，更多是親吻，林小雨很會接吻，花樣很多，會讓人從頭皮到腳跟發酥，曾鳴很享受。那天，當兩人吻得如漆似膠時，又傳來大門鑰匙轉動的聲音，兩人條件反射地鬆開。過了一會，曾鳴意識到現在是一人一間了，又想和林小雨親吻。但林小雨卻沒了心情了。那位同事到衛生間沖淋，刷牙，聲聲入耳，世俗的聲音沖淡了愛情的滋味。這時，曾鳴才認為林小雨的想法是對的，一定要有一套屬於自己的房子。

經過林小雨及其父親一再灌輸，林小雨母親終於接受了曾鳴即將成為未來女婿的事實。不過，她最為關心的還是曾鳴的房子問題。

曾鳴向單位的消息靈通人士打聽過了，曾鳴這一撥畢業生還有可能踏上福利分房的最後一班車。單位倒是還有一些房子，但大部分是為一些勞苦功高的退休人員留的，牽涉到許多複雜的人際關際，想一想都要讓人掉落一把頭髮的。一位上一批分到房子的師兄說，「太難了，我們等了四年才分到。因為種種原因，房子久久分不好。我們分到的房子，也已經是餵了三年蚊子的『新房』了。」

那是一九九八年，房改政策尚未啟動，工薪階層想擁有自己的房子，只有通過福利分房這一條道。貸款買房已經悄然啟動，但商品房貴得要命，買一套商品房等於買三套同等面積的福利房，少則二十五萬，多則三十多萬，這對於初出校門只有三萬元存款的曾鳴來說，無疑是天文數字，更別說還要裝修房子（至少三萬）以及舉辦婚禮（至少四萬）。其他兩個環節可以依靠父母以及親戚朋友來解決，而房子，只有靠自己了，自己又是無能為力的，只能靠公家了。

曾鳴自從知道福利分房的大門還沒有關緊之後，就不只一次地到五樓的王副總那邊反映過，理由現在聽來十分可笑：「遇上一位好姑娘，很想早日與她結婚。我們又都是大齡青年，希望領導成全。」

王副總一臉嚴肅地說，「僧多粥少啊，且不說單位大齡青年多了去，還有些老同志住的房子也偏小，該補的沒補。就那麼幾套房，都快被無數饑渴的眼睛盯得燒起來了。年輕人要有吃苦耐勞的思想準備，想當年我們還吃住都在辦公室呢！你們現在好歹一人有一間房。」每次鼓起勇氣到王副總處訴苦，總是聽到同樣的答覆。以致後來王副總遠遠地看見曾鳴走來，就換條小路溜一邊去了。

曾鳴甚至想到了將就把家安在林小雨家也未嘗不可啊，林小雨不是有自己的一間屋嗎？林小雨一言不發，拉著曾鳴的手就往家的方向走。林小雨的屋子只有六平方米，一張床，一個衣櫃，一張書桌一擺，就沒有多少騰挪的空間，看起來跟個鳥籠似的。那張書桌還是全家共用的呢！他父母一間，哥嫂一間，也都填得滿滿當當。就說那衛生間吧，也就一平方多，五個人上衛生間已經勉勉強強，再多一個人，恐怕得排隊了。再說了，將來一家再多一個小孩，這個小三房一廳恐怕要擠爆了。還是再等等吧，單位這邊不是還有一線希望嗎？

又是半年過去了，單位那邊仍然風平浪靜。林小雨這邊卻波濤洶湧，兩人都快奔三十了，再拖，恐怕都疲了，一不小心就會分手。兩人還算談得來，這年頭，能談得來已屬不易了，如果因為房子而分手，也就太可惜了。

一個星期天上午，曾鳴應約來到林小雨家。林小雨的眼睛有點紅腫，據說剛剛跟母親吵了一架。無非是其母埋怨漂城那麼多有房子的本地人不找，偏要找一個沒房子的外地人。林小雨暗暗下定決心，咬咬牙買一套商品房，把婚給結了。今天，她約曾鳴一起去找房子。

「怎麼找？」曾鳴問。漂城的商品房倒是應有盡有，從哪裡找起啊。

這時，林小雨從自己的小屋裏拎出一個「適馬牌」的服裝袋，輕描淡寫地說了一句，「房子都在裏頭了。」

曾鳴打開服裝袋一看，不由驚呆了：裏面滿滿的一袋房地產廣告，或如巴掌大，或如扇子大，也有火柴盒那麼大的，都是林小雨平日裏從當地的報紙上剪下來的，大大小小有一百多張。林小雨想房子想得都快瘋了。

曾鳴不禁悲喜交集，喜的是林小雨一心想跟自己結婚，悲的是房子讓她傷透了心。曾鳴眼眶一熱，眼淚差點流了出來。他抑制住了流淚的衝動，拎起裝滿房地產廣告的服裝袋，對林小雨說，「走，今天就是把皮鞋磨破了也得把房子找到。」

這座城市就像一個巨大的工地，但凡有塊空地，就有好事之徒忙不迭地用高樓大廈覆蓋掉。可是令曾鳴又傷心又憤怒的是，那些高樓大廈全沒有他的份兒。一度讓曾鳴非常自豪的工資在這些高樓大廈面前簡直微不足道。房子如此之多，而腰包又如此之癟，這情景像極了太監面對著三宮六院的美人。

兩人把主要精力放在火車站一帶。這裏離林小雨的學校近。他們與「銀杏花園」的售樓處取得聯繫。這裏的房子平均價在每平米兩千四百元。買套八十平米的房子大概花上二十萬就可以。二十萬，說來是如此的輕鬆，可是要把曾鳴父母的老底都花光！可是，為了娶個媳婦，也只能這樣了。幸好他們只生了一個兒子，要是當時頭腦一熱多生幾個兒子出來，那日子可就慘了。

售樓小姐倒是挺熱情，熱情得曾鳴都有點不好意思了。萬一房子沒買成，挺對不起她這份熱情的。可是，林小雨倒很鎮定，一副見過大世面的樣子，她悄悄地說：「她們會見一百個顧客，能談成一單就不錯了。」曾鳴這才心安理得地看起房子模型及有關資料來。

兩人有模有樣地比較著各種戶型，哪種採光好，哪種客廳設置比較合理，還對著房子的模型比劃著。看完了，林小雨看中了一套兩房一廳，八十二平米。於是希望售樓小姐帶他們到現場參觀一下。

「我們的樓才剛剛挖地基呢！」售樓小姐抱歉地說。

「那不是畫餅充饑麼？」曾鳴有點生氣。

「二位可能沒看清廣告，我們賣的是期房，明年九月才能蓋好，要不價錢哪能這麼低？」售樓小姐有理有據。

「可我們要結婚，要的是現房。」曾鳴說。

「那沒辦法，要不你們把婚期往後推一推？現在都十一月了，還有十個月就可以蓋好了。」售樓小姐倒是挺幽默。

「如果我有你這麼年輕，再等個三年也沒關係。」曾鳴倒是挺會誇人的。

兩人又失望地來到大街上。據說，期房挺不牢靠，中途很多情況都會發生。比如樓蓋到一半，老闆犯事進去了；又比如樓蓋好了，遲遲不能交房；還有一些居心不良者，乾脆把顧客的訂金捲走，根本就不蓋樓。這都不是問題的關鍵，關鍵是他們要的是現房，他們要結婚。

好在房子多得要命，他們很快又看上一幢公寓，路段及房型都很好，到了門口曾鳴問保安，「請問售樓處在哪兒？」保安吃驚地說，「售樓處去年就拆了呀。」

「不會吧，你看你們還在報紙上登售樓廣告呢。」林小雨取出那張報紙，著急地說。

保安接過報紙，很納悶地看著。忽然發現了新大陸似的說：「你拿的是去年的報紙，你看看日期。」

林小雨看看日期，臉紅得跟龍蝦似的，想房心切，她把時間搞混了。

曾鳴以商量的口氣問：「那現在還有沒有房子賣？哪怕是一套。」

「一套也沒有，全賣出了。也不看看這是什麼地段。」保安挺起胸很自信地說，彷彿他住在天堂。

好在對面又有一幢「富貴人家」，嘿嘿，這戶人家的售樓處倒是挺醒目。一進門，曾鳴就有點打退堂鼓。售樓先生和售樓小姐長得太好了，售樓處的辦公室美輪美奐，這些硬體說明樓價高得驚人。

果然，這裏沒有兩房一廳，甚至連三房一廳也沒有，只剩下幾套樓中樓。有兩百平米的，也有三百平米的，曾鳴到底心虛，他要求看一下其中一套一百五十平米的。售樓先生倒也熱情，很快帶他們到現房處參觀。

非常小巧實用的樓中樓，林小雨眼睛看得都有些發直。她大概在想像房子裝修後各個房間該派什麼用場。

「這個地段這麼好，怎麼會沒有人買？」曾鳴有些疑問。

售樓先生倒也誠實，他說：「這套房子本來是我們的一位副總自己要的，公司派他出國學習兩年。於是他就退了出來。」曾鳴想這位副總八成是犯事進去了。

「這一套大概要多少錢？」曾鳴問。售樓先生竟然從口袋裏掏出一個計算器，手指在上面按了好一會兒，以確定無疑的口氣說：「三十九萬三。」曾鳴看了一眼林小雨，倒吸了一口冷氣。曾鳴在想著怎麼收場。他裝作很輕鬆地說：「這個地段，倒也值這個價。」他邊說邊走到陽臺上，望著外面的一個挖好大坑的工地，他問：「這裏也要蓋樓嗎？」

「那是我們的二期工程。明年十一月就能蓋好。」售樓先生很自豪地說。

「哎呀，這麼窄的地方還要蓋樓。將來打樁，澆灌水泥等等，多影響這邊的住戶啊！我這個人好靜，受不了這份熱鬧。哎，這一點美中不足對別人可能是小事，對我來說卻是大事。」曾鳴說得挺像那麼回事。

曾鳴對售樓先生的接待表示感謝，同時表示遺憾，爾後牽著林小雨裝作很從容地撤出現場。離開售樓處有五十米，林小雨笑著說：「你倒是蠻有表演天才的，不去演戲真是屈才了。」

「那是，當年讀研究生時我演魯大海演得可傳神了。對了，給我一張面巾紙成不？瞧，我一激動，就滿頭大汗。」曾鳴急切地說。

林小雨大笑：「你不是激動，是緊張吧？」

曾鳴傻乎乎地笑了。

林小雨仍對那套房子情意綿綿：「房子是真不錯，客廳大得可以跳舞！」

曾鳴沒好氣地說：「那是我們未來的房子，咱們十年後才能住得上。」

轉眼間午飯的時間到了，兩人走進「麥當勞」，一人一份「麥香魚」，外加一杯可樂。

「怎麼樣，下午還要不要繼續找？」曾鳴問。

「不行了，我的腰都快斷了。」林小雨皺起了眉頭。

「我有一個辦法，我們直接給售樓處打電話問不就行了？」曾鳴咧開嘴笑了，他為自己的想法而得意洋洋。

林小雨同意了。用完餐，兩人用手機去各個售樓處聯繫起來。情形都差不多，現房每平米三千元，期房每平米兩千四百元。一套兩室一廳，少則二十萬，多則三十萬。最後，兩人都洩氣了，以兩家十來萬的積蓄，只能買房不結婚，或結婚不買房。「不看房子不知道自己錢少。」兩人都有些愁眉不展。

接下來的兩個星期內，兩人都有意切斷所有聯繫，既不見面，也不打電話。房子的問題沒解決，戀愛也談得沒滋味。「山重水複疑無路，柳暗花明又一村。」就在他們為房子朝思暮想的時候，一個好消息傳來了。

雜誌社一位消息靈通人士說，單位最後一次福利分房即將開始。原來是國家的政策有變，退休人員住房不足的可以補貼現金，也可以補房子，但價格不享受優惠。於是，退休人員見風使舵，選擇了現金補貼。於是，原來留給他們的房子提前結束餵蚊子的使命。年輕人有福了。

果然，過了兩天，單位的招貼欄貼出了分房啟示，列出了幾條硬指標，希望符合要求的人早日報名。單位這次的做法倒是少有的公平，符合一項可以得幾分，總得分越高者越有希望。「婚否」這一項佔有很大比重，是一塊重要的砝碼，是單項分裏最高的，占六分。於是，關於假結婚真分房的故事又開始在單位裏流傳。說是過去一位女職工為了分到房子，與一位「特邀男嘉賓」匆匆忙忙辦了結婚證，房子分到手後不到一個月就離婚了，那「男嘉賓」也不吃虧，得了一萬元的好處費。

毫無疑問，這紙啟示讓曾鳴有望實現雙贏。既「抱得美人歸」，又把「小窩」分。曾鳴趕忙把好消息通知林小雨，林小雨還故意拿腔捏調地說：「你這不是逼婚嗎？」曾鳴說：「晚嫁不如早嫁。如果因為婚姻問題沒解決而影響分房，那可比竇娥還冤呀。」

林小雨到曾鳴單位的公告欄裏看了那紙啟示以後，才像吃了定心丸似的與曾鳴攜手去民政局登記。我們可以看看他們那張有趣的結婚證用照：曾鳴笑容燦爛目光炯炯，林小雨一臉委屈，好像人家欠了她十來萬元呢！

當他們拿到那張紅色的結婚證走出民政局的大門，曾鳴像喝了一瓶紅星二鍋頭似的暈乎乎的美滋滋的，追了兩年啊，那可是七百二十多個日日夜夜呀，數不清的坎坎坷坷，任何一個坎坷都有可能讓曾鳴人仰馬翻竹籃子打水一場空。現在好了，終於修成正果，走在身邊的這位嬌美的「只能嫁給外國人」的女士終於成了中國人曾鳴的妻子了。

林小雨卻一臉的憂愁，就這麼前程未卜就把自己交出去了，真是心有不甘呀。曾鳴意識到這個問題，他可不能太得意忘形了。他摟住林小雨的肩膀說：「今天是大好的日子，我們應該高興才對。你放心，今後我會對你好的，比現在更好。現在，我們應該慶祝一下，我們去海邊餐廳吃比薩吧。」

吃完比薩，林小雨幽幽地望著曾鳴：「你要記住，我可不是為了房子才同意結婚的。」

曾鳴認真地說：「因為我們結婚的誠意感動了冥冥之中的某一位神，為我們送來了房子。」

林小雨終於開心地笑了：「你這人一無是處，就一張嘴好。」

曾鳴呵呵一笑：「夫人，允許我補充一句，我這張嘴只對美女好。」

好事多磨。在曾鳴把分房申請的表填好交上去後，就像石沉大海了。一個月沒消息，兩個月沒消息，林小雨有些急了：「狡猾的曾鳴老實交代，你們單位的那張啟示是不是你偽造的？」曾鳴說：「冤枉啊夫人大人，你就是給我九個膽我也不敢偽造文書。我對天發誓，如果是我偽造的，讓我分不到房子。」林小雨的小手早已經堵上曾鳴的嘴：「你這個誓發得不好，不能說明問題，重發一個。」

曾鳴說：「如果是我偽造的，讓我變成一個窮光蛋。」

林小雨嗔道：「你變窮光蛋，我喝海風去？再發一個。」

曾鳴說：「那就讓我老婆變成一個醜八怪。」

林小雨抿嘴笑了：「這才醜八怪呢。算了算了，你這狗嘴裏吐不出象牙。如果是你偽造的，我將來罰你做所有的家務。」

「我是貧農出身我怕誰，」曾鳴豪氣沖天地說，「不過單位的啟示是千真萬確的，我們那麼嚴肅的單位，怎麼可能過『愚人節』？」

其實曾鳴也急，他們單位是人精成堆的地方，所有的人都認為自個兒是天下最聰明的人，就像拉車，所有的人都認為自己拉的方向對，於是往四面八方拉，最後車子只能在原地打轉。要有耐心啊，年輕人。林小雨又和曾鳴兩個星期不見面不通電話。

有一天，鄰縣一位大學同學要結婚了，寄來一張請柬。曾鳴為要不要參加同學的婚禮而左右為難：那可是大學一年級上下鋪的好友啊！而此前林小雨一再告誡道，這一年千萬別參加他人的婚禮，此地有一種風俗，叫「喜沖喜，空歡喜」，不吉利。

想了半天，曾鳴決定要去。第一，他不信這些沒有科學依據的風俗，認為這些風俗大多含有庸人自擾的因素；第二，在這個世上很多東西可以割捨，但友情不能丟。記得大學裏有次自己因為苦惱喝了很多酒，吐了一夜，而這位好友無怨無悔地照顧了他一夜。第三，為房子沒少慪氣，順便到一個陌生的地方透透氣。

曾鳴到汽車站買了一張票就奔鄰縣而去。兩個小時以後，他就見到了新郎新娘，參觀了三房一廳美輪美奐的新房。觸景生情，在酒桌上，曾鳴又喝了不少酒，還大聲說話，彷彿結婚的人是他。新郎沒有安排住處，有幾位來自漂城的人連夜趕回去，曾鳴則鐵了心要喝個痛快，而且要在鄰縣住一夜。曲終人散，曾鳴頭重腳輕人隨時會像一根羽毛似的飄起。他仍然很清醒，自己找了一家酒店住下。第二天早上才趕回漂城，路上，宿醉未消，頭昏沉沉的，想起房子，感到一陣陣空虛。

這一天下午，陽光明媚，曾鳴到單位去上班。一進大門，就見公告欄上貼著一張分房名單。曾鳴的血液往腦袋上湧，心狂跳不已。他走上前去，一個字一個字地看著那張名單，比過去讀〈滕王閣序〉還認真十倍，他恨不能把每個字都消化掉。「曾鳴，五十六分。」排在兩室一廳的第一名，曾鳴的鼻子一酸，眼淚差一點流了出來。朝思暮想的房子終於來了。周圍沒有其他人，曾鳴雙手合十，輕輕道了聲「謝謝」。謝天謝地謝人！曾鳴真想衝著辦公樓大喊一聲：「我有房子啦！」

林小雨、林小雨的父母、曾鳴的父母很快在電話裏都知道了這個消息。大家都很興奮，有了自己的房子才意味著漂泊生活的結束，人與一個城市才有了一種相依為命的東西。

第二天上午選擇房號，下午就拿到了房子鑰匙。傍晚的時候曾鳴就和林小雨一家來到了那套餵了六七年蚊子的兩室一廳。曾鳴是最先選的房子，他選的是四樓。「金三銀四」，「金三」早分出去了，其他的兩室一廳不是一樓就是七樓（頂樓），曾鳴當然選「銀四」了。記得林小雨一再交代，別太興奮了，第一個選卻選了個頂樓！曾鳴當時還想：這女子也太小瞧人了，我讀了十八年書，期間不知做了多少道選擇題，從來就沒有怵過！

曾鳴恨不能第二天就搬過來住，哪怕這只是一套毛坯房。說是新房，看起來跟舊房差不多，陽臺蒙上了一層厚厚的灰塵，牆壁上佈滿濁黃的水漬，鋁合金窗門澀得厲害，得用吃奶的力推才能推得開。屋裏的燈泡一個也不亮。曾鳴一點也不嫌這些，「一張白紙可以畫最新最美的畫」，這房子多完美一分，讓人動起手來就會多一分猶豫。

「不錯，不錯，你看這房前屋後綠化工作搞得多好。陽臺正對著一棵高大的紫荊樹，夏天多涼快。屆時說不定還會飛來一大堆小鳥，唱著天然的歌。」曾鳴像在寫詩。

林小雨的父親說：「新建的小區讓人住得舒服起碼要三年的時間，你們是晚來有晚來的好處。周圍的環境這麼宜人，你們這是坐享其成。」老人家真是見多識廣。

林小雨這才從眼前過於簡陋的現實擺脫出來，「對，我們要好好裝修一下，讓它成為真正的新房。」

接下來，你以為你一定會聽到關於裝修的酸甜苦辣，都說「沒有遺憾不是裝修」麼？但我要說，曾鳴的裝修工作倒是順利極了。因為他經人介紹認識了一個誠實而有責任感的裝修工。這位來自鄰縣的裝修工還保持著農民子弟的純樸。泥水是他帶著其父和妻子做的，電、木和油漆則是他組織他們村裏的一幫小夥子做的。小郭說：「曾記者放心好了，我們在漂城都做了一百多套房子了。大家對我們很滿意。」之前，小郭帶曾鳴他們參觀過小郭正在裝修的三套房子，確實不錯。

過了幾天，小郭就帶著他的父親和妻子進駐曾鳴的「四〇六室」了。屋子裏堆滿了水泥、沙子、地磚等物，就像一個大工地。過了幾天功夫，這些東西竟然消失無形，融入到這個新房中。小郭一家確實不易，吃住都在「工地」上，裡間暫時卸下的木門鋪上竹蓆就是床了，用電爐煮一鍋白菜掛麵就當飯了，他還不知從哪裡弄來一副茶鏽斑駁的茶具，在幹活的間歇有滋有味地喝上一口。曾鳴每天「視察」一次「工地」，到了那裡，小郭就熱情地說：「喝茶喝茶。」見無處可坐，小郭還很抱歉地說：「工地太亂，連坐的地方都沒有。」曾鳴差點把剛喝進嘴的茶吐出來，他說：「小郭，不要見外，這可是我自己的房子啊。」

整個工程是曾鳴「包料」，小郭他們「包工」。有人提醒說，這些裝修工可精了，會偷工減料。但曾鳴不以為意，看著小郭他們把一箱箱的地磚、一塊塊的木板從一樓搬到四樓，滿頭大汗像剛從水裏撈出來似的。晚上還要忍受從四面八方襲來的蚊子，農民出身的曾鳴都會於心不忍。只要裝修質量好，哪怕多付給任勞任怨的裝修工幾百元錢，又算得了什麼。小郭特聽話，哪些小地方需要改正，他都改了過來。

房子一天一個樣，曾鳴看得心花怒放。那大概和小時候看木匠幹活，零零散散互不相干的幾塊木板，經過他們鋸啊刨啊鑿啊釘啊，最後，竟然就變出一個漂亮的箱子、衣櫃和大床，又像大學時看人畫畫，畫家東一筆西一筆，深一筆淺一筆，最後，竟是一幅絕美的山水。裝修也是這樣，今天鋪牆磚，明天鋪地磚，後天刷天花板，家的雛形像花骨朵一樣慢慢綻放，最後就是一朵嬌美的花了。

當木工將最後的一張床做好時，這個家就非常光鮮非常像樣了。當那些工人躺在整潔如鏡的地磚上休息或坐在新床上休息時，曾鳴第一次有了心痛之感。此前他並沒有意識到他們的存在，他們在這個「工地」上或坐或臥，都不會引起他的異樣之感。而當這個工地真正像個家的樣子時，曾鳴反而不忍心讓別人來使用了。小郭也很識相，在做油漆部分時，做完一天的工作，就帶領工人全部撤離。其實，他們也不容易，土裏來粉裏去，而當一乾二淨的時候，卻是他們告別的時候。

後來，曾鳴請他們請了一餐飯，還為他們介紹了兩個同事的房子給他們裝修。小郭在喝酒的時候眼眶有些紅，他說：「曾記者是最把我們當人看的了，從來沒有罵我們一句。這幾年，我們裝修那麼多套的房子，耳邊的責罵聲從來沒停過。」有一年春節，小郭還特地從鄉下趕來，送給曾鳴兩隻大碗大的膏蟹。

當燈具都安裝完畢後，這個家就有些金碧輝煌的味道了。一天晚上，曾鳴趕到新房去將通了一天氣的窗子關上時，突然發現陽臺洗衣池的水龍頭靠牆一側有些滲水。曾鳴取過小郭裝修時留下的一些黏力超強的粉末塗上去，止住了水。十來分鐘後，曾鳴就離開了。他在宿舍裏坐立不安，他擔心那些粉失靈，水龍頭會再次滲水，而且可能會越滲越厲害，水會漫過水池，流進臥室。曾鳴有點像心疼親人一般疼愛著新房。他在宿舍一刻也待不下去，趕緊披衣下樓，然後打了一輛計程車朝新房方向飛奔而去。

打開新房的門，水漫金山的恐怖場面沒有出現。新房裏一如既往地平靜，連那油漆味都和剛才離開時一樣刺鼻。曾鳴來到陽臺上，來到水池邊，水池裏沒有一滴水，水龍頭靠牆的一側滲水處比睡熟的嬰兒還安靜。那些剛才還有些濕潤的黏粉已經乾硬了，曾鳴試著敲了兩下，嘿嘿，硬得跟花崗岩差不多。

曾鳴仍然不放心，又在陽臺上站了半個多小時，看看水龍頭確實平安無事了這才回宿舍。假如不是油漆味那麼濃烈的話，曾鳴真想在新房過上一夜。

兩個星期過去了，油漆味漸漸消失。離入住的時間不遠啦。那一天，站在窗明几淨的屋裏，曾鳴忽然感到有哪裏不對勁。對了，這房子太透明，周圍的人家可以對我的舉動瞭若指掌。對了，該安裝窗簾了。窗簾布是林小雨挑選的，是米蘭色的，既能擋光，又能保持整個房間的明亮色調。那一天，安裝完窗簾，曾鳴特意把窗簾都拉上，世界不再透明，個人的空間誕生，這才是真正意義上的家啊。曾鳴和林小雨在沙發上吻得天昏地暗，當曾鳴想衝突林小雨的最後一道防線時，林小雨掙脫了，「不行，一定得舉行過婚禮才行。」真是滿腦子封建思想的女子！

房子裝修完畢後，曾鳴入住新房的心情越來越迫切。而林小雨卻一再告誡他：按照當地風俗，最好是舉行婚禮時再入住才會吉祥如意。曾鳴又想起分房前為參加同學婚禮與否而鬧得不愉快的事，他是不把林小雨的話放在心裏的，心想：上次不是說喜沖喜麼，結果分到了房子。所謂的風俗，有時純粹是庸人自擾。

曾鳴對房子實在放心不下，於是在一週後的一個陽光明媚的上午，找了個搬家公司，把四五箱書及兩三袋日常用品運到了新居。又打電話給家政公司，請來兩名清潔工，把裝修時留下的一些灰土和木屑好好收拾一下。兩名清潔工忙得不亦樂乎，曾鳴中午請他們吃速食，兩人有些受寵若驚。下午的時候幹得更賣力了，窗明几淨，地板整潔如新，空氣中殘留的淡淡油漆味和土木味消失了，充滿了陽光和樹木的氣息。夕陽西下，清潔工走了，屋子只剩下曾鳴一個人。他從臥室來到客廳，又從客廳來到廚房，然後來到陽臺，看著打磨得光鮮潔淨的屋子，油然而生一種塵埃落定的感覺。他終於實實在在地擁有了一套自己的房子了！有了書房，有了自由思考的空間了。

林小雨見曾鳴自作主張提前搬進新居，老大不高興，又和他打起了冷戰，兩人又是兩個星期不見面不通電話。最後她忍不住了：「房子裏沒電視看不會悶得慌嗎？」於是約曾鳴去選購電視機音響等電器。過了兩天，新居裏面變得有聲有色起來。兩人和好如初。林小雨也接受了曾鳴的

「不是圖舒服，主要是放心不下」的入住動機。

兩人決定選個黃道吉日把婚禮給辦了。林小雨家有一本特別的掛曆，每個日期後面都標明陰曆為哪天，這一天適宜或忌諱幹什麼，適宜的用紅字印刷，忌諱的則用黑字。一天當中適宜或忌諱的項目頗為雜多，計有嫁娶、移徙、祭祀、出行、求嗣、交易和納途等，每天都有忌諱的事，有的日子裏甚至諸事不宜。有的日子則適宜的事多於忌諱的事。兩人挑了一個適宜嫁娶、出行、求嗣而且忌諱僅有交易一項的日子。那是十月七日，從陽曆上看倒是很平常甚至有些底氣不足，畢竟不是雙數啊。但從陰曆看卻是一個大吉大利的日子。

曾鳴請的都是一些說得上話的朋友，單位領導一個也不請，他不是那種勢利的人。令人感動的是，吳桐也從深圳風塵僕僕地趕來了。吳桐來去匆匆，他和曾鳴的交談時間不超過半個小時。但他趕來了，這就很難得。十月六日晚上，老吳從深圳如期而至，他乘坐大巴，經過八個小時的旅行來了。我知道，他是為了省幾個錢才放棄了乘坐飛機的（只需一小時）。老吳到達時已經是晚上七點，曾鳴已經吃過晚飯了。曾鳴問老吳需要吃點什麼時，他說：「隨便。」

兩人在一家冬粉鴨店門前坐下，切了一盤鹵鴨，要了一碗米粉鴨雜，曾鳴說：「來點啤酒吧？」老吳點點頭。曾鳴又要了四瓶啤酒。這個晚上，兩人就坐在路邊的矮凳上，迎著涼風吃開了。老吳埋頭把米粉鴨雜消滅之後，才向曾鳴舉杯說：「喝一個，祝你新婚快樂！」

「真累啊。你都不知道在深圳有多忙。」老吳說。

「還寫詩嗎？」曾鳴問。

「徹底放棄了，在深圳，詩歌是掙錢的一大障礙，」老吳說，「這幾年，我一直在路上，根本停不下來。」

「我也差不多。想不到當年兩個最想做學問的人如今卻衝在社會的最前沿。」

「你還好點，多少還跟文學沾點邊。我在那張金融報接觸的都是資料。」

「彼此彼此。斯坦因當年不是勸海明威辭掉記者的工作，認為『新聞工作損害寫作』嗎？」

「可是幹記者來錢多啊，該死的金錢。不談這個了，喝酒喝酒。」

兩人開始以為一人兩瓶啤酒絕對沒有問題，結果一人半瓶之後就感到喝不動了。

「天天跟客戶喝，一聞到酒味就噁心。」老吳說。

「那就不喝了，我們回去喝茶吧。我現在功夫茶泡得挺地道的。」曾鳴說。

回到新房，他們竟然沒空喝茶。曾鳴得忙著解決從鄉下趕來參加明天婚禮的九個親戚的住宿問題。新房僅為兩房一廳，面積六十二平方米，要容納這麼龐大的隊伍，的確不太現實。曾鳴已經為他們聯繫了一個朋友開的簡易旅館。一回到家，新娘小雨就向曾鳴遞眼神，讓他把這一大嘟嚕人趕緊安排妥當。

大家分乘三輛計程車到達了目的地，老吳也跟了過來。這個旅店的確簡陋了點，沒有空調，只有電風扇（漂城的十月仍然炎熱）。廁所清掃得不太乾淨，一股若有若無的怪味在樓道裏遊蕩。不過，就這樣的房子，一個床位也要五十元。三舅往房間裏探了探頭，捂著鼻子往外走：「臭死了！」一個農民竟然嫌城市臭，新娘知道這件事後感到很納悶。曾鳴說：「不僅臭，人家還嫌壓抑呢！」農民們哪個不是住著相當於城裏別墅一樣的房子？雖然設備簡陋了些，但寬敞和整潔那是不用說的。九個親戚又一起站在路邊，他們不願意住。

「要不我們換一家好點的賓館。」曾鳴說。

「多少錢一晚？」三舅問。

「一百五吧。」曾鳴說。

「哇，搶錢啊。不住不住。」三舅說。

「沒關係，錢我來出。」曾鳴說。

「那也不住，你結婚，哪樣不需要錢？」三舅說。

「那怎麼辦，總不能睡在大街上吧？」曾鳴說。

「新房挺乾淨的，大家一起擠擠吧。」三舅說。

「那太委屈你們了。」曾鳴說。

「沒關係，我們辦喜事時都那麼擠，習慣了。」三舅說。

曾鳴徵求老吳的意見。老吳說：「新娘肯定喜歡家裏清靜一點，人生就這麼一次，你還是要讓她滿意才好。」

曾鳴對三舅說：「要不還是換一間好一點的賓館吧？」

三舅把頭搖得跟撥浪鼓一樣。曾鳴明白他們的意思，他們的賀禮才兩百元，兩天的住宿費就要花上三百元，未免臉上無光。

這支隊伍又浩浩蕩蕩地殺回來了。那天晚上，除了曾鳴和新娘的臥室外，其他能睡人的地方全滿坑滿谷。客廳裏的一長一短皮沙發上各躺一個人（曾鳴的父親和老吳），客廳的地板上躺著四舅和外甥；書房裏的小床上躺著曾鳴的母親、姑姑和妹妹，地板上躺著二舅三舅；陽臺上躺著叔叔和侄兒，露臺上躺著堂叔和堂侄。曾鳴彷彿看到了戰爭年代，親愛的人民子弟兵借宿百姓家的情景。

屬於老吳的甚至還不是那張長沙發，他個子小，主動選擇了短沙發。曾鳴銜他抱歉地笑笑，他說：「沒關係，這沙發簡直就是為我量身定做的。」曾鳴拖了一把椅子，在沙發前與老吳聊天，一個小時後，小雨推門出來，說了聲：「吳大哥坐了一天的車，你讓他早點睡吧。」唉，有老婆真是麻煩，連聊天都聊不盡興。

第二天早晨，曾鳴給在漂城大學教書的老周打了一個電話，老周高我兩屆，理科生，我們經常一起乘火車回家，交情蠻好，在學校時，他經常到我宿舍玩，也認識老吳。曾鳴要為婚禮作籌備，根本抽不開身陪老吳遊玩。老周答應得挺爽快：「沒問題，我一定把老吳侍候好，最近我在海邊發現了一個釣魚的好地方，老吳這個詩人一定喜歡！」

老吳乘坐四十五路公交車到達漂城大學，他的白天在參觀校園和釣魚中度過。據說那天海邊天氣不太好，魚都不知躲哪裡去了，老吳吹了幾個小時的海風，一條魚也沒有釣著。婚禮開始的時候，老吳和老周匆匆趕來。在塞給曾鳴一個紅包、吃了兩道菜之後，老吳向曾鳴告辭了。第二天必須上班，老吳得去趕晚上八點開往深圳的班車。曾鳴甚至都不能走到門口去送他，他在餐桌上向老吳舉杯，祝他一路平安。最後還是老周送他上的車。望著老吳矮小的身影從餐廳的大門後消失，曾鳴的眼眶有點濕潤。

小雨問我：「你怎麼啦？」

「我高興啊，追了兩年，終於把你娶到家了。」曾鳴說的不是真心話。

曾鳴心想：「可憐的老吳，你需要跑這麼遠嗎？」

後來，婚禮結束後，小雨興高采烈地撕開一個個紅包。老吳給的紅包最大，裏面裝著二十張嶄新的百元大鈔。

回到家裏，雖然少了老吳一人，但還是那麼一大「嘟嚕」！考慮到周圍有這麼多人，雖然他（她）們均因為疲憊都睡熟了，但你在心理上畢竟不能無視他（她）們的存在。結果，曾鳴盼望了三年之久的「新婚之夜」沒有出現激動人心的場面，在林小雨不斷喊痛的輕聲叫喚裏，曾鳴例行公事般地完成了由男孩向男人的過渡。生理上的快感不及一次蓄謀已久的自摸，心理上的快感則是前所未有的：就像小時候買到一本書就喜歡蓋上自刻的印章宣佈此書為自己所有一樣，曾鳴通過對林小雨身體適可而止的深入宣佈林小雨完完全全是自己的人了！

第二天，那些親戚在曾鳴父母的帶領了，飽覽了漂城的海光山色，一個個於太陽下山之前乘長途客車回家了。曾鳴和林小雨樂得清閒，兩人到音像店租來一些前一段十分流行的歐美大片來看，當時電影院上映這些影片時，兩人嫌貴，不捨得看。如今花看一場電影的錢可以把七八部大片看個夠，兩人都有占了便宜的感覺。

當天夜裏十一點多，戶外狂風大作。曾鳴父母所住的書房通向陽臺的一扇門開關出了問題，門關不緊，漏了一道縫，大風颳來，竟像吹響一個巨大的海螺，發出古怪而淒厲的叫聲。「嗚嗚……」的聲音令人毛骨悚然。曾鳴的父母擔心風會把門吹倒，於是叫曾鳴過來看看。林小雨怕熱，曾鳴的那個房間開著空調，門窗緊閉，對外面的大風並不敏感。

曾鳴走到書房，聽到那海螺一樣的叫聲就笑了，「多好的背景音樂呀！」他知道，這是一年一度的颱風來了，但他並不著急。都多少年了，自從有人在海岸邊立了一座古代英雄的巨型雕像後，據說颱風就被鎮住了。半個世紀以來，颱風從來沒有正面襲擊過漂城。也因此，颱風總給人有驚無險之感，風狂雨驟，但並不「攻城拔寨」，最多吹倒幾棵根基不牢的行道樹而已。

曾鳴讓父母放心，這只是給人民帶來清涼和雨水的颱風來了，每年都有，不必害怕。為了給他們更大的安慰，曾鳴說：「我開門讓風吹一下，你們就知道這是怎樣的一種虛張聲勢的風了。」說著說著，曾鳴就把門打開了，沒想到，他的身體不由自主地跟著門的把手滑了出去！我操，這風來真的！父親在曾鳴背後猛拉猛扯，才把曾鳴拖了回來。兩人又費了老大的勁兒，才把門關好。那門依然發出海螺的叫聲，只是那聲音讓人真正地感到了恐懼。

「都是單位那些年讓房子餵蚊子給鬧的，這門的插銷都鬧出鏽來了！改天得給它潤滑潤滑。」曾鳴懊惱地說，「不過，門本身還是令人放心的。睡吧，第二天就會風平浪靜的。」

一個晚上，曾鳴的父母都睡得很不踏實，因為，颱風颳了一夜，那「海螺」也吹了一夜，越吹越響，不知道什麼時候會把門吹開！

第二天早晨，曾鳴起來一看，颱風真瘋了，風沒有停歇，暴雨也前來湊熱鬧了。戶外風狂雨驟，天昏地暗。「又颳走一片！」母親驚恐的聲音。曾鳴來到書房，透過玻璃門往外看去，只見對面人家的遮陽篷被風颳跑。開始的時候是一些鬆脆的塑膠製的遮陽篷離開「崗位」，像一隻隻大蝴蝶在風雨中飛；接下來令人瞠目結舌的一幕出現了，那些鐵製的遮陽篷竟然也在大風不依不撓的吹拂下，像一隻隻笨鳥在空中笨拙地飛。空氣裏充滿了竹子斷裂般的聲音。

「快看，那棵樹快不行了。」父親焦急地說。那棵碗口粗的紫荊樹的樹根已有一半裸露在外，五分鐘後，樹終於向風俯首稱臣，倒在草地上。風還不肯住手，又把樹往前吹了十來米，直至樹為一堵牆壁所阻。曾鳴又拉起客廳的窗簾，只見草地上散落著遮陽篷的碎片，一棵芒果樹被攔腰折斷，白生生的纖維讓人想起手臂。空地上剛開始的時候空無一人。

風稍稍停了一會兒，竟然有一男一女衣衫襤褸的中年人出現了，那是小區的臨時工，專門負責保潔工作的。他們推來了清運垃圾的三輪車，還帶來了為數不少的編織袋。他們在撿破碎的塑膠片，曾鳴的母親有些感動：「這種天氣還不忘本職工作，不能等風小點嗎？再說，這種天氣，誰敢出門？」

曾鳴看著看著覺得有些不對，兩人撿塑膠碎片的神情顯得非常歡快，好像在撿錢一樣，雖說「勞動著是快樂的」，但這種惡劣天氣下的勞動，應該是沒有多少快樂可言的。

「老頭，手腳利索點，待會兒其他人來了，就沒我們的份兒。」女的對男的說。

男的滿臉雨水但笑意盎然：「好傢伙，今天這場風，少說也為我們颳來百把塊的收入！」

哈哈，他們冒著生命的危險，為的是撿碎片去賣，真是「商女不知亡國恨，隔岸猶唱後庭花」。

從不少窗戶後面射出憤怒的目光，的確，自家的遮陽篷在飛，有人卻從中得利，這事讓人無法開心。但固定在窗眉上的就是遮陽篷，飛離窗眉的只能是垃圾了。你也無法指責別人。

終於，當那對清潔工正準備把一片鐵皮往車上裝時，五樓的一位老太太開口了：「別動，那是我家的。又沒碎，改天我們還要用。」這對清潔工的快樂情緒這才有些收斂。

雨越下越大，大得連那兩位清潔工行走時也變得趔趔趄趄起來，他們趕緊收拾好「戰利品」往回走，畢竟還是生命更重要啊。不久，大雨傾盆，天就像漏了一般，下得又猛又急。仔細觀察的話，你可以看到一根根筷子一般粗的雨注。風又大，草地上、道路上除了塑膠碎片之外，又增加了許多樹枝樹葉，散發出新鮮濃烈的植物氣息。

現在，大家的注意力都轉移到周圍人家的遮陽篷上，看著一家家的遮陽篷一片片飛起，曾鳴及其家人除了驚訝，沒有半點幸災樂禍的心情，現在，他們想的只是，自家的遮陽篷是否會遭受同樣的命運。但非常神奇的是，每當狂風吹過，將曾鳴家的遮陽篷像船帆一樣鼓起，大家都以為遮陽篷即將隨風而去時，但「啪啪啪」的風聲過後，遮陽篷上搭住的鐵片頑強地拉住牆壁，竟然紋絲不動。曾鳴不禁要為裝修工小郭的敬業精神叫好。遮陽篷經受住了颱風的考驗。

然後，電停了，水停了，管道煤氣也停了，有線電視也停了。只有電臺，這越來越被忽視的媒體此時發揮了巨大的作用，人們借著收音機獲悉外面世界的情況。有經驗的人早就儲備好麵包、餅乾、香腸、榨菜、礦泉水和橙汁等食品，沒準備的人臨時抱佛腳地衝向附近的食雜店，但他們所獲無幾，大多數的食雜店都關門了，只有那些住宅和食雜店連在一起的人家才敢開門，也只是將門拉開一條縫而已。

曾鳴一家倒是足不出戶踏踏實實地過了一天，而且一日三餐，都能吃到熱乎乎的飯菜。因為，這幾天辦喜事，家裏的食物冷熱酸甜，應有盡有。另外，他們這片小區仍然使用瓶裝液化氣，平日裏老有一兩天為換氣而發愁的他們這次充分享受了瓶裝液化氣的好處。曾鳴親自下廚為大家做了四菜一湯。晚飯別具風味，那時，屋內屋外一片昏暗，林小雨手執蠟燭站在爐灶邊，曾鳴借著燭光不慌不忙地炒菜，然後，一家人圍著燭光有滋有味地用餐，門窗緊閉，聽著窗外隱隱約約傳來的風雨聲，他們第一次發現家居的日子如此美好。飯後，大家在一起細話家常，其樂融融，那大概是曾鳴夫婦與兩位老人度過的最為和諧的一天了吧。

第二天，風雨有所減弱。水、電、電視都恢復了，曾鳴從電視裏才知道這是自一九五六年以來最為兇猛的一次颱風，這次颱風正面襲擊了漂城。電視畫面展示了驚心動魄的一幕幕：兩人才能合抱的菩提樹被連根拔起；一些平房的屋頂被吹翻；最令人不可思議的是，機場的飛機差點被吹翻，多虧近百名勇敢的解放軍用繩索綁著飛機與颱風作鬥爭才保住。至於成片的小行道樹或被攔腰切斷或被連根拔起，則是尋常至極，不少地勢低窪的人家屋裏水漫金山，一些地段積水嚴重，來不及撤離的計程車身陷澤國，就變成了一艘沉船了。有人在路上走，一不小心被風吹了二十多米遠，最後緊緊抱住電線杆才沒被吹得更遠。遮陽篷乃至廣告牌漫天飛舞成了這次颱風中最常見的場面。

這時，曾鳴母親指著電視螢幕說：「那不是前天我們和你舅舅逛過的環城路麼？那些欄杆上漂亮的路燈怎麼都不見了？」

曾鳴一看，不禁笑了：「那條路就在海邊，那些中看不中用的路燈怎能躲過這一劫呢？」

據有關部門的保守統計：這次颱風讓漂城損失了十二個億。

曾鳴不禁想起張愛玲的《傾城之戀》，一座城市的陷落才換來了兩個人的愛情。曾鳴覺得自己與林小雨的這場婚禮也夠驚心動魄的，竟然花了十二個億。

曾鳴把這意思告訴給林小雨，林小雨皺著眉頭說：「都是你，叫你舉行婚禮時再搬家，你偏不聽。現在好了，全城人民因你而受罪。」

珍惜

曾鳴和林小雨在新居裏度過了三個月的幸福時光。終於有了一套屬於自己的房子了，曾鳴的父母待了一週就回去了，林小雨的父母半個月才來一回。這個家完全是小倆口的天下了。林小雨白天去學校上班，要到晚上才回來。曾鳴的採訪工作不用坐班，經常是上午九點多出去採訪一條新聞，這一天就不算虛度了。

曾鳴經常得以獨享這套房子。剛開始的幾天，他對房子簡直視若珍寶。牆壁濺上一些泥點，他用清水輕輕擦去，有一次搬動餐桌時不小心，桌角把牆面頂出一道刮痕，那就像在曾鳴的手上劃上一刀似的，讓他心疼不已。他還仔仔細細地檢查地板，儘管這種磚十分耐磨，但他仍不放心，經常俯下腰，臉幾乎貼上地板，查看是否有刮痕。鞋櫃前特意擺了兩雙拖鞋，暗示來訪的客人換鞋。是呵，這房子，凝聚著他的多少心血和嚮往啊！他二十八歲才得到這套房子，能不珍惜嗎？

那時節，曾鳴一有空就待在家裏，守著房子，捨不得出門。他擔心一出門，房子會因為他的疏忽而出現什麼意外。經常是這樣，他前腳剛出門，卻猶豫著不想離開：剛才在書房裏坐過，檯燈好像忘了關？陽臺的水龍頭擰緊了嗎？爐灶的開關是關了，液化氣瓶的總開關關了嗎？曾鳴都快變成瞻前顧後的老太婆了。而打開門重新驗證他的疑問的結果，絕大多數情況下都是一致的：所有的開關都關得好好的。只發生過一次例外，那是他下網時過於匆忙，電腦關了卻忘了關電腦電源的總開關。曾鳴是下午出的門，晚飯時分回的家，他一進書房就看到電腦總開關的小紅燈亮著，那麼刺眼，把他嚇出一身冷汗！他狠狠地扇了自己一個耳光：怎麼可以如此粗心？萬一開關著火，房子有個三長兩短，曾鳴恐怕連自殺的心都有了。

自從曾鳴在大學時因抽菸差點在宿舍引發一場火災之後，他對菸火一向十分敏感。他自己是不抽菸的，家裏也不備菸灰缸，有抽菸的朋友來了，只好很不情願地以飲水的紙杯當菸灰缸，朋友抽菸時，曾鳴就開始分神了，眼睛死死地盯住朋友手上燃著的香菸，看他是否準確地把菸灰抖進加了一點水的紙杯裏。準確抖進的話，曾鳴就感到如釋重負；而沒有命中，或一半命中，一半撒落在地板上，曾鳴就會坐立不安，生怕死灰復燃。抽菸的朋友走後，曾鳴總要地板上、沙發下仔仔細細地檢查一遍，確定沒有菸灰後，他還要用浸濕的拖板將地板擦一遍。

居家的日子無比舒心，再也沒有人在你耳邊聒噪了，再也沒有人強迫你吸菸（抽菸的朋友兩個月裏才會來一次），再也不用有人來關心你的坐姿了，曾鳴在淡黃而潔淨的書桌上攤開一本書，邊上放一杯綠茶，邊看書邊喝茶，斯樂何極。

窗外有株紫荊樹（此樹被颱風拔起後又被人種下去，依然青翠可喜）），有時樹上會有四五隻麻雀在跳躍，在啁啾，讓人在讀書疲倦的時候，有養眼的風景，有悅耳的聲音，曾鳴感到生意盎然，真想就每天光是看書，什麼也不做，呵呵，酸腐的文人思想啊。

後來，情況發生了一些變化。曾鳴在家待的時間多了，書也就越買越多，一排四層的書櫥很快就裝不下了。曾鳴又看中了書櫥底下的兩個櫃子，於是準備都用來裝書。當左邊的櫃子書滿為患之後，曾鳴又對右邊的櫃子虎視眈眈了。

這一回，林小雨說什麼也不同意把空著的櫃子用來裝書。她說：「這是留給咱們的孩子，他（她）也得有個自己放玩具的空間不是？」

曾鳴說：「孩子的事還早著呢，先讓我用了再說。」

林小雨劍眉一豎：「說不行就不行，我還不瞭解你，得寸進尺的傢伙。長此以往，連這張小床今後被你堆完書也不一定。」儘管擁有女兒是兩年後的事，但那個空櫃子真的一直空空如也。

兩年後，林小雨懷孕了。她對未來孩子的活動空間憂心忡忡，她經常對著充斥著書籍的書房一籌莫展：「曾鳴，你將來還要侵佔孩子的空間啊！」

不僅如此，隨著她肚子像氣球一樣越來越大，她覺得房子的空間越來越小。終於有一天，她忍不住對曾鳴說：「你別一天到晚沒事幹就捧著本書看，有那精力不如去炒炒股什麼的。我有位同學，高中文憑，炒股五年，現在都成百萬富翁，住樓中樓了。」

曾鳴笑笑：「我也認識一個炒股票的朋友，去年掙了一百萬，今年不僅虧了一百萬，還把一套三房一廳的房子也搭進去了。知足吧你。」

孩子出生了，關於這個來之不易的孩子，曾鳴曾為當地報紙撰寫並發表過一篇小文〈生了個女兒〉，記錄了當時百感交集的過程。以下是那篇當時引起較大反響的散文。林小雨的一位同事把文章讀給自己不識字的母親聽時，那位含辛茹苦的母親不禁潸然淚下。

生了個女兒

當我的愛人被推進手術室進行剖腹產時，我倆對即將來到人間的孩子性別為男一事確信不疑。因為我愛人的肚子被孩子頂得又尖又翹，相識的人無一例外地根據民間常識判斷孩子一定是個「帶把的」。我們也信以為真，把孩子當成男的，給孩子取名字及規劃未來發展目標都朝男的方向設想。其實，我們對孩子是男是女感到無所謂，因為各有利弊。

十月八日下午，當我愛人住進醫院體檢時，她第一次祈禱肚裏的孩子是個男的。因為她看到了順產產婦洶湧而淋漓的鮮血，聽到她們在努力生產以及做創口無麻醉縫合時撕心裂肺的喊叫，她初步體驗到身為女人的痛苦。所以她希望自己肚裏的孩子是個男的，將來不必經歷女人的切膚之痛。

十月九日上午十時左右，孩子被抱了出來，我來不及看清孩子的長相，就聽到抱著孩子的護士說，是個女孩。說真的，我當時有三秒鐘的失望（這是很可恥的一種反應，我已經作了深刻檢討）。當我仔細看一下她的長相，感到了滿心的甜蜜，這孩子長得太像我了。臉龐、眼睛、秀氣的鼻子和薄薄的小嘴。這時，我發現她烏溜溜的黑眼珠一直在盯著我，從十五樓一直盯到三樓，帶著深深的詢問和好奇的神情，我刹時有了一種微醉的感覺，心都要溶化了。是的，這是我的孩子，一個今後將與我的生命息息相關的人，我們將相濡以沫，共同感受生活的美麗和憂傷。

護士為孩子洗澡時，我又來到產房前。當我愛人被推運出來時，我俯身叫了一下她的名字，臉色蒼白的她應了一聲，然後傷心地說，是個女孩。之後，眼淚一下子流了出來，好像做錯了事。據她後來講，在進行剖腹產時，由於她抗藥性強，她認為麻醉只達到百分之五十的效果，她感到了真實而巨大的疼痛，而且發出了與那些順產產婦一樣分貝的喊叫聲。在模糊的意識中，她如此強烈地希望生下的孩子是個男的，今後不必來遭這份罪！

在護送愛人下樓時，我們相對無言，備感失落。由於此前我們一直把孩子當成男的，這時變成了女的，有一種過去的美好回憶不再、痛失那個想像中的「男孩」的悲傷。

而當我們再次與洗得乾乾淨淨的女兒見面時，所有的不快都拋到了九霄雲外。多好看的孩子呀！我發現女兒身上越來越多似曾相識的東西：她的小手小腳，外形完全是從我這裏複製去的，是我的微縮版，我把她的小手小腳與我的手腳反覆對照，不禁感歎生命的神奇。

小傢伙重達七斤二兩，身高五十一釐米，長相俊美。十月十二日，我的女兒在洗了幾次澡後，出落得更美麗了：神情完全舒展開來，她竟會朝我擠眉弄眼了，還會朝我咧開嘴笑，那是世上最無憂無慮的笑了！有人說，男人得個女兒是一輩子的幸福。男子的世界我已經瞭若指掌以致有些麻木，讓我去感受一個全新的女孩世界，生活中不知有多少新奇的感受湧現！

我經常長時間地看著睡夢中的女兒，內心充滿無限的喜悅，我想：這孩子將來一定會被我寵壞的，就讓她的母親去扮演嚴厲的角色吧。

孩子出生後，曾鳴和林小雨都住在林小雨的父母家，那個老房子的面積與曾鳴他們的房子相差無幾。在林小雨住過的六平方米的小房間裏再擱上一張嬰兒床，就沒有多少騰挪的空間了。女兒越長越高，她在睡覺時也不老實，經常愛在長方形的床上滾來滾去。有時，經常睡覺的時候頭朝南，醒來的時候卻發現她頭朝北。那是她滾動比較順利的情形。因為床小，她在滾動的中途會遇到些麻煩，經常是滾到一半的時候就卡住了，於是，雙腳就溢出了床板，架在欄杆上，裸露在外的雙腳吹了一夜的風，讓人心疼，她那雙手抱在胸前縮成一團的樣子，也確實可憐。林小雨多次抱怨：要是有一間大點的房子，配上一張大點的床，女兒就可以伸縮自如了。

因此，林小雨對女兒睡夢中翻床的聲音特別敏感，每當嬰兒床那邊一有風吹草動，她就條件反射般地從自己的床上一躍而起，直奔女兒而去，果然，女兒的雙腳又因轉身不成而架在欄杆上了。她為女兒重新擺好睡姿，然後幽幽地對曾鳴說：「女兒太可憐了。」

曾鳴不以為然地說：「她怎麼會可憐？有得吃有得喝有得穿，而且都是名牌。她一個月喝的牛奶比我整個童年都喝得多。」

林小雨說：「我是說她住的條件。你不覺得她應該有一張更大一點的床麼？」

曾鳴沈默了。

林小雨自己滔滔不絕地說開了，誰誰誰老公當教師的，都住上了三房一廳；誰誰誰老公開貨車的，都住上四房兩廳了；誰誰誰老公當警察的，都住上樓中樓了。

曾鳴火了：「當初我沒分房子你都肯嫁給我，如今怎麼反悔了？」林小雨委屈地說：「我這是為女兒著想嘛。」

曾鳴的語氣緩和了一些，他說：「現在買新房可以貸款，咱們咬咬牙也買得起大一點的房子。」

林小雨苦笑道：「咱們的存摺裏總共才八萬元，買一套一百平方米的房子少說也得三十萬，首付百分之三十就得九萬，咱們連首付都付不起，再說了，向朋友借一點，付首付沒問題，那裝修還得四五萬吧。」

一提起房子，過去找房子的傷心往事要湧上心頭。在房子面前，工薪族只好望房興歎。曾嗚不吭聲了。

林小雨用肩膀碰了一下曾嗚，有些激動地說：「我們早晚要買新房，你看我們把湖村的新房賣掉怎樣？據說，湖村的房子行情看漲，我們那套兩房一廳至少可以賣到二十萬！」

曾嗚叫了一聲：「我把你賣掉！」他的聲音大了些，驚動了嬰兒床上的女兒，她「嗚嗚」地喊了兩聲。

「有話好說。你吼什麼？」林小雨埋怨道。

「那麼好的房子，就像我的另一個孩子，你卻說要賣掉它！」曾嗚依然憤憤不平。

「好是好，就是太小了！」林小雨說。

「我能因為你長得小就換一個高大的？」曾嗚說。

「你，你，你這是詭辯！」林小雨說。

「你愛怎麼理解就怎麼理解。睡覺。」曾嗚憤憤地轉了一個身，背對林小雨，心想：「我總算知道什麼叫人心不足蛇吞象了！」

「日久生情」，本來是特指男女的，曾鳴發現這個詞用來指人與房子也未嘗不可。曾鳴本來就對湖村的房子有感情，它畢竟是自己經過多麼辛酸的等待才盼來的，又花了那麼大的氣力裝飾，而且在裏面迎娶了妻子，又苦苦等待盼來了無比可愛的女兒，他在那裏度過了多少寧靜的讀書的夜晚，他又在這裏寫作並發表了自己的第一部長篇小說。這裏是曾鳴的福地啊！怎麼能夠說賣就賣了呢？一旦賣了，房子就變得陌生了，曾鳴生命中那段最難忘的歲月也就隨之而去了，想要復原都難啊。曾鳴覺得湖村的房子就像自己的好友、妻子以及另一個小孩，他在房子身上可以找到不同類型的情感慰藉。

所以，當林小雨竟然說出賣房子的話來，曾鳴恨不能抽她一個耳光：這個忘恩負義的傢伙啊！多好的房子，甚至連颱風對它都不能有絲毫的損傷。只是面積相對小一些而已。這也只是相對而已，當初分到房子的時候林小雨可是心滿意足的。

多一個女兒，房子並不會小到哪裡去。曾鳴認為那是林小雨的心理失衡所致。因為她頻頻出沒在同事的家裏，見多了大房子，所以覺得自家的房子小，住起來彆扭罷了。她的同事們買的都是商品房，反正是分期付款，多十萬是貸，多二十萬也是貸，房子都往大裏買。曾鳴多次告誡林小雨：凡事要量力而行，別看她們住得房子挺大，可那是背著沉重的債務啊。咱們的房子是小點，可是不欠別人錢，而且還有一筆儲蓄呢！林小雨笑他是典型的「中國老太太買房」，臨死的前幾天才攢夠錢買上房子，結果沒享受幾天就一命嗚呼了。曾鳴不同意，「老太太心理沒壓力啊！」曾鳴認為這是態度問題，體現一個人能否「安貧」，「安貧」是一種精神，人的慾望是無止境的，不能「安貧」只能讓自己變得越來越浮躁，什麼大事也幹不了。

曾鳴抽空回了一趟湖村的家。有半個月沒來了，房間裏的空氣混濁而苦澀，陽臺上則落滿了一層灰，但曾鳴並不厭煩。他進門後打開所有的窗子，用不了半個小時，屋裏的空氣將和屋外的一樣新鮮。曾鳴拿起掃把掃地，之後用拖把擦地板，半個小時之後，半個月沒住人的房子又整潔如新了。這就是當時用心裝修的好處，所挑的地磚油漆等質量過硬，經久耐用，哪怕住了三年，仍然整潔如新。

曾鳴在幾個房間裏進進出出，反覆打量各種物件，這些當初可都是經過曾鳴和林小雨精心挑選的，三年過去了，用得都挺順手，現在也沒有悔之當初的意思啊。客廳書房並不比林小雨父母家的小，女兒玩耍和休息起來完全可以做到游刃有餘。他堅決不同意賣房，哪怕將來有錢買大房子了，這套房子也必須留著，作為自己的工作室什麼的。他可以和過去的歲月輕鬆地打招呼。

曾鳴的想法顯然奢侈了。女兒圓圓在滿八個月時，曾鳴和林小雨決定帶著女兒搬回湖村的房子住。其時林小雨的父母為了照顧小孩，體力透支，人比過去憔悴許多。曾鳴和林小雨有些於心不忍。

帶女兒的保姆小柯，一位來自漂城鄉村的中年婦女，在與曾鳴一家的磨合中，相處得越來越融洽，她雖只有小學文化，卻能做得一手好菜，比曾鳴和林小雨之中的任何一個都做得好。她對圓圓很有感情，把圓圓當親孫女看。記得有一次去公園玩，別家的保姆看圓圓戴的紅帽子格外好看，伸手過來摸，結果沒有如願。因為小柯早已支出胳膊擋住了，嘴裏說著：「不好看不好看。」言下之意是怕對方弄髒了圓圓的帽子。至於半生不熟的人為圓圓的可愛所吸引，情不自禁地想拍拍圓圓的小臉或刮一下鼻子什麼的，小柯更是不允許，她總是提高警惕，在來人有伸手動機的時候就抱著圓圓有意無意中退後一步或快速轉身。她有如此的護犢之心，曾鳴和林小雨自然放心把圓圓交給她帶了。加上曾鳴的工作不用坐班，可經常在家搭一把手，那麼，兩人完全不必再給老人添麻煩，可以自己過日子了。

圓圓一天天長大，為她添置的東西越來越多，書房的功能早已經變成臥室，女兒和小柯一起睡。室內多了一個活動衣櫃，一個大塑膠箱，裏面裝滿了圓圓的玩具。陽臺上則多了一個封閉式的書櫃，把室內的書清理去一部分，給圓圓騰地方。這時，確實顯得房子小了，圓圓一不小心就碰到床角啊桌腿啊什麼的，痛得咿咿呀呀地叫，叫得曾鳴心裏很不是滋味。

一天上午，曾鳴為樓下一陣乒乒乓乓的聲音吵醒，起床推窗一看，是同事大牛在忙著搬家。

「大牛，喬遷新居啊！」曾鳴問。

「對，挪個地方。」大牛抬頭說。

「哪裡的房子？」曾鳴又問。

「不遠，百米之外的荷花花園。」大牛說。

「你小子行啊！樓中樓吧？」曾鳴笑著說。

「不敢不敢，小四房兩廳。一百四十多平米。改天有空到我家坐坐。咱們好久沒下圍棋了。」大牛熱情地說。

曾鳴剛把腦袋從窗外縮了回來，正想轉身，忽然碰到一個人身上，軟綿綿的，像隻羊，嚇了一跳，原來是林小雨在身後引頸張望。

「怎麼不打招呼？人嚇人，會嚇死人的！」曾鳴故作生氣狀。

「看看人家，一百四十多平方，還小四房兩廳！你難道不感到慚愧嗎？」林小雨有些幸災樂禍地說。

「該慚愧的人是你。人家是雙職工。一個月收入近一萬元。拖後腿的人是你啊，林老師！」曾鳴以牙還牙。

「我們這邊都是男人去打天下。我沒在家當專職太太已經很便宜你了，還好意思說。」林小雨不服氣。

曾鳴一時也無話可說。「哇——」書房那邊又傳來圓圓的哭聲，兩人趕緊跑了過去。圓圓又「碰壁」了，這回，是被衣櫃角狠狠撞了一下。

林小雨上前一邊揉著圓圓的額頭，一邊對曾鳴說：「當爹的，就算我替孩子求你了，把這房賣了，買套新的。我也不要求太高，三房一廳一百平米就夠了，給孩子一個單獨的空間。」

曾鳴這次沒有發火，為了圓圓，到了不得不割捨對這套房子感情的時候了。旁人無法理解，為了得到圓圓，他們經過了兩年艱苦的等待。在他們即將萬念俱灰的時候，忽然有如神助，圓圓竟然在林小雨身上安家落戶了。好吧，為了圓圓！

兩個月後，曾鳴賣房成功，如願以償地賣到二十萬。他們又搬回林小雨父母家暫住。新買的房子離林小雨父母家不遠，三房一廳，一百一十二平米，總價三十二萬，也是二手房。打掃打掃就能入住了。後來，曾鳴一家就搬到三房一廳裏去住了。儘管在半年的時間裏，曾鳴都有住在別人家的陌生感和不適感。但看到女兒在十五平米的屬於她自己的房子裏快樂地玩耍時，曾鳴還是頗感欣慰的。女兒覺得自在比什麼都重要啊。

久而久之，曾鳴也住慣了新房子，他本以為自己在新房裏可能會靈感枯竭，沒想到到了年底，他又寫完了一部二十萬字的長篇小說。看來，經過多年的磨練，曾鳴的內心變堅強了，不會被一些無謂的情感牽著鼻子走。

有時，念及當年對湖村那套房子的類似「從一而終」的感情，曾鳴還會搖搖頭笑自己也未免太多愁善感了吧。

曾鳴還記得那時從湖村的房子搬出時，內心像清空的房子一樣空空蕩蕩，環顧四周，只剩下空空如也的一些書櫃和吊櫃，因為當時這些木製傢俱都是因地制宜做的，直接釘在牆上，沒法搬走了。當時裝修的時候曾鳴還想著這些東西要陪伴自己一生呢。

走出小區之前，曾鳴又回頭看了看住了四年的房子，現在他當然看不到它的內部了，他只能看到陽臺，那離地四樓的陽臺啊，那突出的前面沒有別家陽臺遮擋的陽臺，為他帶來了多少涼爽的日子，他還想起了新婚之夜，小舅舅主動選擇了陽臺作為床鋪，他說，這裏涼快啊，就像睡在家鄉的田野上。而圓圓，又不知多少次站在陽臺上，眺望小區的大門，當曾鳴的身影出現時，她就會興奮地拍著小手。而如今，這一切都成為往事，不可複製了。

曾鳴看了一會兒陽臺，趕緊把頭仰起看天，他要不做這個動作的話，淚水馬上就要流下來了。一個三十歲的男人，無緣無故在下午四點的公共場合流眼淚，是不太合適的。

曾鳴再也沒有回過湖村，不是不想，是不敢，他怕回去之後，他會後悔自己的所作所為。

18 遲到的信件

女兒圓圓快滿一周歲了，越長越美麗，令人心醉，曾鳴經常會放下手頭的工作，靜靜地看著圓圓，單是看著她，曾鳴就滿心歡喜。曾鳴漸漸有了一種行船靠岸的感覺，有一份穩定的工作，一個愛耍小性子但總體還算美麗體貼的妻子，一個迷人的女兒，父母平安，人生夫復何求？想起愛情，覺得那是一個遙遠的夢，是年輕時候不切實際的夢想，雖然甜美，終究是可望不可即的。除了證明自己曾經也青春過，於人生有何助益呢？反而增添無窮的煩惱。

在女兒一周歲的那天，曾鳴到單位處理一些雜事。經過傳達室的時候，看門人叫住曾鳴，說是有一封掛號信要曾鳴簽收一下。曾鳴以為是讀者來信一類，漫不經心地簽完字後取過信回到辦公室。他把信扔在一旁，先看了一會兒報紙，關心一下國家和地方上的大事。

過了半個小時後，曾鳴才撕開那封掛號信，原來是友寢的大姐劉梅醫生寫來的，曾鳴的手微微有些顫抖，多年前的感覺一下子回來了。

劉梅在信中說，幾天前去四平出差，特意去看望了一下李靜，兩個人長談了一個下午，揭開了過去的一些謎底。來信內容如下：

小曾：

近來好嗎？還真不習慣這樣稱呼你，看到你的落款，嚇了一跳，似乎總是不如直呼其名來得自然、親切。

雜誌（曾注：指刊有曾鳴寫的一篇以友寢為題材的短篇小說的那本雜誌）是在昨天上午收到的，病人多，沒來得及看，於是午餐時在麵館的桌上一口氣讀完了，一時理不出自己的思緒。除了為一位癡心男孩的真情再次感動，好像還有別的什麼，往事已經那麼遙遠（快十年了），卻依然很清晰，那真是很特別的日子，儘管結局不那麼盡如人意，也還是值得留戀的。

畢業以後的許多年裏，當我一次又一次地追憶起大學時代，那些往事裏也是有你們的，醫學生的日子因了你們而少了一些枯燥，在那段還可以稱得上年少的日子裏，那段至真至純的友情來之不易，所以我很珍惜。當然了，我珍惜它的原因和你並不相同，所以沒有你感受那麼深刻。

那篇文章，我相信所有看過的人都會被感動的，即使沒有經歷過那段往事的人。一看目錄，我就知道哪一篇是你寫的了。說實話，當時我就知道這事了，甚至，我都看過你寫的那封信了（不介意吧？），因為我和「李靜」是無話不談的好朋友，形影相隨的那種，很多個早上允許她賴床而我去為她買早餐的那種，所以我瞭解她的感情，而且當時我還為你說了很多的好話，只是，人的感情不會輕易被他人左右，又何況，她是一個內心遠比外表更堅強的人。有那麼一段時間，遠遠地置身事外地看著你們（包括老七與果兒），我的心都幾乎酸澀，她們兩個都是我的好朋友，所以我成了她們傾訴心事的最佳選擇，關於果兒，我曾與老七長談過一次，那也是即將離別的時候了，一切都充滿了感傷。而你，後來與我們似乎比較疏遠。

人生，有時候真的很無奈，是嗎？就像你千里迢迢地去四平，卻與她擦肩而過。也許，真該相信命運的。不過我相信，李靜會被你感動的。我想，當初你的確是軟弱了一點，又或許，時機早了一點。一見鍾情固然是完美的，但有時，愛情也需要鍥而不捨、精誠所至的，在還談不上失敗的時候，你卻止步了。

那時候，我們都對一首歌的歌詞心動不已：「愛我的人為我付出一切，我卻為我所愛的人流淚慌亂心碎，愛與不愛始終不對，為什麼不能拒絕癡情的包圍？……」

李靜是那樣好的一個女孩，人見人愛，畢業那年，同系的一位男生發瘋般的追求打亂了她的全部生活（抱了一大把鮮花來敲我們寢室的門；跟蹤李靜，經常從一個角落衝到正在走路的李靜跟前，表達愛意；在宿舍樓下喊李靜的名字……），我真恨自己不是男生，可以堅強地為她守護。

所以，幾年以後，當我面對照片上她小鳥依人般地靠在一位當地高大的男孩身邊，忽然有一種如釋重負的感覺。想念，真的很想她，電話裏的聲音雖然很近，卻不是那種朝夕相處的感覺。

好了，不說這些了，說多了會勾起你更多的回憶，還會為此遺憾麼？也許，距離產生的美才最美，至少在你三十歲男人的心中，已為人妻人母的她卻依然是十九歲時少女的模樣，那是你記憶中最美的畫面，永遠都不會改變。

祝工作順利，愉快！問候全家人好！

劉梅　二〇〇二年六月十四日於夜班草

曾鳴看完信，也只是微微有些激動而已。假使時光能夠倒流，也還是老樣子，當時的他根本沒有愛的能力。書上說，真正的愛情只能維持三十六天。過後，就是千篇一律的生活了。就像曾鳴與林小雨婚後瑣瑣碎碎的生活，再美好的感情也化成了雲煙，有的只是對「家」的一份責任而已。那麼，何必去經歷愛而生恨的傷心過程呢？再美的「唐曉芙」也不免淪為「孫柔嘉」，何妨就讓「唐曉芙」成為「唐曉芙」呢？至少心中還保有一份美好的想像。吃不到的葡萄有時想像它格外的酸，有時卻又想像它是格外的甜。

曾鳴甚至有些慶倖李靜當年拒絕了他的愛的要求，以致在曾鳴的心裏，李靜永遠是十九歲，那麼新鮮，那麼美好！

只是，曾鳴有些後悔，在李靜備受瘋狂男孩的「騷擾」時，自己卻在瘋狂地看錄影！當時要是一如既往地追下去，特別是能夠在李靜無助的時候挺身而出，結果可能會改寫了。愛一個人不一定要得到她，而是希望她生活得更幸福。遭到拒絕後決絕地轉身離開固然痛快，說到底還是沒有明白愛的真諦。哎，那是多麼青澀的日子啊！好在李靜現在生活非常幸福，這有多麼好啊！祝大家都幸福。

快下班的時候，曾鳴想起快見到過周歲生日的女兒了，感到滿心的歡喜。他來到單位附近的一家鹽水鴨店，決定買半隻鹽水鴨回去慶祝，這家鹽水鴨店是全市鹽水鴨做得最好的。

然後，曾鳴又來到隔壁的鮮花店，買了六朵康乃馨兩朵紅玫瑰和一枝百合花。店裏鮮花色彩鮮豔，香氣瀰漫，樂聲悠揚。這時，花店的音箱裏突然傳來劉若英那低沉而婉轉的歌聲：

後來　我總算學會了如何去愛
可惜你　早已遠去
消失在人海
後來　終於在眼淚中明白
有些人　一旦錯過就不再

曾鳴的心一動，鼻子一酸，有了一些淚意，這時，店員把插好的花束遞了過來，說：「好了。」

是的，好了，曾鳴終於沒讓自己的眼淚流出來，好了，一切都過去了，讓我們開始過實實在在的日子吧。

後記　心被掏空

二〇〇四年十一月十二日，我在報紙上發表了一篇名為〈心被淘空〉的散文，真切地表達了我告別舊居的痛苦和無奈。三年多來，我已經三次夢見自己重返舊居，醒來是一陣陣的惆悵，這是一種類似再也回不到當年的母校的惆悵。所以，珍惜我們度過的每一天，認真過好每一天吧。抄錄〈心被淘空〉，權代後記。

東西搬走之後，顯得空空蕩蕩，一如當年房子剛剛裝修完畢。三位搬運工僅僅用了一個小時，五年來生活的印跡就被抹得乾乾淨淨。鑰匙已經交給新主人，以後我無法再打開這套建築面積為六十八・一八平方米的兩房一廳了。我有一種舊社會窮人家賣掉一個女兒般的無奈和辛酸。

我以為最後離開那一刻會忍不住哭出來，但只是鼻子酸了一下，胸口疼了一下，淚水沒有如期而至。這是正常的反應：此前收拾屋子的一周時間裏，我已經把悲傷和快樂分期分批地預支了。

那張可折疊的木製餐桌款式落伍，只好留下了。它可能還記得一九九九年十月九日的一頓

「燭光晚餐」。那是十四號颱風肆虐的時候，也是我和妻子新婚的第三天。停電停水不停氣（瓶裝液化氣），灶台邊，妻子手執蠟燭，我手執鍋鏟，為全家（我父母）做了四菜一湯。窗外狂風暴雨，屋內一燭熒然，品嚐著熱乎乎的飯菜，我第一次體驗到什麼叫天倫之樂！

那幾張病歷單我只得撕了。妻子一度得了子宮肌瘤，在婦產醫院做了肌瘤切除手術。在同一間候診室裏，人家的老婆剖腹換來活蹦亂跳的嬰兒，我家老婆剖腹所得只是幾個乒乓球大小的肉瘤。調養一年後，終於等來成功懷孕的喜訊：那張醫院的懷孕證明就是「福音」，被我們視若珍寶地保存著。如今，美麗可愛的女兒兩歲了，再留著那張紙有些矯情了！

那兩包從武夷山帶回來的「晚甘喉」茶葉有點發黴，也該扔了。多位從遠方來的朋友見識了該茶「苦盡甘來」的效力，我一年中難得幾次裝模作樣的茶藝表演讓他們羨慕至極：廈門真是適合生活的好地方，瞧這小子的悠閒勁兒！

那張藏在櫃子角落的「辭職書」就不帶走了。「目前的工作讓我找不到成就感，允許我到異地尋找別樣的人們吧……」這樣的話多傷人啊！同志，你都三十三啦，不能再當「憤怒青年」啦！為了女兒的將來，再大的委屈你也得忍著！別動不動就鬧「出走」，你也不想想：娜拉走後又怎樣？

給妻子寫的這十幾封情書還是帶走吧。想當年，號稱「校花」的她躊躇滿志，對我的追求不理不睬，幸虧這些信像「重磅炮彈」一樣炸開了她的「碉堡」。留著吧，將來成名後可以公之於眾，這些「求愛秘笈」一定會洛陽紙貴。

這篇處女作的手稿還是帶走吧。這部小說的手抄本已經紙頁發黃，字跡模糊，但對我卻彌足珍貴。它為我指明了今後前進的方向，它讓我認識到，我只有寫作，才可以和真正的「我」親密無間，才可以活得鎮定而從容。

窗外的這株紫荊樹我可以帶走嗎？新居的四周除了房子還是房子……

釀文學104　PG0748

1992，愛情來了又走了

──宋智明長篇小說

作　　者　宋智明
責任編輯　鄭伊庭
圖文排版　楊尚蓁、楊家齊
封面設計　蔡瑋中

出版策劃　釀出版
製作發行　秀威資訊科技股份有限公司
114 台北市內湖區瑞光路76巷65號1樓
電話：+886-2-2796-3638　傳真：+886-2-2796-1377
服務信箱：service@showwe.com.tw
http://www.showwe.com.tw
郵政劃撥　19563868　戶名：秀威資訊科技股份有限公司
展售門市　國家書店【松江門市】
104 台北市中山區松江路209號1樓
電話：+886-2-2518-0207　傳真：+886-2-2518-0778
網路訂購　秀威網路書店：http://www.bodbooks.com.tw
國家網路書店：http://www.govbooks.com.tw
法律顧問　毛國樑　律師
總 經 銷　聯合發行股份有限公司
231新北市新店區寶橋路235巷6弄6號4F
電話：+886-2-2917-8022　傳真：+886-2-2915-6275

出版日期　2012年9月　BOD一版
定　　價　320元

國家圖書館出版品預行編目

1992，愛情來了又走了：宋智明長篇小說 / 宋智明著. --
一版. -- 臺北市：釀出版, 2012.09
面； 公分. --（語言文學類；PG0748）
BOD版
ISBN 978-986-5976-54-5（平裝）

857.7 101013904

讀者回函卡

感謝您購買本書，為提升服務品質，請填妥以下資料，將讀者回函卡直接寄回或傳真本公司，收到您的寶貴意見後，我們會收藏記錄及檢討，謝謝！

如您需要了解本公司最新出版書目、購書優惠或企劃活動，歡迎您上網查詢或下載相關資料：http:// www.showwe.com.tw

您購買的書名：＿＿＿＿＿＿＿＿＿＿＿＿＿＿＿＿＿＿＿＿

出生日期：＿＿＿＿年＿＿＿＿月＿＿＿＿日

學歷：□高中（含）以下　□大專　□研究所（含）以上

職業：□製造業　□金融業　□資訊業　□軍警　□傳播業　□自由業

□服務業　□公務員　□教職　□學生　□家管　□其它＿＿＿

購書地點：□網路書店　□實體書店　□書展　□郵購　□贈閱　□其他

您從何得知本書的消息？

□網路書店　□實體書店　□網路搜尋　□電子報　□書訊　□雜誌

□傳播媒體　□親友推薦　□網站推薦　□部落格　□其他＿＿＿＿＿

您對本書的評價：（請填代號　1.非常滿意　2.滿意　3.尚可　4.再改進）

封面設計＿＿　版面編排＿＿　內容＿＿　文／譯筆＿＿　價格＿＿

讀完書後您覺得：

□很有收穫　□有收穫　□收穫不多　□沒收穫

對我們的建議：＿＿＿＿＿＿＿＿＿＿＿＿＿＿＿＿＿＿＿＿

請貼
郵票

11466
台北市內湖區瑞光路 76 巷 65 號 1 樓
秀威資訊科技股份有限公司 收
BOD 數位出版事業部

（請沿線對折寄回，謝謝！）

姓　　名：__________________ 年齡：________ 性別：□女　□男

郵遞區號：□□□□□

地　　址：____

聯絡電話：(日) ____________________ (夜) ____________________

E-mail：____